A margem da escuridão

A margem da escuridão

Tradução de Petê Rissatti

JEFF GILES

Rocco

Título original
THE BRINK OF DARNESS

Copyright do texto © 2018 by Jeff Giles

Todos os direitos reservados.
Nenhuma parte desta obra pode ser reproduzida ou transmitida
por meio eletrônico, mecânico, fotocópia ou sob
qualquer outra forma sem a prévia autorização do editor.

PROIBIDA A VENDA EM PORTUGAL.

Direitos para a língua portuguesa reservados
com exclusividade para o Brasil à
EDITORA ROCCO LTDA.
Rua Evaristo da Veiga, 65 – 11º andar
Passeio Corporate – Torre 1
20031-040 – Rio de Janeiro – RJ
Tel.: (21) 3525-2000 – Fax: (21) 3525-2001
rocco@rocco.com.br
www.rocco.com.br

Printed in Brazil/Impresso no Brasil

CIP-BRASIL. CATALOGAÇÃO NA PUBLICAÇÃO
SINDICATO NACIONAL DOS EDITORES DE LIVROS, RJ

G395m

Giles, Jeff
    A margem da escuridão / Jeff Giles ; tradução Petê Rissatti. - 1. ed. - Rio de Janeiro : Rocco, 2023.

    Tradução de: The brink of darkness
    Sequência de: O limite de tudo
    ISBN 978-65-5532-352-8
    ISBN 978-65-5595-198-1 (recurso eletrônico)

    1. Ficção americana. I. Rissatti, Petê. II. Título.

23-83432
    CDD: 813
    CDU: 82-3(73)

Meri Gleice Rodrigues de Souza - Bibliotecária - CRB-7/6439

O texto deste livro obedece às normas do
Acordo Ortográfico da Língua Portuguesa.

Para Lily e Theo

Sumário

Prólogo   11

Parte Um: A vida sem   15

Capítulo Um   17
Capítulo Dois   29
Capítulo Três   35
Capítulo Quatro   48

Parte Dois: Cativo   61

Capítulo Cinco   63
Capítulo Seis   74
Capítulo Sete   81
Capítulo Oito   90
Capítulo Nove   99
Capítulo Dez   111
Capítulo Onze   121

Capítulo Doze	126
Capítulo Treze	143
Capítulo Catorze	150
Capítulo Quinze	157
PARTE TRÊS: UM SALTO REPENTINO	169
Capítulo Dezesseis	171
Capítulo Dezessete	181
Capítulo Dezoito	201
Capítulo Dezenove	209
Capítulo Vinte	222
Capítulo Vinte e Um	235
Capítulo Vinte e Dois	242
Capítulo Vinte e Três	249
Capítulo Vinte e Quatro	261
PARTE QUATRO: ASCENSÃO	267
Capítulo Vinte e Cinco	269
Capítulo Vinte e Seis	279
Capítulo Vinte e Sete	284
Capítulo Vinte e Oito	298
Capítulo Vinte e Nove	311
Capítulo Trinta	323
Agradecimentos	333

Beije
a boca
que te diz, *aqui,*
aqui é o mundo.

— Galway Kinnell

Prólogo

Ele finalmente a viu — ela estava na duna coberta de vegetação acima do porto, uma figura pálida delineada na escuridão.

Fazia quanto tempo que X não a via? Ele não tinha como saber. Estivera na cela na Terrabaixa, nas profundezas, onde não havia relógios, nem sol, nem futuro, apenas os mortos e condenados.

Ela ainda não havia notado sua presença. Estava procurando por ele, os olhos viajando de um lado para o outro. Ele estava em pé lá embaixo, no cais que rangia e subia e descia, flutuando, como se a água sob seus pés respirasse.

— Aqui! — chamou ele.

Ela se virou para ele e deu um sorriso luminoso.

— Conheço esse rosto.

X abriu os dedos, e um corredor de luz suave apareceu — uma trilha para que ela o seguisse até a água. Ela começou a descer a colina rápido demais, tropeçou, caiu de joelhos, se ergueu sem se dar ao trabalho de limpar a areia das roupas.

— Oi, meu nome é Zoe e sou modelo.

Ele sorriu, e fazia tempo que não sorria.

— Amo sua voz — disse ele —, mesmo que, às vezes, eu não entenda o que você quis dizer.

— Todo mundo fica sem entender o que quero dizer, às vezes.

Ele tentou não correr até ela quando Zoe chegou ao cais, ficou com medo de assustá-la. Ela correu até *ele* mesmo assim, beijou suas bochechas, seu queixo, sua testa. Ele fez o mesmo com ela, e os dois riram, pois estavam agitados demais: não conseguiam encontrar os lábios um do outro.

— Quanto tempo temos? — perguntou ela.

— Algumas horas, no máximo — respondeu X. — Então, devo retornar à Terrabaixa com a alma que me enviaram para capturar.

Zoe deslizou as mãos sob a camisa dele, e algo como prata se espalhou por seu peito.

— Precisamos de um barco — comentou ela. — Estou com uma vontade repentina de me deitar em um barco com você.

— Eu me deitaria em um barco com você até o sol secar o mar inteiro — disse ele. — Quando eu era jovem...

Ela suspirou no pescoço dele.

— Menos conversa e mais barco — interrompeu ela.

X observou o porto. Havia alguns barcos de pesca, mas o restante das águas estava livre. Ele olhou para o fim do cais, onde a estrutura parecia se estreitar até um ponto no escuro, e avistou um barco a remo laranja amarrado a um cunho de ferro.

Zoe embarcou primeiro, abrindo os braços para se equilibrar enquanto as ondas rolavam embaixo dela. Um assento — uma tábua larga de madeira — dividia o barco ao meio.

— Não dá para deitar aqui — disse ela. — Não tem espaço.

X quebrou a tábua com o punho e jogou os pedaços no cais.

— Agora, sim — comentou Zoe.

X estendeu o casaco nas tábuas do assoalho e saiu para desamarrar o barco. O nó era complicado, então ele simplesmente arrancou o cunho do cais. Mais uma vez, o som de madeira se estilhaçando ricocheteou pelo porto.

— Cara, *nunca* vão te dar um emprego aqui — disse Zoe. Ela franziu a testa. — Tenho que parar com as piadas. É que não consigo acreditar que você esteja aqui... e, quando eu *acreditar*, você já vai ter ido embora.

O dono do barco havia levado os remos. X agachou-se ao lado de Zoe e empurrou a embarcação para longe do cais com uma força sobre-humana. O solavanco foi tão forte que o barco quase voou. Ondas emergiram em ambos os lados e se derramaram aos pés deles.

X tinha um plano que desejava contar a Zoe, mas estava impaciente para sentir as mãos dela de novo.

— Eu te imploro — pediu ele —, não obscureça os momentos em que podemos estar juntos concentrando-se nos momentos em que não poderemos estar.

Zoe puxou-o pela frente da camisa.

— Gosto quando implora — disse ela. — Implore um pouco mais.

parte um

A VIDA SEM

um

Às vezes, Zoe sentia como se estivesse sendo esvaziada pouco a pouco. Havia perdido muitas pessoas nos últimos seis meses, e cada uma havia levado uma parte dela. No fim das contas, seria como um daqueles coelhinhos da Páscoa de chocolate que as lojas de repente voltaram a vender — seria possível apertá-la com o dedo, e isso abriria um buraco em seu peito.

Era um sábado de manhã em Montana, no início de março. Zoe estava dirigindo seu Taurus decrépito até uma cerimônia fúnebre para Bert e Betty Wallace. O terreno das fazendas estava monótono, marrom-acinzentado, só começando a se recuperar do inverno. Zoe estava pensando nos Wallace, mas também em seu pai e em X. Teve que dizer adeus a todos eles, de um jeito ou de outro. Rezou para que seu pai nunca mais voltasse — e que, de alguma forma, X conseguisse voltar. Não via nenhum deles desde aquele dia terrível na floresta nevada.

Seus amigos, Val e Dallas, também estavam no carro. Val estava linda, embora odiasse roupas de igreja: metade de sua cabeça estava raspada, a outra, pintada com um tom de azul meio prateado e futurístico. Dallas vestira-se como um atleta em um jantar de premiação (blazer azul-marinho com botões dourados, calça cáqui, gravata com uma estampa de bolas de beisebol), e havia um Band-Aid redondo na covinha do queixo, onde ele havia se cortado ao fazer a barba. Zoe costumava sair com Dallas. Meio que, tipo assim, um pouco. Ela achou que ele estava uma graça. Val, ela sabia, não tinha paciência. Val estava convencida de que Dallas ainda tinha uma queda por Zoe — ele insistiu que convidaria uma garota chamada Mingyu para sair, mas vivia adiando. Além disso, Zoe contou a Val que Dallas costumava flexionar o peitoral quando eles se beijavam.

Zoe concordou em fazer o discurso fúnebre de Bert e Betty, embora odiasse falar em público. Os Wallace foram como avós para Zoe e seu irmão mais novo, Jonah. Ela havia escrito cada palavra de seu discurso em fichas pautadas laranja, que estavam empilhadas no painel. Precisava das fichas porque, uma vez que subisse ao púlpito, imaginava que poderia entrar em estado de fuga dissociativa, em que qualquer coisa, incluindo egípcio antigo, poderia sair de sua boca.

Ela virou na Twin Bridges Road. A pilha de fichas tombou e deslizou pelo painel em uma faixa laranja suave. Val a recolheu.

— Você está bem? — perguntou ela.

— Não — disse Zoe. — Parece que estou embaixo d'água.

— Quer que eu tire sarro da cara do Dallas? — questionou Val. — Ajudaria? Estou disposta a fazer isso por você.

— Não, mas obrigada — disse Zoe. — Muito fofo da sua parte.

— Peraí. Por que isso é fofo? — perguntou Dallas.

Ele inclinou-se para a frente entre os bancos, e Val empurrou a cabeça dele, com seu cabelo raspado e espetado, dizendo:

— Volta para sua jaula.

Zoe dirigiu pelo Flathead Valley. Ao longe, as montanhas ainda brilhavam com a neve.

— Quer que eu fale sobre a natureza? — quis saber Val. Era uma brincadeira: Val não gostava de ficar ao ar livre. — Olhe só para toda essa natureza!

— Cara, você não está ajudando — disse Dallas. — Vou fazer um rap para você, Zoe. Val, me dê uma batida.

— Em que planeta você acha que eu te daria uma batida? — questionou ela, e olhou para Zoe. — Não se atreva a dar uma batida para ele.

Dallas fez a batida de qualquer jeito:

— Minha letra é um *rio*/Olha só esse *flow* que eu crio...

— Sério? — disse Val. — Isso não está acontecendo, né?

Zoe sorriu, mas simplesmente não conseguia chegar à superfície — era como se as pernas estivessem emaranhadas em algas marinhas. Ela olhou para as fichas na mão de Val. Havia reescrito a primeira frase do discurso dos Wallace onze vezes, amassando tantas fichas no processo que a cesta de lixo em sua mesa parecia estar cheia de flores alaranjadas.

Betty havia ensinado Zoe a usar um machado, e Jonah, a tricotar. Bert, mesmo quando já estava senil, costumava recortar fotos de animais fofos do jornal e enviá-las aos Bissell. Jonah colava-as em todas as paredes. E então, dois meses atrás, um homem chamado Stan Manggold invadiu a casa dos Wallace em busca de dinheiro e os espancou até a morte com um atiçador de lareira.

Uma das coisas que Zoe achou mais difícil foi não poder contar a Val e Dallas toda a história — o antes e o depois. Como poderia? Nem ela conseguia acreditar. Então, justamente quando mais precisava falar — desabafar e lamentar —, sua vida se resumia a administrar segredos.

Deveria contar a eles que o pesadelo havia começado com seu pai? Que ele havia sido um fracasso como empresário e cometido crimes com um amigo de infância, e que esse amigo de infância era um sociopata chamado Stan Manggold? Deveria contar a eles que seu pai havia sugerido que roubassem os Wallace? Que ficou com medo e mudou de ideia? Que, quando Stan o chantageou, foi tão covarde que fingiu a própria morte em uma caverna, abandonou sua família e fugiu?

Zoe tentou não deixar aquelas lembranças tomarem conta dela. Mas, quando parou em um semáforo, o Taurus passou com tudo em um buraco, e, naquele instante, naquele pequeno instante de medo, ela baixou a guarda e tudo voltou às pressas, como pássaros pousando em uma árvore sem folhas.

Stan havia cometido o roubo sozinho e assassinara Bert e Betty. Semanas depois, durante uma nevasca, voltou até a casa deles, convencido de que havia dinheiro guardado em algum lugar. Zoe e Jonah estavam lá, esperando a tempestade passar. Zoe ficou enjoada só de lembrar do rosto de Stan: a pele com marcas de acne, os lábios finos e rosados, a assustadora sobrancelha branca que se contorcia como uma lagarta.

Zoe conferiu o trânsito antes de virar à esquerda. Havia um SUV verde fluorescente se aproximando, que diminuiu a velocidade para deixá-la passar. Dallas ainda estava fazendo o *freestyle* — seu rap parecia ser exclusivamente sobre quão bom era seu rap —, mas fez uma pausa longa o suficiente para dizer:

— Cuidado com os cervos.

Havia dois animais à frente no campo úmido, uma fêmea e seu filhote. Estavam apenas fuçando a grama morta. Não iriam a lugar algum.

— Estou vendo — disse Zoe.

Dallas começou a fazer seu rap de novo.

— Minhas rimas ninguém vai *parar*/Como fotos que não dá para *cortar*.

Val, desolada, bateu com a testa no painel.

Zoe lembrou-se da primeira vez em que viu X. Ele tinha vindo para levar a alma de Stan para a Terrabaixa. X era apenas um borrão, um raio de luz atravessando o lago congelado perto da casa dos Wallace. Zoe implorou a X que deixasse Stan ir embora. Ela lhe disse que era errado matar alguém — que não era o trabalho dele. Na época, ela não sabia que, na verdade, era.

Zoe verificou o espelho retrovisor. O SUV estava muito perto. Era um modelo novo, com a frente projetada para parecer um carro esporte. Mesmo que não fosse pintado de verde vômito, seria ridículo. Sua placa era R3CARR3G4.

Ótimo, pensou Zoe, *um caçador.*

Ela desacelerou e acenou para o motorista passar, mas o cara apenas piscou o farol alto para que ela se apressasse.

— Sério?

Ela olhou para os cervos. Eles estavam indo em direção à estrada, mas ela já teria passado quando chegassem ao asfalto.

Como Zoe poderia contar a seus amigos que se apaixonou por um caçador de recompensas de um mundo inferior? Como diria a eles que arriscou sua vida por ele e que faria isso de novo agora, naquele exato segundo? Val e Dallas nem entenderiam o que era a Terrabaixa. Ela teria que chamar o lugar de inferno. Como poderia dizer uma frase dessas em voz alta? Ajudaria se ela dissesse a eles que X era inocente, que *nasceu* na Terrabaixa? Que ele próprio era um prisioneiro, sem ter feito nada de errado? Os senhores enviavam X para coletar almas malignas no mundo, de tempos em tempos, mas isso apenas o lembrava da vida que ele nunca poderia ter. No minuto em que voltava com uma alma, os senhores o jogavam de volta em sua cela, como se fosse uma boca que eles estavam alimentando.

X havia forjado uma família na Terrabaixa. Um dos senhores que governavam o lugar, Regente, o protegeu o máximo que pôde. E havia uma britânica durona chamada Arrancadora que treinou X para ser um caçador de recompensas. Usava o mesmo vestido de festa dourado desde 1832, quando foi condenada à Terrabaixa por espancar um servo desajeitado, até a morte, com uma chaleira. Zoe conheceu Arrancadora e a amava, apesar de toda a situação com a chaleira. Agora, Arrancadora era uma fugitiva da Terrabaixa. Estava em algum lugar do mundo real, procurando os túmulos de seus filhos, que ela nunca vira.

Então, sim, havia pessoas que se importavam com X mesmo naquele fim de mundo. Mas a injustiça de passar a vida em uma cela sem ter feito *nada* de errado, sem nem ter vivido direito, deixava um vazio em Zoe.

Ela não podia contar nada disso a Val e Dallas. Como poderia? Eles estavam bem ali, mas ao mesmo tempo estavam a milhares de quilômetros de distância.

Zoe agarrou o volante com mais força e mergulhou em seus devaneios. Estava apenas vagamente ciente do rap de Dallas, de Val folheando as fichas laranja com impaciência, do suv acelerando atrás dela, das fazendas que passavam.

— *Cervo* — repetiu Dallas.

Zoe assentiu com a cabeça e acelerou. O motorista do suv diminuiu a distância entre eles, então piscou os faróis altos de novo.

Pessoas: a pior coisa.

Zoe lembrou-se de X atravessando a floresta com Jonah e ela até em casa depois que ela o convenceu a deixar Stan ir embora. Ela se lembrou de como ele ficou atordoado e febril porque não fez o que os senhores lhe ordenaram. X passou dias recuperando-se na casa dos Bissell, dormindo na cama de Jonah, que tinha o formato de uma joaninha, e tomando banho no rio gelado. Mas, então, Stan assassinou outra pessoa. X, dominado pela culpa, deixou Zoe para caçá-lo de novo e levá-lo para a Terrabaixa. Zoe lembrou-se de como X lhe deu um beijo de despedida — ele a segurou acima da calçada lamacenta porque ela estava só de meias.

Assim que X voltou ao mundo inferior, exigiu sua liberdade. Os senhores lhe fizeram uma oferta cruel: podia ser livre para sempre se voltasse ao mundo e levasse mais uma alma para eles.

Mas a alma era a do pai de Zoe.

X procurou-o e o encontrou em uma floresta no Canadá. Ele levou Zoe até lá para que ela pudesse confrontar seu pai sobre o que ele havia feito com a família.

No fim, X não conseguiu tirar a vida do homem. Os senhores da Terrabaixa ficaram furiosos e atacaram a família de Zoe para lembrar a X que ele havia falhado novamente e que era deles para sempre. Um senhor desequilibrado chamado Dervish liderou o ataque, destruindo a casa dos Bissell e quase matando Jonah. Então, X mergulhou de volta na terra. Havia se sacrificado porque se recusou a fazer qualquer coisa que magoasse Zoe. Mas o que poderia tê-la magoado mais que sua partida?

Centenas de vezes por dia, Zoe pensava nele, e, apenas por um instante, era como se estivesse diante dela: lindo, pálido, sem medo de nada, querendo apenas ela. Meio segundo depois, se lembrava de que ele havia partido. O calor e a esperança desapareciam, e era como se ela tivesse levado um soco no estômago. Mas o problema era o seguinte: aquele segundo antes de a dor a atingir, o momento antes da lembrança... Valia a pena.

— CERVO! — repetiu Dallas. — Caraca, Zoe?

Os animais haviam saltado a vala que corria pela lateral da estrada. Estavam correndo para atravessar na frente do carro deles.

Um pico de pavor fez o sangue de Zoe gelar.

Ela pisou no acelerador, mas o carro de merda não tinha nenhuma força. Val preparou-se para a batida.

O SUV estava praticamente em cima deles.

R3CARR3G4 — e daí que Zoe acertasse o cervo? Ele estaria com o cervo amarrado ao teto do carro em poucos minutos. Ele não enxergava o cervo, enxergava sua carne.

Não se deve virar bruscamente para desviar de um cervo. Era melhor atropelar o animal do que causar um acidente. Zoe sabia disso. Todo mundo em Montana sabia. O cara que dava aulas de direção — um gordinho de semblante triste, sempre usando o mesmo suéter marrom desfiando no pulso — começava todas as aulas dizendo: "Quero ir ao casamento de vocês, não aos seus funerais."

Zoe talvez tivesse tido um segundo e meio para decidir o que fazer.

Já havia visto como os cervos ficavam quando morriam. Já havia ouvido o baque ilusoriamente suave que faziam quando o para-choque os atingia. Havia visto como ficavam rígidos em uma fração de segundo, como voavam, duros como bichos de pelúcia.

Sabia que deveria acertar o cervo e o filhote, mas — talvez porque estivesse pensando em X — tudo o que via quando olhava para eles eram criaturas inocentes.

O filhote lutava para acompanhar a mãe. As pernas bambas eram um borrão, as costas frágeis salpicadas de branco, como se fossem flocos de neve. Ela conseguia ver seus olhos grandes e úmidos.

Cacete.

Zoe pisou no freio.

O carro parou tão de repente que pareceu pular. Eles foram jogados para a frente nos bancos.

O cervo disparou em segurança pela estrada.

Val soltou um grito involuntário quando o suv os atingiu por trás.

Zoe tentou sair da estrada, mas os para-choques dos veículos ficaram presos com a batida. O motorista buzinou três vezes — longa, mais longa, longuíssima — e irrompeu do suv.

Ele chegou até a janela de Zoe e bateu nela com força.

— Abre isso agora! — disse ele. — Nesse segundo!

Ele parecia ter cerca de cinquenta anos — gorducho e branco, com olhos azuis muito próximos. Usava um boné com a silhueta sexista de uma mulher e as palavras "Caçador de ReCUmpensas".

Zoe conferiu se Val e Dallas não estavam feridos, depois olhou para o relógio no painel. Tinham dez minutos para chegar à igreja.

Procurou o cartão do seguro no porta-luvas e, quando o encontrou, suspirou e abriu a janela.

— Meu nome é Zoe Bissell — disse ela. — Me desculpe pelo seu carro.

— Não é um *carro* — retrucou ele. — É uma *caminhonete*.

Ele estava furioso, as pupilas tão dilatadas que Zoe suspeitou que estivesse drogado.

— Me desculpe pela sua caminhonete — repetiu ela com cuidado.

— Não dou a mínima para suas *desculpas*.

Do banco do carona, Val falou baixinho:

— Não gosto desse cara, e o boné dele está me irritando — comentou. — Vou sair.

— Fica aí — disse Dallas.

— Você acabou de me dizer para *ficar aqui*? — perguntou Val.

— Você vai piorar as coisas — respondeu Dallas. — Eu cuido disso.

— Não, eu cuido disso — disse Zoe. — *Vocês dois* fiquem aí.

Ela foi abrir a porta, mas o homem estava perto demais, prendendo-a dentro do carro. Parecia estar decidindo se a deixaria sair. Finalmente, recuou.

Não houve muitos danos ao Taurus de Zoe — era difícil fazer aquele calhambeque parecer pior —, mas a frente esportiva do SUV estava estraçalhada. Os faróis quebraram, a grade estava caindo. O capô abriu e dobrou ao meio.

— Olha o que você fez! — ralhou o homem. — Estava novinho em folha, trinta e oito mil dólares, recém-saído da porcaria da concessionária, e essa cor verde custa mais caro!

— Eu não quis matar o cervo — disse Zoe.

— Ah, o cervo — retrucou o homem. — A desgraça do cervo! Quem liga se vivem ou morrem? Tem um bilhão deles por aí, sua vadia idiota!

Ao ouvir a palavra "vadia", os amigos de Zoe saíram do carro.

Dallas, cujo primeiro instinto era sempre acalmar as pessoas, estendeu a mão para o homem.

— Qual é o seu nome? — perguntou.

O homem olhou para ele como se o rapaz fosse louco.

— Meu nome é *vá para o inferno*, seu idiota — respondeu.

— Tudo bem, chega — disse Zoe. — O senhor vai ter que *segurar a onda* da sua loucura. É só um carro.

— É UMA DROGA DE UMA *CAMINHONETE*!

Ele gritou tão alto que uma pontada de dor pareceu atravessar sua cabeça. Ele se dobrou para a frente e cobriu o rosto com as mãos. Quando o homem se endireitou de novo, Zoe empalideceu: um vaso sanguíneo no olho esquerdo dele havia se rompido. Uma nuvem vermelha cobria o branco do olho perto da íris.

— Diga, qual é o seu nome? O meu é Dallas.

— É Ronny, pelo amor de Deus — falou o homem.

— Ei, Ronny — disse Dallas. — Isso não precisa ser uma questão.

— Mas já é uma questão! — disse Ronny. — *Virou* uma questão quando ela me fez bater a caminhonete de trinta e oito mil dólares que minha mãe acabou de me dar de aniversário!

Ele estava ficando cada vez mais zangado, e não menos. Zoe não gostou da proximidade dele. Tinha bafo de quem acabou de acordar.

— Pode dar um passo para trás, por favor? — pediu ela.

Ele a ignorou.

— Ela pediu para você dar um passo para trás — insistiu Val.

Ronny olhou Val de cima a baixo. Ele fez um showzinho, como os homens costumavam fazer, parecendo estar chocado com a cabeça meio raspada e a cor de ficção científica de seu cabelo.

— Quem é você, namorada dela? — perguntou.

— Não — disse Val —, eu gosto de caras gordos de meia-idade.

— Val! — exclamou Zoe.

Ronny bufou.

— Você não me aguentaria — ele retrucou para Val.

— Vou chamar a polícia — disse ela.

— Vai? — desafiou Ronny. — Eles vão chegar tarde demais.

Ele foi até a traseira do suv e voltou com um rifle.

— Que isso, Ronny — disse Dallas. — *Que isso.*

Ronny deu uma coronhada na barriga de Dallas.

— PARA! DE ME CHAMAR! DE RONNY!

Dallas caiu de quatro, ofegante. A gravata com as bolas de beisebol pendia na direção da estrada. Zoe foi até ele.

— Estou bem — disse Dallas, quando conseguiu falar novamente. — Estou bem.

Ronny bateu no capô do carro de Zoe com o rifle.

— Como você tá se sentindo agora? — gritou ele. Zoe não sabia se estava falando com ela ou com o carro. — Tá gostando? Não tá?

Dallas tentou se levantar, queria parar Ronny.

—Não — Zoe disse. — Deixa ele. Não me importo.

Ela olhou ao redor em busca de ajuda, mas estavam no meio do nada: campos, árvores, céu. Nenhum outro carro por quilômetros.

Então, algo chamou sua atenção do outro lado da fazenda: um brilho azulado na floresta.

A espingarda disparou. Ronny estava atirando nos faróis do carro de Zoe. Os estalos ecoaram pelo vale.

— Gosta assim? Que tal, hein?

Val estava filmando Ronny com o celular enquanto ele batia no carro: provas.

Zoe voltou a olhar as árvores. A luz estava se transformando. Era difusa, como uma névoa no chão, mas, naquele instante, se juntava em uma bola.

Ela foi até a beira da estrada. Uma silhueta borrada lançou-se na direção deles.

Só podia ser X.

Como ele saiu da Terrabaixa? Como sabia que precisava aparecer? Zoe estreitou os olhos. Ainda estava fora de foco, ainda era um borrão.

— Tem coisas que eu não contei a vocês sobre X — disse ela para Val e Dallas.

— Este é um bom assunto para *mais tarde* — comentou Val.

— Sim, por que você está falando disso logo agora? — questionou Dallas.

Ele encostou-se no SUV. Sua camisa estava para fora da calça, e ele estava com a mão na barriga.

— Porque as coisas vão ficar bizarras — explicou Zoe.

Todos seguiram seu olhar para o outro lado do campo.

A silhueta estava quase sobre eles. Ronny abaixou o rifle, estupefato.

— Cara, você está *tão* ferrado — disse Zoe para ele.

A silhueta diminuiu a velocidade ao se aproximar da estrada.

Zoe sentiu o coração apertar e quase desaparecer quando viu que não era X.

dois

Arrancadora deu a Zoe um leve aceno de cabeça, em seguida avançou na direção de Ronny. Parecia furiosa. Seu vestido de festa esfarrapado farfalhava enquanto ela caminhava.

Ronny encolheu-se.

— Quem é você?

Arrancadora não respondeu. Continuou avançando.

Ronny ergueu o rifle, mexeu no ferrolho e finalmente conseguiu puxá-lo de volta. Apontou a arma para o rosto de Arrancadora.

Ela nem sequer diminuiu o passo.

— Não gosto de armas — disse ela. — As coisas estavam prestes a ficar ruins para o seu lado, e agora vão ficar muito piores.

Ela fez um gesto de "venha cá" com os dedos. O rifle voou das mãos de Ronny para as dela.

Zoe conseguiu ouvir Dallas e Val sussurrando variações de "que porra é essa?". Ela se virou para ver a expressão dos amigos. Val havia parado de filmar, ela e Dallas ficaram paralisados de surpresa, como bonequinhos em um diorama de museu: *Norte-americanos, início do século 21, surtando.*

— Ei, essa arma é minha! — disse Ronny. — Eu sou um caçador!

Arrancadora olhou-o com frieza.

— Caçador? É mesmo? — questionou. — Eu também.

Ela recuou e o chutou na boca. Ronny caiu no chão, sangue escorrendo pelo queixo.

Arrancadora empurrou o rifle no chão, com o cano para baixo. O asfalto engoliu-o como se a arma fosse a espada do rei Arthur.

Arrancadora inclinou-se sobre Ronny.

— Escuta aqui, seu imbecil — disse ela. — Eu estava a três mil quilômetros daqui, chorando sobre o túmulo de meu filho Alfie, quando um trinado em meu cérebro me informou que Zoe estava em perigo. Em todo o seu mundo, ela é a única com quem me importo... E eu me importo profundamente com ela.

— Zoe, você conhece essa pessoa? — disse Dallas.

Arrancadora fez um movimento de subida com a mão. Ronny ergueu-se do solo. Então, Arrancadora empurrou a palma da mão para a frente, e o homem mergulhou de cabeça na vala.

Zoe foi até Arrancadora e a abraçou.

— Eu pensei que você fosse X — disse ela. — Quando vi a luz, pensei que era X.

— Sinto muito, minha menina — disse Arrancadora. — Mas odeio perder a viagem.

— Poderíamos ter lidado com esse cara — disse Zoe.

— Sem dúvida — disse Arrancadora. — Eu tinha um segundo propósito ao vir aqui: preciso de um conselho seu. Mas, primeiro, me apresente aos seus amigos?

O que se seguiu foi um momento surreal em câmera lenta — dois mundos se misturando.

— Esta é Arrancadora — disse Zoe. — E estes são Val e Dallas. São meus melhores amigos.

— Olá, melhores amigos de Zoe — cumprimentou Arrancadora.

Ela olhou para Dallas com aprovação e apertou a mão dele por mais tempo que o necessário.

— Desculpa perguntar, mas quantos anos você tem?

Dallas tossiu, nervoso, e respondeu:

— Dezessete.

— Que pena... — disse Arrancadora. Ela tocou o Band-Aid no queixo dele com o indicador. — Eu tenho quase duzentos.

Dallas assentiu com a cabeça.

— Você está muito bem pra sua idade — disse ele.

Arrancadora riu e foi até Val.

— Este seu cabelo — disse ela. — Suspeito que não se importa com a opinião alheia, mas posso lhe contar a *minha*?

— Hum, tudo bem — respondeu Val.

— É sublime — comentou Arrancadora. — Você não deve mudá-lo até ter enfurecido o maior número possível de imbecis.

— Sim, esse é o meu plano — concordou Val.

Zoe sentiu uma onda de carinho pelos dois. Val era fiel à namorada, Gloria, mas não deixava de se sentir lisonjeada por um ser tão lindo quanto Arrancadora.

— Tudo bem, agora posso *te* fazer uma pergunta? — questionou Val. — Na verdade, duas perguntas?

— À vontade — respondeu Arrancadora.

— O que está acontecendo? — perguntou Val. — Quem é *você*?

— Sou uma parceira de X — comentou ela. — Zoe contará a você a história mais tarde. Prometo que não vai entediá-la.

Ela virou-se para Zoe.

— O que devemos fazer com o sr. Imbecil?

— Não sei — respondeu Zoe. — Eu pisei no freio para desviar de um cervo, e ele bateu em mim, e aí simplesmente pirou.

— Sim, ora, lunáticos são cheios de surpresas — disse Arrancadora. — A propósito, não quero menosprezar os lunáticos. Eu mesma sou uma.

Ela separou os veículos de Zoe e Ronny sem demonstrar qualquer esforço. Então, caminhou até a vala.

— Sr. Imbecil — disse ela.

Ronny estava petrificado.

— Sim, senhora.

A camisa estava enrolada até a metade do torso. A barriga cobria o cinto.

— Você já parou de criar problema? — quis saber Arrancadora.

— Sim, sim — disse Ronny, assentindo freneticamente. — Sim, senhora, parei.

— Então, fique em pé — ordenou Arrancadora.

Ronny saiu da vala sem jeito. Seu globo ocular direito estava agora completamente encharcado de sangue.

— Se alguma vez você mencionar minha existência ou qualquer uma das coisas inexplicáveis que testemunhou aqui para uma única pessoa sequer — disse Arrancadora para ele —, eu vou encontrá-lo, arrancar seus órgãos internos um por um e sacudi-los na frente de seu rosto enquanto você morre. Acho que consigo prolongar esse processo por horas. Compreende?

— Sim, senhora — afirmou Ronny.

— Muito bem — disse Arrancadora. E apontou para o boné de Caçador de ReCUmpensas. — Dê-me seu chapéu.

Com hesitação, Ronny entregou o boné a ela, que o vestiu.

— Agora, vá embora — disse ela. — E mande um médico examinar esse seu olho. Está repulsivo.

Ronny saiu correndo para sua caminhonete e partiu, com o capô destruído quicando.

Todos ficaram em silêncio até ele desaparecer de vista.

Zoe olhou para o celular — ela precisava estar no velório em cinco minutos —, mas não estava pronta para se despedir de Arrancadora.

— Venha comigo — disse Arrancadora de repente.

— Para onde? — perguntou Zoe. — Como assim?

Ela ouviu uma sirene ao longe. A polícia.

— Você se lembra do motivo pelo qual fugi da Terrabaixa? — disse Arrancadora.

— Você quer ver onde seus filhos estão enterrados — confirmou Zoe.

— Exatamente — falou Arrancadora. — Encontrei o túmulo de Alfie e, enfim, me despedi adequadamente, mas não consigo encontrar Belinda. E você está vendo o estado do meu vestido e das minhas botas, dificilmente consigo fazer perguntas por aí. Mas *você* poderia.

— Poderia — disse Zoe, hesitante. — Sou boa em fazer perguntas.

— Zoe — disse Val —, seja lá o que for: *não*.

— Estou com a Val — comentou Dallas. Ele olhou para Arrancadora. — Por favor, não me levante no ar.

Arrancadora fitou os olhos de Zoe, esperando.

— Tenho que fazer o discurso fúnebre de Bert e Betty — disse Zoe. — Em cinco minutos.

— Depois, então? — pediu Arrancadora. — Eu irei até onde você estiver. — Ela hesitou. — Sei que devo parecer muito durona, Zoe. Mas se tivesse me visto no túmulo com o nome de Alfie... Sem dúvida a grama vai crescer mais alta na parte em que fiquei sentada, chorando. E Belinda morreu de um jeito tão lamentável. Abandonada. Sem amor. Eu já estava na Terrabaixa. Mesmo se pudesse descobrir onde colocaram o corpinho dela, não poderia enfrentar o lugar sozinha. Então, eu lhe peço uma noite. — Ela estava implorando. — Você vem?

Zoe olhou para Arrancadora. Seria perigoso estar com ela enquanto ela estivesse fugindo dos senhores, e Zoe já estava encrencada o bastante. Tinha que dizer não. Mesmo que Arrancadora já tivesse se arriscado pela família de Zoe — mesmo que Arrancadora amasse X como se fosse sua própria mãe —, ela tinha que dizer não.

A sirene ficou mais alta. Zoe viu uma viatura sair da floresta.

— Arrancadora, eu... — ela começou.

— Antes de responder — disse Arrancadora —, me deixe acrescentar um incentivo. Todas as noites, os senhores enviam caçadores de recompensas atrás de mim. Não preciso nem dizer que acabo com todos eles. Ontem à noite, pensando em você, disse a um deles: "Você pode informar aos senhores que, se me quiserem, há apenas um caçador a quem me renderei."

Arrancadora esperou para ver se Zoe entendeu antes de continuar.

— Eu imploro para que você venha, não apenas para me ajudar a encontrar minha Belinda, mas para que possa estar lá quando os senhores finalmente enviarem X para buscar minha cabeça.

três

Zoe e seus amigos entraram na Igreja Presbiteriana desgrenhados e atordoados. A congregação já estava cantando "Mais perto quero estar". Val e Dallas se esconderam em um banco próximo ao fundo, mas Zoe teve que caminhar até a frente. O louvor terminou quando ela estava no meio do corredor, e, de repente, o único som na igreja era o de suas sapatilhas pretas fazendo *créc-créc* no chão. Todos viraram-se. Zoe deu um aceno envergonhado com a cabeça. Ninguém achou graça.

Sua mãe havia guardado um lugar para ela no corredor, onde estava sentada com Jonah e com Rufus, o amigo hippie dela, que levava jeito com uma motosserra. Zoe esperava que sua mãe sussurrasse "onde você estava?", ou pelo menos lhe lançasse um olhar decepcionado. Em vez disso, ela só apertou a mão de Zoe calorosamente. Devia saber que ela estava morrendo de medo. O coração de Zoe, que havia acabado de voltar ao normal após o confronto com Ronny, agora disparou de novo só de pensar em fazer o discurso para Bert e Betty na frente de duzentas pessoas.

Depois que Stan Manggold matou os Wallace, ele os jogou no lago perto da casa deles. Mergulhadores haviam recuperado os corpos alguns dias antes. Zoe queria estar presente quando Bert e Betty fossem encontrados. Alguém que os amava deveria estar lá. Ela chegou a entrar escondida no carro na manhã do resgate, sabendo que sua mãe não aprovaria. Infelizmente, Jonah descobriu o que ela estava fazendo e se escondeu no banco detrás para poder ir também. A um quilômetro e meio da casa, ele quase fez Zoe se borrar de medo ao pular na frente do espelho retrovisor e gritar: "Olha eu!"

Ela não podia deixar o monstrinho assistir aos corpos sendo puxados de um lago — ele ficaria tão assustado que ia querer dormir com ela por um mês. Como ele não parava de dizer "eu também amava Bert e Betty! Eu também amava os dois", Zoe fez um retorno ilegal e dirigiu até o café Krispy Kreme, onde comeram donuts e choraram sem falar nada.

A mãe de Zoe cutucou-a. O pastor estava conduzindo uma oração agora, e eles tinham que ficar em pé. Zoe olhou para o altar. Sua mãe havia escolhido as flores, que eram perfeitas: lírios, rosas, gladíolos. E Rufus fez uma caixa de madeira para guardar as cinzas dos Wallace. Era de nogueira, esculpida com um par de pombas voando, como almas. Zoe gostava de provocar Rufus (dizendo "épico" e "radical" o tempo todo, por ele ter a paixão menos secreta do mundo pela mãe dela), mas ele era um cara boníssimo e mais talentoso do que Zoe imaginava: a caixa era linda e não havia como ele ter feito aquilo com uma serra elétrica. Ainda assim, era difícil para Zoe olhar. Não conseguia acreditar que tudo o que restava de Bert e Betty pudesse caber ali dentro. Duas vidas inteiras em uma única caixinha.

A oração terminou. Zoe deu uma olhada no folheto para ver quando seria o discurso fúnebre. Era *naquele momento*.

O pastor estava acenando para ela.

Zoe se deu conta de uma coisa.

Havia deixado suas fichas no carro.

Sentiu o rosto esquentar, a garganta fechar. O pastor ergueu as sobrancelhas.

A mãe dela fez sinal para ele esperar, então se inclinou para Zoe e sussurrou a coisa mais gentil que alguém já havia lhe dito:

— Quer que eu faça isso no seu lugar?

Zoe quis concordar com todo o seu ser.

— Não — disse ela. — Preciso tentar. Mas não vai ser bonito.

— Não tem problema — comentou a mãe. — Eles sabiam o quanto você os amava.

O pastor parecia irritado. As sobrancelhas ergueram-se ainda mais.

Zoe inclinou-se na frente da mãe até se aproximar de Jonah. Ele estava com uma calça cáqui, uma gravata vermelha que ele mesmo insistira em amarrar — não havia como descrever o nó que acabou dando — e um blazer azul, cujas mangas eram tão longas que mal dava para ver a ponta de seus dedos.

— Vai querer vir comigo, monstrinho? — sussurrou ela.

— Sim, é claro — ele disse. — Acho que as pessoas vão gostar da minha gravata.

— Vão logo — disse a mãe, e eles subiram os degraus até o altar, de mãos dadas.

O pastor, ao ver Jonah, disse:

— Parece que temos um convidado-surpresa.

Jonah adorou.

Zoe estava no púlpito vazio, seu coração acelerado, a mente vazia como uma sala recém-desocupada. Ela não sabia como começar. Uma dúzia de sentimentos se digladiavam dentro dela. A saudade que sentia de Bert e Betty era tanta que ela mal conseguia falar dos dois, o que a lembrava do quanto sentia falta de X — e simplesmente não conseguia abrir *aquela* porta. Havia um oceano atrás dela.

Jonah soltou a mão da irmã, talvez tivesse sido uma má ideia levá-lo ao púlpito. Ele tinha tomado o remédio para TDAH naquela manhã? Zoe olhou para a congregação. Estava inquieta. Há quanto tempo ela estava parada ali?

Jonah puxou a manga dela, e Zoe olhou para baixo, irritada.

Ele havia desenhado um pequeno coração vermelho na mão. Até coloriu. Era irregular e torto, mas era para ela.

O que ajudou.

Ela aproximou-se do microfone.

— Esqueci as anotações que fiz para o meu discurso — confessou. — Acho que essa é a maneira de Deus me dizer que meu discurso não estava muito bom.

Houve uma onda de risadas baixas, até mesmo do pastor, que deixou Zoe mais calma. Ela olhou para sua mãe e Rufus. Eles imediatamente levantaram a palma das mãos — elas também tinham corações. Devem ter planejado aquilo.

— De qualquer forma, nunca conseguiria dizer tudo o que quero sobre Bert e Betty — disse Zoe. — Eles eram tão doces e tão engraçados. — Pedaços do discurso que ela havia escrito começaram a lhe voltar à mente. — Sabe quando a gente fica sentado ali, pensando em ligar para alguém para saber se a pessoa quer sair para dar uma caminhada e, de repente, ela liga para saber se a gente quer sair para dar uma caminhada? Esses eram Bert e Betty. Estávamos conectados de alguma forma. — Ela hesitou. — Eles ensinaram muita coisa sobre a floresta e as montanhas a mim e a Jonah. Também nos deram sorvete em segredo por anos, porque nossa mãe é vegana e não deixa nenhum derivado de leite entrar em casa. Desculpe, mãe. Jonah e eu comemos sorvete para caramba.

Jonah ficou na ponta dos pés para alcançar o microfone e disse:

— Caramelo salgado para mim, por favor!

A mãe deles fez uma cara de raiva fingida.

Zoe não conseguia se lembrar do meio do discurso, então pulou para o fim. Trabalhou tanto nele que o memorizara.

— Os Wallace nos amavam tanto que faziam com que eu me sentisse segura, como se, aonde quer que eu fosse, eles estivessem andando na minha frente com escudos — disse ela. — A maneira como foram mortos... Eu realmente gostaria de estar andando na frente *deles*. — Ela parou por um momento. — Quando algo horrível e inesperado acontece, como a morte de Bert e Betty, tento me lembrar de todas as coisas *incríveis* e inesperadas que também aconteceram. Conhecer os Wallace foi uma delas. É difícil respirar agora que eles se foram. Mas algumas pessoas mudam tanto a gente que fazem qualquer dor valer a pena.

Zoe não sabia se deveria dizer "obrigada" ou simplesmente voltar para seu lugar. Ficou sem jeito por um segundo, então falou:

— Bom, é isso. Desculpem por eu ter me apavorado no começo.

Jonah bateu palmas para ela, então se inclinou para o microfone e disse:

— Fui eu que dei o nó na minha gravata.

Quando desceram do altar, Zoe viu que sua mãe e Rufus estavam com a palma das mãos, com os corações desenhados, para cima.

Zoe ficou tão aliviada por terminar o discurso que sentiu como se estivesse flutuando. O dia não estava nem próximo de acabar — Arrancadora estava em algum lugar, esperando; Val e Dallas estavam perto da saída da igreja, prontos para bombardeá-la com perguntas. Mas Zoe reservava um espacinho no fundo do cérebro para coisas em que não queria pensar, com o aviso: "Não abra." Foi lá que enfiou todas as suas preocupações nesse momento. Durante o restante da cerimônia, ela apoiou a cabeça no ombro da mãe, pensou nos Wallace e olhou para um ponto à esquerda do altar no qual o sol, entrando pelos vitrais, lançava manchas azuis, amarelas e verdes no assoalho.

Havia algo que Zoe não conseguira dizer no discurso porque era muito estranho, mas que a consolou naquele instante: ela sabia que Stan Manggold estava sendo punido por matar os Wallace, porque X finalmente o localizara e o levara para a Terrabaixa. No entanto, não era o fato de ele estar sofrendo que a consolava. O que a consolava era: se havia um inferno para Stan, tinha de haver um paraíso para Bert e Betty.

O PLANO ERA ESPALHAR as cinzas dos Wallace após o velório. Enquanto a multidão se afastava e o organista tocava os últimos acordes, Zoe disse à mãe que precisava de um minuto para se despedir de Dallas e Val.

Zoe quase sempre podia esperar um *eita!* ou um *nossaaa!* de Dallas, mas, desta vez, ele disse apenas:

— Você foi bem.

Val, agitada e zangada, gesticulou para que Zoe a seguisse e saiu da igreja sem dizer uma palavra.

O pastor ficou do lado de fora, entre os paroquianos. Val esperou na calçada, onde não seriam ouvidas.

— Arrancadora — disse ela. — Você conhece alguém chamado Arrancadora.

— Sim — disse Zoe calmamente.

— Você não vai a *lugar nenhum* com ela.

— Eu vou.

— Ela é psicótica.

— Só um pouco.

— Isso não é engraçado — ralhou Val. — Você mentiu para nós esse tempo todo sobre X? Sobre tudo?

Zoe ficou envergonhada. Falou ainda mais baixo:

— Não sobre tudo — comentou. — Tá, sim, sobre tudo.

Val se virou, chateada demais para responder.

— Por que você não nos contou a verdade, cara? — perguntou Dallas.

— Eu devia ter contado — respondeu Zoe. — Mas a história é tão maluca... E acho... Só estou percebendo isso agora... Acho que tinha medo de que, uma vez que vocês soubessem quem X realmente era, me dissessem para ficar longe dele, e eu sabia que não conseguiria.

Val virou-se bruscamente.

— Quero saber tudo sobre ele — disse ela. — Agora mesmo. Você sabe que eu te amo, mas juro por Deus, mais uma mentira e acabou.

— X é... — disse Zoe. — Tudo bem, lá vamos nós. X é um prisioneiro em um lugar chamado Terrabaixa. Eles o deixam sair para coletar as almas que foram condenadas, mas depois o fazem voltar. Jonah e eu o conhecemos durante a nevasca, quando ele veio buscar

Stan Manggold. Como eu explicaria isso para vocês? Teriam me olhado como estão fazendo agora.

— Terrabaixa? O que é isso? — quis saber Val. — Você está falando do inferno?

— Sim, mas... — disse Zoe.

— Sim, *mas* — repetiu Val. — Ele vem do inferno? Como isso não é um problema?

— Concordo com a Val, cara — disse Dallas. — Você *me* largou porque eu gosto de esportes.

— X nasceu lá, está bem? — disse Zoe. — Ele não sabe quem são seus pais... Eles estão em algum outro lugar na Terrabaixa, que é gigantesca, acho. Ele cresceu em uma cela de prisão. Provavelmente sou a primeira pessoa da idade dele com quem ele falou. Eu *sei* que sou a primeira pessoa que o abraçou ou o beijou...

— Você pode pular essa parte — falou Dallas, corando.

— Desculpe — disse Zoe. — X ouviu que é um merda a vida toda, mas, de alguma forma, ele é a pessoa mais gentil do mundo. A pessoa mais leal. — Ela hesitou. — E ele me ama tanto que mal consegue olhar para mim.

Val e Dallas ficaram em silêncio.

— Eu preciso dele de volta — continuou Zoe. — Sinto falta das mãos dele. Sinto falta do casaco dele. Isso é estranho, não é? Sinto falta do casaco dele!

— Essa é a única coisa que você disse que realmente não é estranha — comentou Val. — Transei vestindo *todos* os casacos de Gloria.

Dallas estava sofrendo. Fingiu se enforcar com a gravata.

Val olhou para ele.

— Qual é o seu *problema*, heteronormativo?

— Em primeiro lugar — disse Dallas —, por que ninguém quer fazer sexo vestindo *meu* casaco? Ele é macio e luxuoso. Além disso, sinto muito, mas não quero ouvir sobre esse cara gostosão. Vocês podiam tentar ter um pouco de sensibilidade, já que sou o ex-namorado dela?

— Ex-namorado — repetiu Val. — Zoe ficou com você no banheiro para pessoas com deficiência no Walmart, e agora você é o "ex-namorado" dela?

— Foi na Target — retrucou Dallas. — E foi bem gostoso. Fala pra ela, Zo.

— Foi — disse ela, principalmente para ser legal. — Tem certeza de que não foi no Walmart?

Val levou a conversa de volta aos trilhos.

— Lamento que Bert e Betty tenham morrido — disse ela a Zoe. — Lamento que seu pai tenha morrido. Claro. Ver *você* sofrer *me* fez sofrer. Você já sabe disso. Mas eu não... Quer dizer, eu não sei mais que merda está acontecendo com você.

Zoe olhou para a igreja. Sua mãe, Jonah e Rufus tinham acabado de sair. Estavam agradecendo ao pastor. Jonah estava segurando a mão da mãe e girando o braço dela como se fosse uma corda de pular.

Ela sabia que Val e Dallas estavam impressionados com tudo o que ela lhes contara. Sabia que não deveria dizer mais nenhuma palavra. Mas Val lembrou Zoe de um último segredo que ela estava guardando.

— Meu pai ainda está vivo — revelou. — Minha mãe sabe. Jonah, não. Quando eu voltar, explico tudo isso também.

Os Wallace pediram que suas cinzas fossem espalhadas em um trecho do rio que amavam, na Tally Lake Road. Bert e Betty costumavam pegar cadeiras dobráveis e ler ali — às vezes até no inverno. Doía a Zoe lembrar como Bert e Betty eram fofos, agasalhados com seus casacos e cachecóis, como passavam uma garrafa térmica xadrez de café de um para o outro, como tinham que ficar tirando as luvas para virar as páginas.

Zoe sabia que Arrancadora, onde quer que estivesse, esperava impacientemente para encontrar o túmulo da filha. Enquanto dirigia, pensava ter visto o vestido dourado de Arrancadora entre as árvores. Mas Zoe não queria apressar as coisas. Por enquanto, mantevê

Arrancadora no canto "não abra" em seu cérebro. Sorriu, imaginando Arrancadora xingando, indignada, e tentando fugir dali.

Foram em dois carros. Zoe e Jonah estavam em um, sua mãe e Rufus, no outro. Jonah insistira para que Rufus os acompanhasse, embora não conhecesse bem os Wallace. Rufus parecia se sentir constrangido por se intrometer em um momento familiar, mas os Bissell estavam morando com ele desde que a casa deles fora destruída, e o que Jonah disse, à sua maneira estranha, era verdade: "Você faz parte do nosso *nós* agora."

Jonah também insistiu para que levassem Spock e Uhura com eles para o rio, porque os labradores eram de Bert e Betty. Uhura tinha pegado pneumonia, e Zoe tinha certeza de que foi quando Stan Manggold tentou afogá-la no lago durante a nevasca. A cadela havia perdido uma quantidade surpreendente de peso. Abraçá-la era de partir o coração: era como segurar um esqueleto. O veterinário não podia prometer que Uhura se recuperaria, mas ninguém disse isso a Jonah. Ele observava a cadela de um jeito obsessivo, como se fosse o agente do serviço secreto dela.

A mãe de Zoe estacionou perto do rio. Zoe parou do outro lado de um bosque, para que sua mãe não visse o que Ronny, o Caçador Desequilibrado, havia feito com seu carro. Uma chuva fina pontilhava o para-brisa.

— Temos que ir embora agora mesmo? — perguntou Jonah. — Ou podemos nos sentar um pouco?

Uhura estava encolhida em seu colo no banco detrás.

— Podemos nos sentar um pouco se você quiser — respondeu Zoe.

— Eu quero — confirmou Jonah. — Uhura está dormindo. A respiração dela ainda está barulhenta. Acha que vai ficar assim pra sempre?

— Não sei, monstrinho — respondeu Zoe. — Mas sei que ela te ama, e eu sei que você a ama.

— Dã — disse Jonah. — Eu a amo completamente.

Zoe observou pelo para-brisa a mãe estender um cobertor à beira do rio, e Rufus carregar flores do altar e a urna que ele havia esculpido com pombas.

— Você está triste por causa de Bert e Betty? — perguntou Zoe.

Quando Jonah não respondeu, ela olhou para ele pelo espelho retrovisor. Estava fazendo aquela cara franzida de "estou pensando".

— Estou triste-bravo — disse ele. — Nunca vim até aqui sem eles. Lembra da garrafa térmica deles? *Você* está triste-brava?

— Estou, sim — respondeu Zoe. — Não sabia que era assim que chamava.

— *Chama* assim, não fui eu que inventei — disse Jonah. — Sabe o que é chato?

— O que, monstrinho? — perguntou Zoe.

— Quando você vai a um lugar e tudo o que vê são as pessoas que não estão lá — respondeu ele. — Não conte para a mamãe, mas estou um pouco feliz por não morarmos mais na montanha.

— Por quê? — quis saber Zoe.

— Porque agora é apenas o lugar onde o papai não está — disse Jonah. — Além disso, é o lugar aonde Bert e Betty não vão mais… e o lugar onde X não brinca na neve comigo. Sabe?

— Sei — respondeu Zoe.

Ela estendeu o braço para trás e bagunçou o cabelo dele. Jonah sorriu. Ele deu uma mordidinha na mão dela, como um crocodilo.

— Gostei do seu discurso na igreja — comentou. — Vocês acham que eu não presto atenção nas coisas, mas, na maioria das vezes, eu presto, sim.

— Eu sei — disse Zoe.

— Gostei da parte sobre o X — disse Jonah.

— Que parte sobre X? — questionou Zoe. — Não teve nenhuma parte sobre o X.

— Teve, sim — insistiu Jonah. — Você disse: "Mas algumas pessoas mudam tanto a gente que fazem qualquer dor valer a pena." Viu? Eu estava escutando.

— Foi sobre Bert e Betty — disse Zoe.

— Não, não foi, dã — disse Jonah. — Eu não tenho *sete* anos.

— Tudo bem, talvez fosse sobre todos eles — cedeu Zoe. — Gostei quando você disse: "Fui eu que dei o nó na minha gravata."

— Se eu não falasse, ninguém ia saber — comentou Jonah.

Uhura finalmente acordou, e eles saíram do carro e desceram a encosta até o rio. Zoe ficou comovida com o cuidado com que Jonah carregava a cachorra, como dava passos mínimos e cautelosos. Spock caminhava ao lado dele. Jonah mantinha os olhos preocupados fixos em Uhura e fez um som estremecido, como se estivesse perguntando: *"Ela está bem? Ela está bem?"*

Todos sentaram-se no cobertor, e a mãe de Zoe abriu a urna de madeira. Os restos mortais de Bert e Betty estavam em sacos plásticos separados. Zoe sabia que haveria pedaços de ossos misturados às cinzas, mas vê-los foi mais difícil do que ela esperava. Sentiu um frio na barriga. Jonah parecia não perceber que era osso, e Zoe ficou aliviada por isso.

Sua mãe perguntou se alguém queria dizer algumas palavras antes de espalhar as cinzas.

Jonah levantou a mão, como se estivesse na escola.

— Quero dizer as palavras "triste" e "bravo" — disse ele.

— Eu também — concordou Zoe.

— Ótimo — disse a mãe. — É importante reconhecer essas duas coisas. As duas são cem por cento corretas.

Ela olhou para Rufus, que coçou a barba ruiva, pensativo.

— Quer dizer alguma coisa? — perguntou ela. — Não tem problema.

— Não, estou bem — disse ele. — Gosto do que o rio está dizendo. Gosto do que o vento está dizendo. — Quando Zoe sorriu, apesar da tristeza, Rufus abriu um sorrisão e disse: — Você acha que eu sou um pateta.

— Acho você incrível — disse Zoe. — E um *grandessíssimo* pateta.

Zoe estava feliz por Rufus estar lá. Sua mãe recusava-se a admitir que ele tinha uma quedinha imensa por ela e não contava a Zoe se também sentia algo por ele. Ainda assim, Rufus agora se somara à sua família, o que parecia bom e curativo — eles se acostumaram demais a perder pessoas.

A chuva aumentou, Zoe conseguiu senti-la pousar suavemente nos cabelos. A mãe dela leu um poema budista sobre como o fim não é realmente o fim ("Não entendi", disse Jonah) e jogou o primeiro punhado dos restos mortais dos Wallace na água. Ela fez Jonah soltar rosas e pétalas de gladíolo junto para que soubessem onde estavam as cinzas enquanto a corrente as levava embora. *As pétalas foram um belo toque*, pensou Zoe. Sua mãe tinha jeito para fazer as coisas ficarem mais bonitas. Observar as flores fez com que Zoe se sentisse em paz pela primeira vez desde que acordara. Elas eram como uma frota de navios vermelhos e azuis.

Depois, Jonah carregou Uhura até o carro, sussurrando para ela enquanto caminhava. Rufus tentou distrair Spock, fazê-lo brincar, mas o cachorro não saía do lado da parceira.

Zoe e sua mãe lavaram as cinzas das mãos no rio, a água tão fria que doía.

— Eu contei tudo a Val e Dallas — comentou Zoe.

— Uau — disse a mãe. — Talvez tenha sido uma decisão sobre a qual você e eu poderíamos ter conversado antes. Tem repercussões para todos nós.

— Eu sei, desculpe, mas meio que tinha que acontecer naquele momento — comentou Zoe. — Por causa de... coisas.

— Ok, eu confio em você, Zo — disse a mãe dela. — Como reagiram?

— Ficaram chocados — disse Zoe. — Claro. Val ficou chateada. Ainda estão tentando entender. Quer dizer, *eu* ainda estou tentando entender. Vai contar para o Rufus?

— Não sei — respondeu a mãe. — É muita coisa para jogar no colo do pobre coitado.

— Sim, mas, se você não disser nada, o vento ou o rio podem contar para ele — provocou Zoe.

Sua mãe sorriu.

— Comporte-se — disse ela. — Minha preocupação número um é que Jonah nunca descubra que seu pai tenha fugido de nós. Odeio que *você* saiba disso.

— Tudo bem.

— Não está tudo bem. Você merecia alguém melhor do que ele.

Zoe viu como sua mãe estava cansada. Esgotada.

— *Temos* alguém melhor que ele, mãe — disse Zoe. — Nós temos você.

A mãe surpreendeu-a com as lágrimas que surgiram em seus olhos. Zoe pensou em Arrancadora e em como ela queria se despedir de Belinda, em como estava envergonhada por deixar seus filhos órfãos de mãe quando assassinou seu criado com a chaleira e foi condenada.

— Desculpe — disse a mãe de Zoe, enxugando os olhos com a ponta dos dedos. — Dia emocionante. Tudo que eu sempre quis foi proteger vocês de... de tudo. Quis criar vocês como cordeirinhos.

Zoe lhe deu um abraço apertado.

— Você conseguiu — ela disse. — *Béééé*.

quatro

Zoe continuou sentada à beira do rio quando os outros foram embora. Nem dois minutos se passaram e Arrancadora apareceu silenciosamente atrás dela com o chapéu de "Caçador de ReCUmpensa". Ela devia estar nervosa — foi uma entrada nada dramática.

— Você vai vir? — perguntou Arrancadora. — Vai me ajudar?

— Vou — respondeu Zoe. — Mas tenho que estar de volta à meia-noite.

Arrancadora sorriu, agradecida.

— E assim será, Cinderela.

Zoe ficou de pé.

— Acha que os senhores vão mesmo enviar X para buscar você? — perguntou ela.

— Sim — respondeu Arrancadora. — Acho que demonstrei como posso ser um incômodo caso contrário. Dervish, em particular, detesta a ideia de nós, pessoas mortas, estarmos por aqui. Teme que deixemos evidências de que a Terrabaixa existe. Agora, você já voou com X antes, não é? Você sabe o que isso envolve?

— Sei — respondeu Zoe. — Chamamos isso de "zoom". Eu vomito às vezes.

— Adorável — disse Arrancadora. — Por favor, não esqueça que este é o meu único vestido.

Arrancadora ergueu-a, e elas dispararam para o céu.

A luz do sol fazia os olhos de Zoe doerem, e o ar gritava em seus ouvidos. Mas nada era tão avassalador quanto a lembrança de estar deitada, exatamente daquele jeito, nos braços de X. Ela adormeceu enquanto voavam, seus sentidos se desligando. Seu último pensamento foi que Arrancadora a estava carregando até ele.

Zoe acordou horas depois com o zumbido de seu celular.

Arrancadora deitou-a embaixo de uma árvore em um prado. Até cruzou as mãos dela sobre a barriga, o que era bonito, embora fizesse Zoe se sentir como um cadáver. Zoe sentou-se na grama, tão tonta que sentiu como se tivesse sido drogada. A tarde estava quase acabando. Arrancadora estava por perto, procurando ameaças. Zoe não conseguia ver o rosto dela.

As mensagens de Val e Dallas multiplicaram-se desde que se despediram. Dallas enviou cinco variações de *"você está em segurança?"*. Val havia enviado oito seguidas dizendo: *"Você é DOIDA?"* Zoe se apressou para mandar uma mensagem de volta (*Segura! Sã e salva!*), guardou o celular e esfregou o rosto.

O ar estava quente e úmido, e a campina mostrava sinais de primavera — pequenas manchas verdes, como um desenho sendo colorido. Zoe conseguia ver a torre branca de uma igreja à distância. Uma faixa de oceano azul-acinzentado. Um punhado de velas, minúsculas como vírgulas.

— Onde estamos? — perguntou ela.

— Massachusetts — respondeu Arrancadora, sem se virar. Sua voz parecia perturbada. — Perto do mar.

— Você não precisava ter me deixado dormir — comentou ela.

Arrancadora virou a cabeça alguns graus.

— Eu mesma não consigo dormir e gosto de observar os outros fazendo isso — disse ela. — Estou sempre procurando pistas sobre como isso acontece.

Zoe caminhou em direção a ela com cautela. A grama seca subia quase até os joelhos.

— Por que Massachusetts?

— Na verdade — disse Arrancadora —, vinte e três dias após minha morte, meu marido se casou com uma norte-americana horrível e trouxe meus filhos para esta... esta *colônia*.

Arrancadora finalmente tirou o boné do Caçador de ReCUmpensa e o jogou longe.

— Você amava seu marido? — questionou Zoe.

— Certa vez, X me fez a mesmíssima pergunta — respondeu Arrancadora. — Por que as pessoas apaixonadas precisam que todos os outros estejam apaixonados também, ou pelo menos aspirem a essa condição?

Zoe não disse nada, com medo de tê-la irritado.

— Com toda a certeza eu *não* amava meu marido — continuou Arrancadora. — O fato de eu ter matado um criado com uma chaleira é uma boa indicação do meu humor na época.

Arrancadora olhou para as árvores que separavam a campina da cidade e para o oceano além dela. Zoe não sabia se deveria fazer outra pergunta, se falar mais ajudaria Arrancadora ou a magoaria.

— Como você sabe o que aconteceu com seus filhos — questionou ela com cuidado —, se você já estava...

— Morta? — completou Arrancadora. — Pedi a um caçador de recompensas para investigar. Quando ele voltou, me garantiu que eu não ia querer saber. — Ela hesitou. — Alguém, em toda a história da humanidade, já foi informado de que não ia querer saber de algo e *imediatamente* não quis saber ainda mais?

— Não precisa me contar o que aconteceu — disse Zoe.

— Meu filho Alfie morreu em um incêndio — disse Arrancadora. — Em um estábulo.

Ela explicou que o menino correu para salvar seu cavalo, que se chamava Equinócio. Arrancadora obviamente havia contado a história muitas vezes, mas parecia que cada palavra ainda tinha o efeito de um espinho em sua garganta. Alfie conseguiu resgatar Equinócio — o cavalo se soltou —, mas ele próprio ficou preso sob uma viga. Belinda correu para as chamas para resgatar seu irmão mais velho.

Zoe conseguiu ver os músculos do pescoço de Arrancadora se contraírem.

— Belinda falhou porque era muito, muito pequena — disse Arrancadora. — Suponho que X nunca tenha contado nada disso porque vocês estavam tão ocupados se sufocando na boca um do outro?

Zoe queria fazer Arrancadora sorrir, se pudesse.

— Talvez tenha havido uma asfixia, sim — disse Zoe.

— A nova esposa do meu marido aparentemente ficou entediada de ouvir Belinda lamentar sobre Alfie — continuou Arrancadora. — Ela a despachou para um lugar com o nome difícil de Instituto Manicomial Cropsey para Criminosos Insanos e Outros Necessitados de Repouso e Restrição. Sei que fica perto daqui, pois há um nó insuportável na minha cabeça. Não é nada sobrenatural, apenas uma dor de mãe, e ela me diz que...

Zoe pegou seu celular para procurar o instituto. Arrancadora viu o que ela estava fazendo. Estendeu a mão para detê-la.

— Isso me diz que não tenho a coragem que imaginei — disse ela. — Você pode ficar deitada na grama um pouco mais, ou posso te levar para casa. Mas não precisa encontrar o túmulo de Belinda, pois sou fraca demais para enfrentá-lo.

Arrancadora trincou os dentes para não chorar. Zoe foi abraçá-la e sentiu o corpo esguio da mulher tremer em seus braços. Quando se separaram, Arrancadora puxou o vestido para endireitá-lo.

— Peço desculpas por esse espetáculo — disse ela.

— Não precisa se desculpar — disse Zoe. — Sou famosa por meus espetáculos. Eles têm fãs em todo o mundo.

Um dia, ela teria que descobrir se deixar escapar coisas estranhas em momentos difíceis era uma falha de caráter.

Ficaram paradas ali por um momento, sem saber o que viria a seguir. Os olhos de Arrancadora avaliavam o entorno, como se um caçador de recompensas pudesse aparecer de repente de qualquer direção. Zoe lembrou-se dela dizendo que eles sempre vinham à noite. Ela tentou não esperar por X. Apesar das garantias de Arrancadora, as chances de os senhores o enviarem pareciam impossivelmente pequenas.

— Você vê alguma coisa? — perguntou Zoe.

—Não — disse Arrancadora. — Não vejo nada.

Zoe não estava pronta para desistir de encontrar o instituto. Arrancadora estava ao lado de Zoe quando confrontou seu pai fugitivo. Pousou um braço em torno de Zoe — sussurrou para ela e a consolou — menos de dois minutos depois de se conhecerem. Enfrentar seu pai tinha sido assustador, humilhante, mais doloroso do que qualquer coisa pela qual Zoe já havia passado. Mas ela estava feliz por ter feito isso. Isso a libertou de alguma forma. Fez seu coração parecer menos um peso de chumbo em seu peito.

Ela queria que Arrancadora sentisse esse tipo de alívio.

— Olha, você conheceu minha mãe, certo? — disse ela. — Você notou a tatuagem falsa dela? Acima do tornozelo?

— Não me lembro do tornozelo dela, na realidade — disse Arrancadora.

— Tá, então, ela está obcecada por esta tatuagem, tem uma pilha delas em uma gaveta — disse Zoe. — Diz: "A única saída é atravessar." Acho que se aplica a esta situação. Também a bolos.

Sim, falar essas maluquices provavelmente era mesmo uma falha de caráter.

— Explique — pediu Arrancadora.

— Acho que você pode fazer isso — disse Zoe. — Acho que você pode ir até esse lugar, Cropsey.

— E eu garanto que não posso — disse Arrancadora.
— *Pode.*
— *Não posso.*
— X e eu costumávamos discutir assim — disse Zoe. — Eu sempre venci. Vou vencer você também.
— Não — disse Arrancadora.
Mas ela sorriu.
Zoe olhou de novo para o telefone e encontrou o instituto em segundos.
— Fica a apenas um quilômetro e meio de distância... o que sobrou do lugar — informou ela. — Eu vou procurar Belinda. Vai me fazer ir sozinha?
O sol, que se punha atrás delas, iluminava o vestido rasgado de Arrancadora. Zoe nunca deixaria de se impressionar com o quão adorável e surpreendente a mulher era. Mesmo agora, mesmo sofrendo, ela estava linda, apenas com uma vermelhidão ao redor dos olhos.
— Mostre-me o caminho, coisinha obstinada — disse, por fim, Arrancadora.
Zoe sorriu. Ela tirou o suéter preto de botão e o entregou a Arrancadora.
— Coloque isso — disse ela. — Vai fazer você parecer menos com uma pessoa louca e morta.

Arrancadora não queria saber nada sobre Cropsey até chegarem lá, então Zoe leu sozinha uma história do lugar enquanto caminhavam por entre as árvores, em direção ao oceano. Ela leu por que Cropsey encerrou as atividades e sobre as comemorações que aconteceram na cidade no dia em que fecharam as portas. Ela até encontrou — na tese de um aluno de pós-graduação — uma lista alfabética de todos os pacientes que já haviam passado ou sido arrastados até lá, incluindo Belinda Popplewell-Heath, de nove anos. Havia uma dúzia de palavras sobre o diagnóstico, a vida e a morte de Belinda. Ao lê-los,

Zoe sentiu um arrepio se espalhar pelo seu corpo. Ela desejou poder proteger Arrancadora dos detalhes.

Zoe conferiu o mapa no telefone enquanto caminhavam. O ponto azul representando ela e Arrancadora pulsava como um batimento cardíaco.

— Estamos perto — disse ela.

Arrancadora, seguindo atrás, respirou fundo. Zoe a viu espiar por entre as árvores.

— Você vê alguma coisa agora? — perguntou ela.

— Não — respondeu Arrancadora.

Zoe e Arrancadora saíram da floresta e pararam no topo de uma colina coberta de mato alto e seco que descia até uma estrada movimentada. O céu estava escurecendo, ficando preto como tinta se espalhando por um tecido. As primeiras estrelas pairaram sobre o oceano.

Atravessaram a estrada até uma entrada larga que descia em direção à água. Enquanto Zoe conduzia Arrancadora por um par de colunas de tijolos, ela viu as dobradiças enferrujadas que costumavam ancorar os portões do manicômio e uma mancha desbotada na alvenaria onde uma placa devia ficar pendurada. Tinha o formato de um brasão de família, como se Cropsey fosse um lugar que desse orgulho.

Zoe olhou para ver se Arrancadora havia notado os restos do asilo. E sim. Em seu nervosismo, Arrancadora tinha começado a dilacerar suas unhas novamente — a unha do dedo anelar esquerdo já estava sangrando. Zoe agarrou seu braço.

— Não — disse ela. — Você prometeu a Jonah que não mexeria nas suas unhas se ele não roesse as dele.

Arrancadora a fitou, irritada, depois assentiu com relutância.

— Eu lembro — disse ela.

Elas se arrastaram pelo caminho no escuro. Cercas vivas erguiam-se como paredes em ambos os lados, e o silêncio era tão absoluto que mesmo pequenos sons acidentais, como o rangido dos sapatos no cascalho, pareciam sinistros.

— Me conta sobre Belinda — pediu Zoe. — Não como ela morreu... como ela viveu.

— Ah, ela era uma espoleta, aquela garota — disse Arrancadora. — Rechonchuda e travessa. Cabelos cacheados. Linda, embora a incomodasse ouvir isso. Ela costumava dizer: "Só sou bonita porque você é bonita, mãe, e é muito chato ser elogiada por algo no qual não tive nenhuma participação!" Ela estava sempre em movimento, sempre tramando alguma coisa. Costumava dar cambalhotas no tapete, depois saía tropeçando, tonta, derrubando vasos.

— Jonah teria adorado ela — disse Zoe.

— Sim — concordou Arrancadora, baixinho. — Teriam sido uma dupla de salafrários. — Ela hesitou. — Sinto falta dos meus filhos há quase dois séculos. Se já não estivesse morta, isso teria me matado. Então, quando pensei ter superado um pouquinho a dor, Regente apareceu na minha cela e me apresentou a um menino de dez anos.

— X — disse Zoe.

— Sim — confirmou Arrancadora.

Mais uma vez, ela olhou para trás para ver se estavam sendo seguidas.

Zoe queria perguntar como X era quando criança, mas sabia que seria egoísta de sua parte. E, sinceramente, ela conseguia, muito bem, imaginar X aos dez anos: gentil, vigilante, triste, convencido de que ele devia ser mau ou ter problemas de alguma forma porque havia nascido na Terrabaixa. Ainda assim, ela se perguntava o que ele vestia, se alguma vez ria, se Arrancadora escovava o cabelo dele, nem que fosse com os dedos. Era difícil não perguntar.

— Eu amei X com tudo o que restava do meu coração — disse Arrancadora. — Ainda me lembro dele soltando a mão de Regente e estendendo a palma da mão rosada para mim naquela primeira vez. Nunca disse isso a ele, mas ele despertou lembranças tão penetrantes de Alfie e Belinda que não consigo afirmar se elas voltaram a adormecer desde então.

As sebes acabaram, e a estrada chegou a um enorme gramado. Arrancadora olhou ao longe.

— Eu me pergunto *o que* é isso — disse ela.

Uma torre de tijolos em ruínas erguia-se sozinha na grama. Rachaduras corriam pelas paredes como veias.

— Isso — disse Zoe — é tudo o que restou do Instituto Cropsey de Sei-lá-o-quê e Não-sei-o-que-mais.

As palavras dela pairaram no ar em direção ao oceano. Ela não conseguia pensar em nada para dizer que pudesse ajudar Arrancadora agora.

A TORRE ESTAVA ILUMINADA por um holofote que mostrava cada fratura no tijolo. Arrancadora fez sinal para Zoe ficar para trás e avançou sozinha. Zoe sentou-se, afundando na grama morta.

Arrancadora moveu-se devagar. Era como se a torre a empurrasse, tentando mantê-la afastada.

Havia uma placa na base do monumento.

Zoe sabia mais ou menos o que diria. Não havia como proteger Arrancadora da verdade.

Cropsey tinha sido um horror — um lugar onde os pacientes eram negligenciados, abusados, serviam de cobaias para experimentos, abandonados nos próprios dejetos. A própria torre tinha dois propósitos. Era usada como conduto para jogar os corpos de pacientes mortos e como chaminé para quando os enfermeiros reuniam cadáveres suficientes para queimar.

Zoe observou enquanto Arrancadora lia a placa. Ela observou os ombros dela se curvarem, e a mulher cair de joelhos e chorar. Todas as lágrimas que Arrancadora estava tentando conter explodiram de uma só vez, como janelas se estilhaçando. Ela rasgou o vestido dourado. O holofote lançava sua sombra na torre de cinco andares.

Quando Arrancadora finalmente cambaleou de volta para Zoe, seu cabelo estava solto e caía sobre o rosto. Seu olhar era feroz.

Zoe nunca tivera medo de Arrancadora.

Até aquele momento.

— O que sua maquininha lhe disse sobre minha Belinda? — perguntou Arrancadora, sua voz sombria e pungente.

— Nada — respondeu Zoe.

— Você está *mentindo* — retrucou ela. O oceano sibilava nas rochas a cem metros de distância. O facho de um farol varreu a água escura. — Tenho que saber de tudo.

Zoe disse a mesma coisa para X sobre seu pai.

— Eu não sei muito — disse. — Belinda foi internada em 1835.

— Ela era uma criança — rosnou a mulher. — O que eles alegaram ser os demônios dela?

— Luto — disse Zoe. *É claro que Belinda estava de luto*, ela pensou. *Havia perdido a mãe, depois o irmão morreu queimado bem na frente dela.* — Tristeza, histeria e algo chamado "abcesso na cabeça".

Ela rezou para que Arrancadora não perguntasse mais nada.

— E por quanto tempo minha filha foi prisioneira deste lugar? Maldição, tenho que arrancar todos os detalhes de você!

Zoe respondeu, sem rodeios:

— Vinte e cinco anos. Morreu congelada na cama. Tinha trinta e cinco anos.

Arrancadora caminhou na direção da água, então girou de volta.

— E, quando minha Belinda morreu — perguntou ela —, o corpo dela foi jogado nesta chaminé, onde caiu sobre os cadáveres de *outros* filhos e filhas inocentes? É isso? E, então, enviaram todos eles às chamas. É *isso*?

Zoe queria dizer algo reconfortante, mas o quê?

— Sim — disse ela. — Acho que está correto.

— Se nossos papéis fossem invertidos — questionou Arrancadora —, o que *você* faria sobre este monumento odioso atrás de mim?

— Se eu tivesse seus poderes? — quis saber Zoe.

— Sim, se você tivesse meus poderes — disse Arrancadora. — *Claro*, se você tivesse meus poderes.

— Eu derrubaria essa porcaria.

Arrancadora seguiu em direção à torre de um jeito tão repentino que Zoe não teve chance de recuar. Viu um borrão dourado — o rastro da velocidade de Arrancadora na escuridão — e ouviu o estrondo do impacto. A chaminé tremeu. A argamassa entre os tijolos rachou e lançou nuvens de poeira ao redor, mas a torre não caiu.

Arrancadora voltou trotando até Zoe para uma segunda investida. Estava suando e brilhando, cheia de propósito. O vestido estava rasgado no ombro.

— A torre e eu estamos tendo um desentendimento — disse ela. — A torre acredita que sou incapaz de derrubá-la. No entanto, discordamos, não é?

— *Sim*, discordamos — respondeu Zoe.

Ela assistiu ao segundo ataque de Arrancadora. Mais uma vez, houve um borrão dourado, um estrondo contundente, uma rajada de terra e vento. Mais uma vez, a torre recusou-se a cair.

— Maldita torre imbecil — disse Arrancadora, preparando-se para sua terceira tentativa. — Parece não saber quem eu sou.

Zoe riu.

— Às vezes, você me lembra a Val — disse ela.

— Fico feliz em saber disso — disse Arrancadora, conferindo os danos em seu vestido. — Val tem um espírito ardente e um cabelo extraordinário.

O borrão. O estrondo. A investida.

Desta vez, a torre cambaleou — então, despencou na grama.

Arrancadora emergiu dos escombros, tossindo e sacudindo a poeira. Deu a Zoe um sorriso tão satisfeito que Zoe quase chorou.

A mulher ajustou seu vestido e retorceu seu cabelo preto bagunçado em um coque. O ritual de alisar o vestido havia virado uma das coisas favoritas de Zoe em Arrancadora. As coisas a que aquele vestido de baile tinha sobrevivido! Era como a bandeira no hino dos Estados Unidos.

— Obrigada por localizar a torre e me fazer enfrentá-la — disse Arrancadora. Ela pegou um tijolo do chão e completou, como se fosse uma reflexão tardia: — Agora, se você puder sobreviver à minha ausência por um momento, devo desmembrar os caçadores de recompensas que passaram os últimos trinta minutos nos perseguindo.

— Caçadores de recompensas no *plural*? — perguntou Zoe.

— Contei três enquanto atravessávamos a floresta — respondeu Arrancadora.

— Você disse que não tinha visto nada.

— Eu não os vi. Eu os *ouvi*.

— Vou com você. Um deles pode ser X.

— Ou todos os três podem ser samurais enlouquecidos. Você não vem comigo. Deve ficar bem aqui, sem se mover.

— Não sou boa em fazer o que me mandam.

— Dizem o mesmo de mim — disse Arrancadora. — Mas eu te proíbo de seguir. X não nos perseguiria à distância. Ele se jogaria em seus braços. *Não* está entre eles. — Vendo a expressão de Zoe, Arrancadora suavizou-se. — Eu prometi X a você, e você o terá, mesmo que seja apenas por um instante. Os senhores devem estar furiosos por causa das minhas travessuras, pois Dervish não é o único obcecado pelo segredo da Terrabaixa. Vou desfigurar esses caçadores. Se os senhores não tiverem enviado X para mim quando eu terminar, vou causar estragos a noite toda. Aquele farol na baía? Não viverá para ver o dia de amanhã. — Arrancadora inclinou a cabeça para o céu azul--escuro e gritou para os senhores: — Vocês *duvidam* de mim?

— Acho que os senhores estão lá embaixo — disse Zoe, apontando para o chão.

— Ah, sim — falou Arrancadora. Ela se ajoelhou e gritou para a grama desta vez: — VOCÊS DUVIDAM DE MIM?

— *Eu* não duvido de você — comentou Zoe.

— Ninguém jamais duvidou e sobreviveu — disse Arrancadora.

Ela disparou de volta para a floresta.

E então: silêncio. Trevas. Até o holofote fez um estalo repentino e se apagou. Zoe olhou para a floresta por mais um tempo, desesperada por algum sinal ou som, qualquer prova de que Arrancadora estava segura ou de que X estava chegando. Tinha dormido por horas na campina, mas ainda estava *muito cansada*. Sentia isso em cada parte do seu corpo. O dia a desmantelara. Quando terminasse, se aconchegaria com Jonah em um forte de travesseiros. Sua mãe e Rufus podiam ir e vir ao seu redor. Poderiam *passar aspirador* ao redor dela. Ela dormiria por uma semana.

Os minutos passaram devagar. Zoe imaginou os pesados ponteiros de ferro de um enorme relógio. Sentiu como se tivesse que empurrá-los sozinha para que se movessem.

Ela virou-se para encarar o oceano. O farol lançava seu tênue círculo nas ondas. Tirando isso, a água era muito escura, apenas um ruído vasto e suave, uma inspiração e expiração, uma presença.

Do farol brotaram mais três feixes. Zoe caminhou em direção a ele, só porque era bonito e reconfortante. Nunca tinha visto um desses na vida real. Era como se usasse uma coroa de luz.

Um dos feixes começou a estalar, como se estivesse em curto-circuito. Uma faísca desceu em direção à água.

Em vez de se extinguir nas ondas, a faísca transformou todo o oceano em ouro apenas por um segundo, como uma luz que acendeu e apagou.

Era um sinal de X. Ela sabia que era.

Ele tinha vindo.

Zoe sentiu o chão passando embaixo dela.

Ela olhou para baixo e percebeu que estava correndo.

parte dois

CATIVO

cinco

— Gosto quando implora — disse ela a X, enquanto o puxava pela camisa. — Implore um pouco mais.

X sorriu. Zoe era tão adorável... Ele não conseguia pensar em *nada* que fosse mais adorável que ela.

Ele havia empurrado o barco a remo laranja para longe do cais, e a embarcação passava pelo porto. Depois de duzentos pés, ela finalmente desacelerou, fez um arco preguiçoso na água e parou na escuridão. Havia algumas nuvens borradas no céu noturno. Para X, parecia que alguém havia tentado apagar as estrelas.

Ele beijou Zoe e sentiu seus corpos respirando, um colado no outro. Ela começou a levantar a camisa dele.

— Espere — disse ele. — Quero *ver* você.

Ele segurou as laterais do barco. Uma claridade materializou-se.

— Você e seus truques — comentou Zoe.

Ela examinou a água para garantir que não havia ninguém por perto.

— Só os céus sabem o que faremos — disse X.

Zoe riu.

Ele estava com medo de ter dito algo tolo, mas ela tirou a camisa, e sua pele brilhou rosa ao luar — e ela mergulhou no corpo dele.

MAIS TARDE, ELES FICARAM enredados no fundo do barco, as pernas dela enroladas em volta dele, as roupas deles espalhadas por toda parte.

Estar com Zoe sempre acalmou tudo em X. Desnudava-o e o destrancava. Os senhores enviaram-no para caçar Arrancadora e, até que ele a devolvesse à Terrabaixa, a febre que eles chamavam de Tremor circularia em seu sangue, e isso só pioraria. Mas Zoe fazia com que até isso fosse mais fácil de suportar. Ela estava com o rosto recostado no peito dele. Ele imaginou os dois e o barco, do alto, um triângulo laranja brilhante em um grande mar escuro. Era tudo que X queria — momentos como esse, o valor de uma vida inteira juntos.

Ele enfiou a mão na água e remou em direção a uma praia que se projetava para dentro do porto. Eles pularam do barco quando chegaram à areia. Juntos, o arrastaram para longe da maré.

— Estou com frio — disse Zoe. — Gostaria que tivéssemos uma fogueira.

X indicou um ponto na areia. Uma chama perfeita floresceu e flutuou logo acima da praia.

— Exibido — brincou Zoe.

Ficaram sentados ouvindo as ondas se desintegrarem na areia. X gostou do som do oceano. Tinha ouvido tão poucas vezes em sua vida. Os rios, como os da Terrabaixa, sempre se dirigiam para longe, mas os oceanos corriam para encontrá-lo. Deitavam-se aos seus pés.

— Ainda estou com frio — disse Zoe. — Você consegue aumentar o fogo, aproximá-lo ou algo assim?

— Posso fazer as duas coisas — disse X.

Ele invocou as chamas para junto deles. Elas flutuaram mais perto, brilhando intensamente.

— Como você era quando criança? — perguntou Zoe. — Quando você tinha a idade de Jonah. Fiquei com vontade de perguntar isso para Arrancadora.

— Quantos anos Jonah tem? — quis saber X.

— Ele tem oito anos, mas *adoraria* que você pensasse que tem dez.

— Quando eu tinha oito anos, eu era... bem, eu era magro como uma agulha, para começar. Tinha uma pequena pilha de roupas na minha cela...

— Eles colocaram você em uma cela quando você tinha *oito anos*?

— Regente colocou, sim. Mas as grades eram para me proteger. Muitas almas eram violentas, e algumas foram condenadas por... por coisas que fizeram com crianças. Entende o que quero dizer?

— Sim. — Zoe pegou a mão de X e entrelaçou seus dedos aos dele. — Então, você tinha sua pilhazinha de roupas...

— Exatamente. Tudo era ou pequeno demais, a ponto de eu mal conseguir usar, ou tão grande que me engolia. Os caçadores de recompensas eram obrigados a buscar roupas para mim no Mundo de Cima e provavelmente estavam tirando sarro de mim.

— Aposto que era muito fofo — comentou Zoe.

— Garanto que não — disse X. — Eu era uma anomalia na Terra-baixa. Todos os outros estavam mortos, sem querer dizer isso de novo. Porque eu tinha nascido lá, eu estava... eu estava comendo. Eu estava *crescendo*. Regente era praticamente a única alma que falava comigo. Eu costumava ficar sentado dentro da minha cela e acenar quando ele passava. Uma vez, ele parou e implorou meu perdão por nunca acenar de volta. Temia que os outros senhores se voltassem contra mim se o fizesse, e Dervish já me desprezava. Lembro-me de perguntar a Regente: "Tudo bem, senhor, se eu continuar acenando?"

— Você o chamava de "senhor"? — perguntou Zoe.

— Sim, embora ele tenha desencorajado — disse X. — De qualquer forma, Regente sorriu. Assentiu. Não posso te dizer o quanto isso me emocionou. Disse que eu poderia acenar para ele quantas vezes quisesse, então eu acenava o tempo todo... essa se tornou a principal ocupação dos meus dias. E ele começou a me trazer pequenas coisas que encontrava, bugigangas do Mundo de Cima. Comecei uma coleção, que guardei embrulhada em papel-alumínio. Eu levava minha coleção *muito* a sério.

— Eu amo o Xizinho — disse Zoe. — O que aconteceu com todas essas coisas?

— *Dervish* aconteceu — respondeu X. — Ele estava passando pela minha cela um dia e me viu brincando. Eu costumava fingir que era dono de uma loja, embora não tivesse muita certeza do que *era* uma loja. Dervish exigiu que eu entregasse minha coleção. Então, enquanto eu observava, ele voou pela planície e jogou tudo no rio.

Zoe apertou a mão de X, como se ele ainda fosse aquele menino de oito anos e precisasse de consolo.

— Espere — disse ele. — Antes que você fique com pena de mim, há um final feliz.

X enfiou a mão em um rasgo no forro de seu sobretudo, procurando algo.

— Regente ordenou que dez guardas entrassem no rio para recuperar minhas coisas — disse ele. — Fiquei surpreso por ele ter intervindo tão publicamente... e por causa de bugigangas. Pode ter sido porque eu estava chorando de um jeito muito dramático em minha cela. Sabe como as crianças choram? A maneira como esfregam os olhos com os punhos? Os guardas mergulharam na água fria por uma hora. Dervish ficou indignado. Foi a primeira indicação que vi do que acabou se tornando uma guerra declarada entre Regente e ele. Regente não deixaria os guardas desistirem da busca. Disse que eles poderiam *morar* no rio até encontrarem pelo menos parte da minha coleção.

— E? — quis saber Zoe.

— Aparentemente, os guardas não queriam morar no rio — disse X, sorrindo. — Encontraram cinco dos meus objetos favoritos.

Ele havia tirado um pacotinho de papel-alumínio de seu casaco. Abriu-o com cuidado, como se houvesse um ser vivo dentro, e espalhou seu conteúdo na areia: um botão vermelho e verde feito de pedra, um pente de prata ornamentado, uma pulseira rachada com a palavra "Vesúvio", um caco de porcelana branca e a ponta de uma broca quebrada.

— São lindos — disse Zoe.

— Para mim, são — disse X. — Quase tão bonitos quanto este...

De um bolso, ele tirou a carta que Zoe havia escrito para ele uma vez. O papel tinha sido desdobrado tantas vezes que começara a rasgar.

— Além das minhas botas e das roupas que uso — disse X —, isto é tudo que possuo.

Zoe também tirou uma coisa do bolso: a carta que ele havia escrito para *ela*. Tudo que continha nela era X. No entanto, ela a guardava em um saco de plástico, por segurança. X olhou para o saco com cobiça.

— Quer o saquinho, cara? — perguntou Zoe. — Para colocar minha carta?

Ele disse que sim antes mesmo de ela terminar de perguntar.

X SENTIU A FEBRE AUMENTAR: Arrancadora tinha que estar perto. Ele se levantou e viu que ela estava indo na direção deles pela praia. De alguma forma, havia trocado de roupa. Havia trocado o vestido dourado rasgado pela batalha, que usava desde 1832, por um vestido de festa prateado decorado com contas de cristal e fileiras horizontais de fitas rosa-claras.

Zoe também se levantou e chamou Arrancadora.

— Você arrumou um vestido novo? No meio da noite?

— Sim, obrigada por reparar — disse Arrancadora. — Eu roubei.

— Arrancadora!

— Eu sei, eu sei. Os senhores podem acrescentar o crime à minha sentença, se quiserem. Posso servir pela eternidade e mais um pouco.

— Bem, é lindo — disse Zoe.

— E será mais fácil de combater com ele, porque não tem mangas, e a saia é menos apertada.

— Legal — disse Zoe. — Então é prático também.

X descobriu que se ressentia da presença de Arrancadora. Ele não estava pronto para deixar Zoe. Ainda tinha que contar a ela a coisa mais vital: seu plano. Desperdiçou seu tempo com lembranças. Desejou que parassem de falar sobre o vestido. Agora que Arrancadora estava perto, o Tremor fazia tudo sair de foco. Até o vestido era apenas uma mancha de luz.

— Arrancadora, preciso de mais uma hora com Zoe — disse ele, mais alto do que pretendia. — Se isso irritar os senhores, deixe-os enviar outro caçador de recompensas, e podemos nos revezar para destruí-lo.

Arrancadora olhou para X e viu a angústia em que ele estava por causa da proximidade dela. Ela recuou.

— Você pode ter sua hora — disse ela. — Mas devolva Zoe para casa nesse tempo, já que eu meio que a sequestrei. — Ela levantou a bainha do vestido para protegê-lo da maré. — E, agora, vou roubar um par de botas.

X SABIA QUE VOAR com ele deixava Zoe enjoada às vezes, mas ela parecia em paz enquanto disparavam sob as nuvens. Ele conseguiu vê-la lutando contra o sono. A certa altura, Zoe fechou os olhos e disse, sonolenta, em seu ouvido:

— Zum, zum...

Ele adorava carregá-la porque só podia protegê-la verdadeiramente quando a segurava. Seus poderes formavam uma espécie de concha ao redor dela para que ficasse a salvo das intempéries — de tudo. Ele nunca disse isso a ela, mas, olhando para ela enquanto se enterrava no ninho feito por seus braços, ele tinha certeza de que ela sabia.

X desceu na floresta escura perto do rio onde Zoe havia deixado seu carro. Zoe estava tonta quando ele a soltou. Por um segundo, cambaleou como uma criança aprendendo a andar, mas, então, se virou para ele e comentou:

— Olha, eu nem vomitei!

Ele sorriu. Havia falado tanto e ainda não havia contado que tinha um plano, mas agora só queria olhar para Zoe, acolhê-la. Ela havia mudado a vida dele. Havia lhe *dado* uma vida. Ele pensou no barco a remo e pôde sentir as mãos dela por todo o corpo.

O carro de Zoe estava ainda mais danificado do que X se lembrava. Ela contou que um caçador havia atacado a lataria com um rifle.

— Não se preocupe — acrescentou ela. — Arrancadora jogou o cara em uma vala.

— Claro — disse ele.

Zoe disse que estava preocupada com o que aconteceria quando sua mãe visse o carro. Não queria contar sobre o caçador, porque ela já tinha problemas demais.

— Os senhores não te ensinaram a consertar carros, não? — perguntou ela. — Não teve, tipo, uma aula de oficina mecânica?

Ela estava brincando, mas, mesmo assim, X se aproximou do carro. Ele passou a mão pela porta do carona amassada, aquecendo o metal até que parecesse líquido sob sua palma e depois alisando-o novamente. Ele nunca tinha feito nada assim, não daquele jeito. Ele gostou da sensação de *desfazer* uma violência, para variar.

— Isso é incrível — disse Zoe. — Mas aquele amassado já estava lá, então você tem que colocá-lo de volta.

X riu e socou a porta.

Eles circularam o carro juntos. Zoe apontou o dano que o caçador havia causado, e X restaurou tudo, até o para-choque caído e os faróis quebrados.

— Obrigada — agradeceu Zoe quando ele terminou. — Agora é apenas uma porcaria normal de novo.

— Você não poderia simplesmente comprar um carro novo? — questionou X.

— Sabe quanto custa? — Zoe devolveu a pergunta. — A gente nem casa tem mais, cara. Se for me amar, vai amar meu carro de merda.

— Justo. Amo seu carro de merda.

DESCERAM A ENCOSTA EM direção ao rio, onde Zoe e sua família espalharam as cinzas de Bert e Betty. O chão estava lamacento e parecia tentar arrancar as botas deles.

— Falei uma enxurrada de palavras esta noite — disse X —, mas há algo mais que preciso lhe dizer. Tenho um plano para escapar da Terrabaixa.

Ele sentiu Zoe parar de andar. Estavam a meio caminho do rio.

— Por que só está me contando isso agora? — perguntou ela.

— Bem, no barco, minha boca estava ocupada com outras coisas… com a sua boca — disse ele. — E, sinceramente, o plano é sem dúvida uma tolice, e eu temia que você me falasse isso.

Quando Zoe começou a falar, X sentiu o nervosismo por trás do humor, como uma sombra.

— Eu provavelmente não usaria a palavra "tolice" — disse ela.

Sentaram-se em uma rocha inclinada perto da água. X ofereceu-se para iluminar a floresta, mas Zoe disse que gostava de ouvir o rio no escuro, aquele som gorgolejado.

— Me conta tudo — disse ela. — Vamos, vamos, vamos.

X procurou em sua mente um começo.

Ele disse a Zoe que, desde o momento em que se recusou a tomar a alma de seu pai, ele se sentou em sua cela na Terrabaixa com apenas a companhia de uma voz humana. Arrancadora estava fugindo. Outro amigo, Batedor, foi punido por transmitir mensagens entre Zoe e X. Nesse momento, Zoe interrompeu para dizer que gostava de Batedor — não só porque ele se arrependeu profundamente do assassinato que cometera quando era barman no Arizona, mas também porque ela o vira comer chocolate e mascar chiclete ao mesmo tempo.

— Isso não é normal? — quis saber X.

— Não, a menos que você tenha seis anos — disse Zoe. — Além disso, o cara usa gírias muito velhas mesmo. Ele disse que eu era "do balacobaco". — Ela fez uma careta. — Falo demais quando estou ansiosa. Ignore tudo o que eu disser e continue.

— Sim, tudo bem — disse X. — As celas dos dois lados estavam vazias pela primeira vez desde que eu conseguia lembrar. Um guarda russo me levou comida e foi o único que falou comigo. Ele é obcecado por Arrancadora faz décadas, então ficava comigo por um tempo, gemendo: "Ah, como eu *ama* minha Arrancadôrra!" Não foi bem uma conversa no sentido usual.

— Arrancadora também gosta dele? — quis saber Zoe.

— Parece que não — disse X. — Ela o mordeu várias vezes.

— *Claro* — disse Zoe. — Mas você deveria estar me ignorando.

— Estou... estou tentando — disse X. — Regente nunca me visitou, o que me deixou magoado. Presumi que estivesse furioso por eu ter traído sua confiança e violado as leis da Terrabaixa de forma tão arbitrária quando me apaixonei por você.

— Ai, óbvio, você é que vem do inferno, mas *eu* sou a má influência — disse Zoe.

X franziu os lábios para não sorrir.

— Estou te ignorando — retrucou ele.

X disse a Zoe que se ressentia mais da ausência de Regente a cada hora. Ele ficou dominado pela raiva com o fato de que, embora Regente sempre cuidasse dele, passou vinte anos sem revelar que conhecia a mãe de X. Durante toda a sua vida, X ansiava por uma única informação sobre seus pais, mas só recentemente Regente dissera a ele que a mãe de X já havia sido uma senhora e que eles eram amigos. Mesmo assim, não relevou praticamente mais nada, apenas que ela fora punida por engravidar de X e agora estava presa em algum canto especialmente desgraçado da Terrabaixa.

X ficou de pé na rocha.

— Se você não se importa, estou cansado da escuridão. E devo retornar para ela em breve.

— Claro — disse Zoe. — Desculpa. Nem pensei nisso.

X varreu o ar com a mão, e meia dúzia de abetos do outro lado do rio se iluminaram.

— Hoje, Regente e Dervish apareceram na minha cela e disseram que estavam me mandando buscar Arrancadora — revelou X, sentando-se novamente. — Eu estava ardendo de raiva a esse ponto. E vê-los lado a lado me causa repulsa, pois a alma do Dervish não passa de um covil de cobras. Fiz algo que chocou os dois: eu me recusei a vir.

— Espere, o quê?

— Disse a eles que só traria Arrancadora se eles me libertassem para sempre — disse X. — Lembre-se, Arrancadora já havia acabado com dezenas de caçadores de recompensas. Ela tirou a farda de um homem e o mandou de volta nu! O russo havia me contado tudo. Até representou parte do combate. Eu sabia que os senhores precisavam de mim, então estabeleci meu preço, e ele é bem alto. — Ele fez uma pausa. — Dervish esbravejou imprecações até que saliva escorresse de seus lábios. Regente insistiu que não tinham autoridade para me libertar, o que eu acreditava, pois existe um Poder Superior que controla até mesmo eles. Então, eu disse: "Muito bem, então, quando eu voltar, você deve me levar até minha mãe e meu pai."

— Puta merda — disse Zoe. — Olha só você.

X continuou relatando que Dervish saiu furioso, dizendo a Regente que domasse a fera que ele havia criado. Regente aproximou-se das grades da cela de X e falou em voz baixa. Lamentou não saber absolutamente nada sobre o pai de X... e que, até onde ele tinha conhecimento, havia apenas duas pessoas que sabiam exatamente onde a mãe de X estava presa.

Uma delas era Dervish, que a desprezava e nunca os ajudaria. Regente recusou-se a nomear a outra pessoa, o que enfureceu X.

Ainda assim, Regente disse que, se X pudesse capturar Arrancadora, ele tentaria apresentá-lo àquele personagem misterioso. Ele fez X jurar manter segredo, pois Dervish ficaria louco se soubesse do pacto.

— Você perguntou a Regente por que ele esperou vinte anos para lhe dizer que conhecia sua mãe? — quis saber Zoe.

— Sim, e a pergunta realmente o inflamou — disse X. — Ele disse: "Não lhe contei nada sobre sua mãe porque a esperança é algo *perigoso* aqui. Você teria usado qualquer coisa que eu lhe dissesse para se atormentar, e eu determinei que sua vida já era tormento suficiente." Aparentemente, há um poema sobre a esperança ser "uma ave que pousa na alma". Ele disse assim: "O que a poeta esqueceu de mencionar foi que ela não tem só penas, mas também garras, pois é uma ave de rapina." Eu disse a ele que não me importava. Disse que não poderia mais viver sem esperança, agora que você me mostrara o que era. Jurei que escaparia da Terrabaixa de alguma forma. E meu plano, minha tolice, se é que é isso, se cristalizou na pessoa de Regente, e eu fiquei lá parado, com as grades entre nós.

X parou de novo. Era hora de levar Arrancadora para casa. Com o dedo indicador, como se tocasse notas em um piano, fez escurecer um a um os abetos do outro lado do rio.

— Falei para Regente que salvaria minha mãe... e então ela me salvaria.

seis

A FEBRE DE X aumentou enquanto eles dirigiam. Ele deveria ter arrastado Arrancadora de volta para a Terrabaixa uma hora antes, mas deixar Zoe o teria devastado de um jeito diferente. Ela ainda não tinha falado uma palavra sobre o plano dele. Podia dizer que ela estava refletindo a respeito de tudo aquilo pelo silêncio e pela maneira como olhava para a estrada sem parecer enxergá-la.

Quando chegaram à casa de Rufus, Zoe desligou o motor, e o carro estremeceu e sacudiu como se estivesse tendo um acesso de tosse. Dez segundos passaram-se antes que o veículo silenciasse. X observou Zoe inclinar-se para a frente e apertar um botão. Uma melodia lenta e triste substituiu o silêncio.

— Isso é música country — disse ela.

X ouviu por um momento. Não gostou. Talvez fosse a febre. Lembrou-se de Batedor entoando canções como aquela em sua cela — ele não cantava nada bem.

— Conte-me sobre sua família — pediu ele. — E os cachorros.

— Não estamos indo muito bem — disse Zoe —, mas, comparado com o que você está enfrentando... Perdemos quase tudo quando

Dervish destruiu nossa casa. E um dos cachorros está doente. Uhura. Desde a nevasca. Achamos que é pneumonia.

— Eu me lembro de Uhura — disse X. — Ela é a mais feroz dos dois.

— É. Spock é tão preguiçoso que parece mais um gato. — Ela bufou forte. — Uhura perdeu catorze quilos. Se não sobreviver, Jonah vai ficar acabado. — Ela hesitou. — Toda vez que penso que paramos de perder, perdemos de novo.

— Parece ser o jeito do mundo — disse X.

— Então não gosto desse jeito do mundo — confessou Zoe. — Gostaria de falar com o gerente, por favor.

Ela apertou o botão novamente, e a música parou no meio de uma palavra.

— Você não vai *me* perder — disse X.

— Você diz isso, mas, cara, seu plano me assusta pra cacete — disse ela.

— Porque pode ser perigoso? — quis saber X.

— *Pode* ser? E o que faz você pensar que sua mãe terá alguma ideia de como ajudá-lo?

— Ela era uma senhora — disse X. — De qualquer forma, é aqui que entra a esperança. E, mesmo que ela me diga que a fuga é uma fantasia, pode me ajudar a começar a entender...

— Entender o quê? — perguntou Zoe.

Ela nunca o interrompia. Só quando estava frustrada.

— Quem eu sou — respondeu ele.

Aquilo fez com que ela parasse um instante.

— Tudo bem — disse ela. — Ok, eu entendo. Quero que você descubra isso também. E não sou ninguém para falar sobre, você sabe, tomadas de decisão saudáveis. *Mas...*

Todos os medos dela vieram à tona, como se ela tivesse que exorcizá-los. Ela lembrou-lhe da última vez em que ele e Regente fizeram planos pelas costas de Dervish: Dervish aterrorizou sua família e destruiu sua casa em retaliação. Ela lhe lembrou de que, quando voltasse para a Terrabaixa, seus poderes desapareceriam. Não seria mais um super-herói: "apenas alguém tentando fazer uma maluquice."

Ficou difícil para X ouvir enquanto a febre enfiava suas garras mais profundamente nele. Sua nuca estava suando. Suas mãos, que estavam viradas para baixo em seu colo, começaram a tremer. Arrancadora devia estar por perto. X virou-se e espiou pelo vidro traseiro. Sim: lá estava ela, com seu novo vestido prateado, passando sob um poste de luz.

Zoe ainda estava listando suas objeções. Lembrou a ele que a razão pela qual ele tinha que comer — a razão pela qual estava envelhecendo — era que, ao contrário de todos na Terrabaixa, ele havia nascido lá.

O que significava que ele estava vivo.

O que significava que ele poderia morrer.

Arrancadora bateu na janela de Zoe e fez um gesto estranho, como se estivesse puxando um colar imaginário.

— Ela está dizendo que chegou a hora — disse X. — Em sua outra vida, ela usava um colar com um relógio.

Zoe virou-se para ele.

— Você vai levar isso adiante de qualquer jeito? — perguntou ela. — Seu plano?

— Você sabe que sim — disse X. — Toda a ânsia que tenho para fazer isso, toda a certeza... foram inspiradas por você. Isso não é claro?

— Não, não é "claro" — disse Zoe. — O que você quer dizer?

— Você não procurou seu pai? — perguntou X. O tremor havia se espalhado. — Você não entrou em uma caverna tão estreita que teve que rastejar de lado? Não confrontou seu pai sobre as mentiras dele, mesmo estando tão zangada e magoada que mal conseguia ouvir a voz dele? Não finja que não aconteceu. Eu estava bem ao seu lado.

— Eu sei que estava — disse Zoe. — Eu lembro.

Ela tomou o rosto dele apenas com a ponta dos dedos e o beijou. Os lábios dela o esfriaram um pouco.

— *Não* morra — falou ela. Parecia uma ordem e uma oração. — Não quero perder mais ninguém. Não vou tolerar isso. Mais ninguém. E, principalmente, não você.

A CASA DE RUFUS era atarracada e verde, com um telhado inclinado de metal vermelho. O quintal era ladeado por uma cerca de madeira, cujo portão abria e fechava com a brisa, como se uma fileira de fantasmas estivesse passando. X estava sozinho, olhando para a casa. Zoe foi se despedir de Arrancadora, que foi até a estrada para que sua presença não aumentasse a dor de X.

Uma cabecinha castanha desgrenhada apareceu na janela iluminada da cozinha.

Jonah.

Ele estava segurando Uhura. Apertava o rosto contra o pelo do animal e parecia murmurar para ela. A doçura da cena atingiu X com força.

Atrás dele, Zoe estava dizendo para Arrancadora:

— Achei que você ia arrumar botas novas.

— Tragicamente, não consegui encontrar um par de que gostasse — disse Arrancadora —, pelo menos nada que eu estivesse preparada para usar para todo o sempre...

Quando ela disse isso, X percebeu que ele não havia pensado no fato de que aquela seria a última aventura de sua amiga no Mundo de Cima. Os senhores nunca permitiriam que ela retornasse.

Ele se virou para ver Zoe abraçar Arrancadora e dizer a ela que a amava e que nunca se esqueceria da busca por Belinda.

Arrancadora agradeceu a Zoe por trazer sua filha, apenas por um momento, de volta à vida.

X foi tomado por uma ideia.

Ele cambaleou na direção delas, tirando o sobretudo e deixando-o cair no gramado.

— É a febre? — perguntou Zoe.

— Sem dúvida — disse Arrancadora.

Ele tirou a camisa. O ar trazia uma sensação boa para sua pele.

— Você está ciente de que carrego sua história em meu sangue? — disse ele a Arrancadora. — Que os senhores a colocaram lá, para que eu pudesse caçar você?

— Claro que estou ciente disso — afirmou Arrancadora. — Mas você não pode querer me mostrar meus pecados.

Não, ela havia entendido errado. Zoe também — ela quase parecia com medo dele.

X virou-se. Ele estendeu os braços. Invocou uma única imagem e a congelou nas costas.

Nenhuma das duas olhou.

— É um presente, Arrancadora, eu juro — disse X.

Sua voz, até para si mesmo, parecia a de um maníaco.

Mas Zoe confiava nele. Zoe estava se virando.

— Ela é linda, Arrancadora — disse ela. — Parece com a mãe.

Lá, nas costas de X, estava Belinda. Cabelos cacheados. Nove anos. Seus olhos travessos brilhando.

X rezou para que Arrancadora também se virasse agora.

Finalmente ela se virou.

Viu a filha e arfou. X não ouviu mais nada. Se Arrancadora estava chorando, o som era muito baixo para que ele pudesse ouvir. Será que havia cometido um erro? A visão da garota era demais?

Ele teve sua resposta quando sentiu a palma da mão de Arrancadora em suas costas.

Ela não *o* estava tocando — mesmo com a febre, ele entendia isso. Ela estava tocando o rosto da filha.

UMA LÂMPADA ACIMA DA varanda da frente se acendeu, iluminando o quintal. A porta se abriu, e Jonah surgiu. Usava uma camisa branca, uma gravata vermelha estranhamente amarrada e calça de pijama. Estava carregando Uhura.

— Volte para dentro, Jonah — disse Zoe.

— Não — disse Jonah. — Uhura quer dar um oi.

X olhou para o cão e sentiu-se arrasado. De fato, Uhura estava quase esquelética. Jonah a carregava com tanto cuidado que era como se ela fosse feita de neve.

— Uhura está doente desde que Stan Manggold tentou afogá-la — disse ele. — Você não consegue curá-la, né? Com sua magia?

— Quem dera eu pudesse — respondeu X.

O sangue ribombava em seus ouvidos. Ele mal conseguia ouvir as próprias palavras.

— Está tudo bem — disse Jonah. — Ela vai melhorar. Estou no comando. Minha mãe que disse.

X acariciou Uhura porque Jonah parecia querer que ele o fizesse. Ele podia sentir as vértebras duras na coluna. Ele pensou que talvez Uhura sobrevivesse. Ela sobrevivera a muitas coisas para não sobreviver a isso.

Jonah foi até Arrancadora e perguntou se ela tinha uma magia melhor que X. Teria feito X sorrir, em circunstâncias diferentes. Ele passou a mão pela testa, tentando desalojar a dor que não parava de aumentar.

Ele olhou para Zoe e tentou fixar a imagem dela na mente uma última vez. Seria possível memorizar uma pessoa como se fosse uma letra ou uma música? Seria possível absorver cada pedacinho dela para sempre? Por onde começar? Zoe estava parada no gramado, metade do rosto iluminado pela lâmpada da varanda. A beleza dela o deixava perdido, como sempre.

O que poderia dizer na despedida? Será que deveria contar a ela como ficou emocionado quando ela disse a Arrancadora que a amava — como ficou emocionado naquele instante, enquanto Jonah e Arrancadora comparavam o estado de suas unhas, que ambos haviam jurado deixar em paz?

Um calor, como uma luz, parecia envolver a todos.

— Vou encontrar meus pais — disse ele a Zoe —, mas já encontrei minha família.

Ele ajoelhou-se na rua e bateu com o punho no asfalto. Uma grande fissura se abriu diante dele.

Ele chamou Arrancadora. Ela mergulhou no chão primeiro. Ela desapareceu com seu vestido brilhante.

X não conseguiu olhar para Zoe novamente, mas ele a ouviu gritar que o amava enquanto a terra o puxava para baixo, o engolia — e o levava de volta.

sete

O rio da Terrabaixa estava tão frio que lhe roubou o fôlego.

X mergulhou até o fundo e sentiu as pedras se movendo sob suas botas antes que pudesse lutar para subir. Agora que havia retornado, sua febre acabara, mas seus poderes também. Por fim, ele alcançou a superfície. Arrancadora boiava logo à frente, a saia do vestido espalhada na água como um paraquedas. Ela se virou para garantir que X estava bem. Ele tinha vinte anos, e Arrancadora ainda se preocupava como se a segurança dele fosse mais importante que a sua própria.

Uma multidão turbulenta reuniu-se em terra para recebê-los. Guardas e senhores estavam ombro a ombro, as roupas, uma profusão de trajes díspares dos mais diferentes séculos. Praticamente todo mundo roubava dos mais fracos — Regente era a única exceção que X conhecia —, e sempre era possível identificar os senhores porque usavam as roupas mais elegantes. Claro, também tinham largas correntes de ouro em volta do pescoço. Ninguém afirmava ter realmente visto o Poder Superior que governava até mesmo sobre os senhores, mas os observava de algum lugar remoto e os controlava quando necessário. As correntes de ouro dos senhores não eram apenas símbolos de poder, e sim mãos em volta de suas gargantas.

X passou os olhos pelas margens em busca de Regente, enquanto se esforçava para se manter na superfície. O senhor estava severo e majestoso em suas vestes azul royal. Seu queixo era alto, os braços escuros e musculosos esticando as mangas. X procurou algum sinal de que Regente se lembrasse da promessa que fizera de apresentá-lo à pessoa misteriosa que sabia onde sua mãe estava presa. Mas Dervish estava perto demais para que qualquer entendimento passasse entre eles.

Não importava quantas vezes X visse Dervish, o senhor sempre era mais vil do que ele se lembrava. Tinha a pele cinza manchada, minúsculos dentes amarelos e pelos brancos que brotavam aleatoriamente do queixo como ervas daninhas em um campo.

Arrancadora nadou até a margem e tentou sair da água. X a acompanhou. Sabia que Arrancadora seria tratada com severidade e queria ajudá-la se pudesse. Ela fizera um grande show no Mundo de Cima. Até o fato de ter adquirido um vestido novo seria considerado insolência — o que, na verdade, era.

Um guarda inglês de nariz achatado chutou Arrancadora de volta para a água. X segurou-a acima da corrente até que se recuperasse. Flutuaram no rio, agarrados nos braços um do outro, como se estivessem dançando. Arrancadora parecia pequena na água. Seu cabelo estava emaranhado, os ombros curvados de frio.

— Temo por você — disse X a ela.

— Tente não temer — retrucou ela. — Há apenas uma coisa que esses animais poderiam fazer que partiria meu coração.

X esperou que Arrancadora nomeasse tal possibilidade. Em vez disso, o estudou com o olhar, como se estivesse tentando memorizá-lo, do mesmo jeito que ele tentou memorizar a imagem de Zoe.

De repente, X teve uma intensa lembrança de seus dez anos. Lembrou-se de Regente levando-o para a cela de Arrancadora para sua primeira aula de caça de recompensas. Ele se lembrou de estender a mão para Arrancadora e esperar para ver se ela a pegaria. No fim das contas, ela pegou. Até lhe deu um aperto de mão. Como foi reconfortante, aquele pequeno contato! Arrancadora caiu de joelhos para que X não se assustasse. Fitou os olhos dele assim como estava fazendo agora. À época, ele não sabia que ela estava sofrendo pela perda de seus filhos, mas se lembrava de como ela era gentil. Lembrou-se até das primeiras palavras que ela lhe dirigiu: "Preciso de um amigo estupendo. *Você* precisa de uma amiga... e é estupendo?"

A voz irregular de Dervish interrompeu a lembrança de X.

— Deem uma última olhada um no outro — ele gritou da margem do rio. — Suas conspirações acabaram.

Dervish derrubou na água o guarda inglês, que puxou Arrancadora rio abaixo. X não viu pânico nos olhos dela, apenas resignação e tristeza. Estar separada dele para sempre: era *isso* que ela temia. A última coisa que Arrancadora gritou para ele foi:

— Lembre-se do seu valor, amigo estupendo!

Triste, com frio e exausto de nadar, X agarrou-se a uma rocha cravada na margem do rio e olhou para Regente de novo, mas não viu nenhum sinal de lembrança no senhor. Dervish aproximou-se ainda mais de Regente, sem confiar em nenhum deles.

Quando X começou a sair do rio, Regente balançou a cabeça negativamente. Ele chamou o guarda russo, que estava por perto com um agasalho vermelho-cereja, óculos escuros e um taco de beisebol de metal.

— Leve-o para a colina — disse ele. — Você sabe onde é. Não o leve a nenhum outro lugar, não importa quanto ele implore.

O russo suspirou, sem querer participar da punição de X. Ainda assim, enfiou os óculos escuros no bolso e mergulhou na água.

X ficou atordoado.

— Você *esqueceu*, Regente? — perguntou ele. — É possível?

Dervish agachou-se, semicerrando os olhos.

— Ele esqueceu O QUÊ, exatamente? Esclareça.

Antes que X pudesse responder, Regente se abaixou também, seu manto azul caindo ao redor.

— Fiz tudo o que pude por você — disse ele. E encontrou os olhos de X. — *Dei* a você tudo o que eu pude.

O russo agarrou X pela gola do casaco e murmurou algo em sua língua nativa. *Spokushki*, foi o que parecia.

Ele bateu com o bastão na cabeça de X, e o rio os levou embora.

QUANDO X NÃO AGUENTAVA mais nem um minuto na água gelada, o russo o arrastou para fora do rio e entrou em um confuso labirinto de túneis. Eles pingavam enquanto caminhavam, deixando um rastro de riscos e gotas. O russo mancava desde que X o conhecia. Arrastava o pé esquerdo — a ponta do tênis havia sido reduzida a quase nada —, mas nunca parecia se cansar. X estava enjoado por causa do golpe na cabeça. Era difícil acompanhar.

— Não havia necessidade de me bater — disse ele. — Eu não resisti.

— Se quer saber a verdade, foi por raiva — retrucou o russo. — Por sua causa, perco minha *Arrancadôrra*! Você *sabe* como eu amo minha *Arrancadôrra*. Agora meu *corração* está vazando, como uma sacola de comida para viagem.

— Sinto muito — disse X. — De verdade.

O russo, que estava dois passos à frente, olhou X para avaliar se ele estava sendo sincero.

— Aceito as desculpas — disse ele. — Somos amigos de novo.

X finalmente o alcançou. O túnel era largo o bastante para caminharem lado a lado.

— Regente falou da "colina" — disse ele. — Eu não conheço o lugar.

— É seu novo lar — comentou o guarda. — É palácio de reino de fadas cheio de travesseiros e nuvens.

— E se eu pedisse para você me soltar aqui mesmo para eu poder procurar minha mãe? — perguntou X. — Foi isso o que Regente me prometeu... e você acabou de nos declarar amigos.

— Somos amigos — confirmou o russo. — Mas não somos *melhores* amigos.

Chegaram a uma caverna úmida. Como a maior parte da Terrabaixa, era talhada grosseiramente em rocha preta. Havia tochas no alto das paredes, as chamas crepitando, sem se apagar nunca. No outro extremo da câmara, havia uma imensa porta de aparência medieval entrecruzada com ferro.

O russo deu a X um pão, tirando-o de um pacote no cinto. Estava encharcado do rio e pesado como uma esponja. X comeu um pouco para não parecer ingrato. Comer sempre o lembrava que ele era diferente de todos na Terrabaixa — que, como Zoe havia dito, era carente e vulnerável. Que estava vivo.

— Você é conhecido por algum nome além de "o russo"? — quis saber X. — Eu devia ter perguntado anos atrás.

— Obrigado por perguntar — disse o guarda. — A verdade é que não sou russo, sim? Sou de *U-cra-nia*. — Vendo o olhar perplexo de X, o guarda acrescentou: — Ucrânia. Sim? Entende? Tento explicar isso para *Arrancadôrra*, mas, claro, ela sempre finge ser do tipo lunática. Quando digo a ela, ela canta algo sobre canário.

— E como você torceu o pé? — disse X.

— Não é nada, é defeito de nascença — disse o russo. — Eu supero. Conquisto meu mestrado na Universidade de Kiev e também uma vida de crimes com muitos lucros.

Os olhos do guarda se voltaram para a porta. Ficou ouvindo, tentando identificar passos.

— Quem estamos esperando? — perguntou X.

O russo hesitou.

— Criatura terrível — respondeu ele. — Menti um pouco sobre palácio de fadas, sim? Este lugar aonde você vai não é bom. Acho que você não gosta.

— Diga-me o que você sabe — pediu X. — Não me esconda nada. A colina não pode ser pior do que o buraco onde morei nos últimos vinte anos.

— Ah, pode, sim — disse o guarda. — Você viu apenas uma pequena parte de um clube de campo da Terrabaixa em sua vidinha, sim? Estamos agora em uma espécie de Velho Oeste. Está cheio dos criminosos mais sérios e prodigiosos. Maníacos genocidas e por aí vai. Não há celas, apenas corpos em todos os lugares, como vermes. Existe apenas uma senhora, mas ela é do tipo mais desagradável. Pune as almas como quer, e ninguém fala: "Ei, o que você está fazendo? Precisa parar!" Ela é conhecida como "a Condessa".

O russo espreitou de novo em busca de ruídos, com medo de ser ouvido.

— Quando eu era menino, minha *babushka* me diz que eu ia para o inferno se fizesse *isso*, se fizesse *aquilo* — continuou. — Ela tem até uma pintura do inferno pendurada em cima do aparelho de som caro. Eu olho para pintura com frequência quando menino porque contém muitas pessoas nuas. Esta nova casa que você vai? Lamento dizer, mas é como a pintura. Eu não ponho os pés aí. Quando a Condessa vier atrás de você, eu corro bem rápido.

Antes que X pudesse responder, eles ouviram passos atrás da porta. A porta abriu-se com um gemido e um feixe de luz se alargou no chão.

Dois homens entraram. Eram musculosos quase ao ponto do absurdo — e estavam nus, exceto por um pedaço de pele de animal na cintura suficiente para cobrir suas partes íntimas. Tinham pele azeitonada, cabelos cacheados, barbas.

Gregos, pensou X. *Pugilistas*.

Eram indistinguíveis. Suas mãos estavam envoltas em couro manchado de sangue.

O russo cumprimentou os pugilistas com nervosismo. Eles o ignoraram e se posicionaram como colunas de granito de cada lado da porta. Logo, X ouviu o farfalhar de tecido, o estalo de sapatos no chão. A Condessa estava chegando. Os pugilistas empertigaram o corpo. Eram enormes, mas agora pareciam assustados.

A Condessa entrou na câmara. Usava um vestido de veludo cor de vinho com gola alta branca e uma saia que parecia uma tulipa virada para baixo. Sua energia transformou o lugar. Era furiosa, azeda e parecia ocupar todo o espaço.

Ela inspecionou X cuidadosamente.

A Condessa tinha cabelos ruivos crespos bem cheios, com mechas grisalhas aqui e ali, um nariz pequeno e suado e olhos salientes que lhe davam uma expressão de perpétua indignação. Suas mãos estavam cheias de arranhões.

Ela dirigiu-se ao russo, o tempo todo franzindo a testa para X e cutucando uma espinha inflamada no canto da boca.

— Quem estendes diante da Condessa?

X nunca havia conhecido alguém que falasse sobre si mesmo na terceira pessoa.

— É um cara legal — disse o russo. — Prometo. Não vai irritar a senhora.

— Será sua ruína se o fizer — disse a Condessa. Ela continuou examinando X. — A Condessa exige obediência. Quem não se ajoelhar será morto por fogo e espada. *Alguns* acreditam que a Condessa é cruel, que sua mente é desordenada. — Ela se dirigiu aos pugilistas: — Sussurram essas coisas por aí, não é? Respondei!

Os homens balançaram a cabeça em negativa.

— Mentirosos — ralhou a mulher. — Covardes. — Ela se voltou para X. — Esses homens se chamam Édipo e Rex. Não se preocupe em abordá-los: eles são burros demais para empilhar pedras. A Condessa achou necessário morder um deles *aqui* — ela apontou para uma ferida oval na barriga de um dos pugilistas — para diferenciá-los.

Ela cutucou o ferimento com a mesma unha afiada que havia usado na espinha. O pugilista convulsionou de dor, seu tórax se contorcendo como uma corda.

O russo começou a sair da câmara.

— Estás muito ansioso por partir — disse a Condessa a ele.

Ela ergueu o guarda pelo agasalho como se fosse feito de palha e o empurrou até a porta. Então, voltou a coçar a espinha, como se nada tivesse acontecido. Examinou X de cima a baixo. Seus olhos pareciam insetos correndo sobre a pele dele.

Ela notou que a mão direita dele estava fechada.

— O que escondes aí? — perguntou.

X hesitou, o que fez os olhos da Condessa saltarem ainda mais das órbitas.

— Abra tua mão — exigiu ela —, senão a Condessa pintará um belo quadro com teu sangue.

Ele abriu os dedos, sabendo que tudo estava prestes a mudar.

Na palma da mão havia uma crosta de pão.

— Por que um morto COMERIA? — questionou a Condessa.

Embora X tivesse contado sua história muitas vezes, ainda o envergonhava. Ele teve que se forçar a dizer as palavras:

— Eu nasci na Terrabaixa. Tenho vinte anos. Meu nome é X.

A Condessa assentiu com a cabeça, como se fosse comum, embora obviamente vibrasse de raiva. Inclinou-se sobre o russo, que ainda estava caído no chão.

— Também serás nosso convidado para a eternidade — disse ela. — A Condessa não deve ter seus PRÓPRIOS homens correndo pela Terrabaixa em busca de comida. Podes deixar a colina apenas quando este homem estiver a um fio de cabelo de morrer de fome. Se te demorares mais que o necessário, a Condessa irá caçar-te e, em vez de pão, alimentá-lo-ei com teu fígado.

Seus olhos, como moscas, pousaram em X novamente.

— X, não é? — perguntou ela.
— Sim.
Ela recuou e atingiu o rosto dele com a testa.
A última coisa que ele ouviu antes de perder a consciência foi:
— NÃO ÉS especial e NÃO TENS NOME.

oito

X ACORDOU EM UMA colina de rocha espinhosa. Lembrou-se da cabeça da Condessa voando em sua direção e de um estalo úmido e repugnante. Tocou a testa. Estava pegajosa de sangue.

Alguém deve tê-lo levado até ali — o russo ou talvez um dos pugilistas. Ele sentou-se, zonzo.

Corpos jaziam espalhados por toda parte. Tossiam e se engasgavam, deslizavam pela encosta, encaravam sem piscar. Era difícil se mover sem tocar em um deles. Mesmo quando X ficava parado, a mão fria como borracha ou o cabelo escorrido e sujo de alguém de repente roçava nele e lhe causava um calafrio. Estava grato por ter ficado inconsciente por tanto tempo. Olhando ao redor de seu novo lar, suspeitou que nunca mais dormiria.

Como Regente podia tê-lo mandado para cá? Ainda estava furioso com X por quebrar as leis da Terrabaixa? Sua promessa de ajudá-lo foi apenas uma mentira lançada no interesse de trazer Arrancadora de volta?

X levantou-se para ter uma visão melhor. No topo da colina, havia um planalto de cerca de seis metros quadrados, no qual — inacreditavelmente — a Condessa estava deitada em uma suntuosa cama de dossel, coçando preguiçosamente os pés com meias brancas. Era a exibição mais extravagante que X já tinha visto. Presumiu que a intenção era fazer com que as almas da colina se sentissem ainda mais miseráveis. Ao pé da cama havia uma caixa de madeira, cujas laterais eram furadas. De vez em quando, um som sofrido escapava do caixote. A Condessa, ao que parecia, tinha um gato.

Édipo e Rex postavam-se imóveis na frente da cama ridícula, desafiando qualquer um a se aproximar. Havia um trecho vazio de encosta, com cerca de quinze metros de largura, entre o planalto e a massa de almas condenadas. Provavelmente um terreno proibido, porque as almas tinham o cuidado de não se aproximar dele. Na verdade, se amontoavam contra uma linha divisória invisível, como se estivessem atrás de uma parede de vidro. A única outra coisa no platô era um retângulo preto de rocha com cerca de um metro e meio de altura e dois metros e meio de comprimento. Parecia um altar. Mas não havia religião na Terrabaixa, exceto as orações que os condenados sussurravam baixo demais para os senhores ouvirem. A rocha tinha que ter um propósito menos sagrado.

Bem acima dele, X avistou um teto abobadado tosco. Abaixo dele, a encosta era iluminada por tochas em altas arquibancadas de ferro, que faziam a colina parecer uma floresta em chamas. Dezenas de guardas patrulhavam, chutando os prisioneiros para o lado enquanto avançavam. X não viu seu amigo de agasalho vermelho — devia estar mais abaixo. X teria que criar estratégias sem ele. Nada o impediria de encontrar sua mãe.

Algo se mexeu aos seus pés. Ele olhou para baixo e viu uma alma enfiar a mão lentamente no bolso da camisa de outra. O ladrão era uma figura branca como giz, vestido com trapos; a vítima, um homem asiático rechonchudo e de aparência pacífica, de camisa cáqui e shorts, que parecia estar meditando.

X havia decidido não intervir quando viu o ladrão tirar uma fotografia do bolso do asiático. Aquilo o fez pensar nas coisas que ele mesmo carregava: a carta de Zoe e os objetos no papel-alumínio. A fotografia não significaria nada para o ladrão, mas poderia significar o mundo inteiro para o homem de quem ele a roubou.

X ajoelhou-se.

— Devolva a foto... — sussurrou ele — ... ou quebrarei suas mãos.

O ladrão fez uma careta, mediu o tamanho de X — e colocou a foto de volta.

— Não ficaria com ela — disse o ladrão, seco. — Só ia segurar um minuto. Agora é crime segurar as coisas?

Os olhos do homem asiático abriram-se. Ele deu um tapinha no bolso para garantir que a fotografia ainda estava lá, depois olhou para X e para o ladrão. Soube instantaneamente o que tinha acontecido.

— Você tentou de novo, Osso? — perguntou ele. X ficou surpreso com quão carinhosa era sua voz, como era cheia de perdão. — Há tanto sofrimento aqui. Não vamos aumentá-lo, virando-nos uns contra os outros. Vamos aspirar a ser a flor de lótus que cresce na lama. Tudo bem? Tudo bem.

— Blá-blá-blá — disse Osso com amargor. — Fácil para você agir como um santo. Você *tem* uma foto.

Ele arrastou-se pela encosta, de bruços, sibilando para todos em seu caminho.

— Sou grato a você, amigo — disse o asiático para X. — Poucas almas se dariam ao trabalho de fazer o que você fez, e a fotografia é importante para mim. — Ele verificou se nenhum guarda estava olhando, então estendeu a mão para X. — Eu me chamo Ameixa.

— Ameixa — disse X, gostando do som. — Nunca vi a Terrabaixa conceder um nome tão curioso.

— Nem eu — disse Ameixa. — Eu me afeiçoei a ele. Mas, verdade seja dita, acredito que seja uma referência à minha pança.

Ele deu um tapinha alegre na barriga.

Ameixa estava sentado com os joelhos dobrados à frente. Esticou-os agora e tentou tocar os dedos dos pés. Por causa de seu tamanho, continuavam fora de alcance.

— Eu sou X.

— Bem, esse nome é muito misterioso — comentou Ameixa. — Por favor, não leve Osso a mal. A Condessa nos trata como se fôssemos menos que humanos, então, alguns de nós *se tornam* menos que humanos. Você a conheceu, suponho?

— Conheci — respondeu X. — Ela me agrediu com... com a testa.

— Não me surpreende — disse Ameixa. — Essa mulher é capaz de usar qualquer coisa como arma.

— Parecia furiosa com uma ferida perto da boca — disse X.

— Ah, sim, a espinha — explicou Ameixa. — É a inimiga mortal dela. Cheguei aqui faz trinta anos, e ela a tinha já nessa época.

X apontou em direção ao platô.

— Ela fica na cama o dia todo assim?

Alarmado, Ameixa empurrou a mão de X para baixo.

— Por favor, não aponte para ela... é como invocar um dragão — avisou ele. — Respondendo à sua pergunta, a Condessa gosta de ser imprevisível. Às vezes, ela nos deixa tagarelar o dia todo, às vezes ela nos castiga ao menor som. Às vezes, ela cochila, às vezes, ela ronda. A única constante é que, mais cedo ou mais tarde, ela encontrará um motivo para torturar alguém. Alimenta-se de nossos pecados. Digo, literalmente. É como se fosse uma criatura mitológica. Quanto piores nossos crimes, mais forte ela fica quando nos persegue. A Condessa tem uma faca. Não posso lhe contar as coisas que a vi fazer com ela. — Ameixa estremeceu. — Mas não vamos mais falar da Condessa. Ela parece distraída no momento. Posso lhe mostrar minha fotografia, se quiser?

— Por favor, mostre — disse X. — Também carrego alguns objetos comigo. Às vezes, apenas eles conseguem me acalmar.

Ameixa tirou a foto do bolso. Parecia ser um retrato dele mesmo quando mais jovem.

— Não se assuste, não sou tão vaidoso a ponto de carregar uma foto minha por aí — disse ele. — Esse é meu irmão gêmeo, Hai. Crescemos perto de Lao Cai, no Norte do Vietnã. — Ameixa ficou em silêncio por um momento. — Fiz muitas coisas horríveis quando estava vivo. Nem daria para saber olhando para mim agora. Mas, na minha época, eu era infame. Como resultado, Hai sofreu demais, não apenas porque era meu irmão, mas porque, aonde quer que fosse, o confundiam comigo. Carrego a foto de Hai para me lembrar das desgraças que causei... e porque eu o amava, embora estivesse muito perturbado por dentro para lhe dizer isso. — Ameixa fechou os olhos. Quando os abriu novamente, deu a X um leve sorriso de desculpas. — Sem dúvida eu falo muito, não é? Você nunca mais cometerá o erro de sentar-se perto de *mim*.

X sorriu de volta para tranquilizá-lo. Ameixa ficou esperando que ele contasse sua história. Havia algo tão pacífico naquele homem. X sentia-se confortável em sua presença, embora estivessem sentados em um mar de corpos e respirassem um ar que era fétido de inúmeras maneiras diferentes.

— Você disse que carrega algumas coisas — continuou Ameixa.

— Sim — disse X, grato por ter uma maneira de começar sua história.

Ele extraiu a carta de Zoe de seu casaco. Estava no saquinho plástico agora, segura como um artefato antigo. X colocou-a no pequeno pedaço de chão entre ele e Ameixa.

— Meu nome é X — começou ele. — É o único nome que já tive, pois nasci neste lugar.

Os olhos de Ameixa arregalaram-se.

— E isto? — perguntou ele, apontando para o saco plástico.

— É uma carta da garota que eu amo — falou X.

— Não precisa me contar mais nada se for muito doloroso — disse Ameixa. — Sua história é sua. Tudo bem? Tudo bem.

— O nome dela é Zoe — disse X —, e estou *sempre* disposto a falar dela.

— Você conheceu uma garota aqui na Terrabaixa? — quis saber Ameixa. — Não consigo imaginar um lugar menos romântico.

— Eu a conheci no Mundo de Cima — respondeu X. — Eu sou um caçador de recompensas... ou *era*, até quebrar todas as leis que já foram criadas.

— Retiro o que disse — disse Ameixa. — Eu *preciso* ouvir sua história.

As palavras saíram de X como água de um cano estourado.

Ameixa ouviu, extasiado. Às vezes, ficava tão animado que esfregava as mãos. Franziu a testa quando X descreveu Dervish e riu quando contou a fuga selvagem de Arrancadora saindo da Terrabaixa. Ele corou quando X — surpreendendo até a si mesmo — lhe contou sobre deitar-se com Zoe no barco, sobre o brilho que ele criou no casco e como o corpo dela ficou iluminado.

— Sempre fui um desastre com as garotas — comentou Ameixa. — Quando eu tinha doze ou treze anos, costumava escrever cartas para elas. "Querida fulana de tal: você estaria interessada em me beijar na quarta-feira à tarde, às 15h30, perto das árvores pau-ferro? Por favor, circule SIM ou NÃO." Uma garota, ela se chamava Thien, colou minha carta no alto de uma parede da escola para que todos pudessem ver. Deve ter subido em uma cadeira. Não consegui alcançar a carta, pois me envergonhava pular. Então, piorei tudo ao entrar sem ser convidado na sala de aula de Thien e gritar: "Desculpe-me por gostar de você!" — Ameixa suspirou. — Mas estou falando demais de novo. O que mais você leva consigo?

X pegou o pacotinho prateado e o desdobrou.

— Posso? — perguntou Ameixa.

Ele pegou cada objeto e examinou um de cada vez, começando com o pente e a pulseira com a inscrição *Vesúvio*, depois os devolveu para o papel-alumínio. Foi tão gentil com as coisas de X quanto o próprio teria sido.

— Um senhor chamado Regente me deu isso quando eu era menino — comentou X.

Ele foi interrompido por uma comoção mais acima na encosta. X e Ameixa viraram-se para o barulho e viram um homem idoso vagando por entre o emaranhado de corpos. O homem estava tropeçando e limpando os óculos na camisa. Tinha cabelos ralos, branco-azulados, que se erguiam em tufos como algas. Estava perigosamente perto da área proibida.

Édipo e Rex desceram, esperando para ver se ele seria tolo o suficiente para cruzar a linha imaginária. A multidão aplaudiu o homem, embora ele parecesse confuso, desorientado. Estavam ansiosos para ver os pugilistas derrubarem-no. Até a Condessa se sentou na cama, pronta para ser entretida. O gato miou, infeliz, em sua caixa.

— Ai, coitado — disse Ameixa.

A velha alma atrapalhou-se com seus óculos, que caíram no chão. Ele se abaixou para procurá-los, uma das mãos na lombar, que parecia doer, mas era tarde demais: três almas de aparência medonha já lutavam pelos óculos como crianças.

— Por favor, parem com isso, todos vocês — ralhou o homem. — Meus óculos são frágeis e já estão arranhados demais.

Uma mulher venceu a luta pelos óculos. O homem estendeu a mão para ela, mas ela apenas riu e jogou-os por cima da cabeça do velho para Édipo.

O velho baixou a cabeça, alongando o pescoço como uma tartaruga, e começou a chorar. Implorou a Édipo por seus óculos. Sua visão devia ser terrível, porque ele nem sequer olhou para o pugilista enquanto falava com ele, não exatamente. Pareceu a X que nem Édipo nem Rex queriam machucar o homem. Mas, quando Édipo foi devolver os óculos, a Condessa gritou lá de cima:

— Deixa que ele lute por eles, se são tão preciosos.

O velho alisou as poucas mechas de cabelo. X podia ouvir seus soluços mesmo a trinta metros de distância. A multidão gritou mais alto e o empurrou morro acima. Ele caiu de joelhos na fronteira proibida, a apenas alguns passos de Édipo.

— Não posso assistir a isso — disse Ameixa. — Não vou assistir.

Mas X não conseguia desviar o olhar.

Édipo esmurrou o velho como se fosse uma tarefa lamentável, deixando-o de bruços na encosta.

E, então, a Condessa se levantou da cama.

Nem calçou os sapatos — apenas desceu do platô de meias.

A Condessa tirou a faca do cinto e cortou a parte de trás das coxas do velho, arrancando os tendões. O homem empinou o corpo como se tivesse sido eletrocutado. X sabia que ele nunca mais voltaria a andar. Quando Édipo tentou lhe entregar os óculos, o velho não conseguia nem abrir a mão para pegá-los.

De um jeito misericordioso, uma mulher com um longo vestido preto de criada e um avental ensanguentado emergiu da multidão para ajudar. Deu instruções às almas próximas. Dois deles levantaram o corpo do homem e o puxaram de volta para a multidão, como se estivessem em um lago escuro.

X ficou chocado com o que viu. Zonzo. A desesperança de sua própria situação voltou para ele.

Ele sentiu a mão de Ameixa em seu ombro.

— Lamento que tenha visto isso — disse Ameixa. — Mas verá coisas muito piores em breve. A Condessa nem o colocou no altar. Não devia estar com muita fome de pecados.

X mal ouviu o que Ameixa disse.

— Posso confiar em você? — perguntou ele. — Diga-me a verdade, pois tudo depende disso.

— Pode — respondeu Ameixa. — Juro que pode.

— Preciso sair deste lugar — confessou X. — Jurei a mim mesmo e a Zoe que salvaria minha mãe e que minha mãe me salvaria. Pode rir, se quiser.

— Certamente não vou fazer isso — confirmou Ameixa.

— Regente prometeu me ajudar — disse X. — Eu não tinha motivos para duvidar dele, mas ele me enviou para esta colina ímpia em vez disso.

— O que exatamente ele disse? — quis saber Ameixa.

— Disse que tinha feito tudo o que podia por mim — respondeu X. — Ele me olhou como se eu fosse entender, mas como poderia?

— Ele não disse mais nada?

— Disse que tinha me dado tudo o que podia.

Ameixa considerou o que ele disse por um momento, então olhou para os objetos na folha de prata, como se guardassem segredos.

— Seria possível que ele estivesse falando de tudo isso?

nove

Ameixa estava certo — ele tinha que estar.

X espalhou sua coleção no espaço que tinha e olhou para tudo com uma nova intensidade.

Um pente de prata.

Um botão verde e vermelho feito de pedra-de-sangue.

A ponta de uma broca enferrujada.

Um caco de porcelana branca.

Uma pulseira quebrada.

X lembrou-se de Regente exigindo que os guardas recuperassem tudo do rio quando Dervish os deixou cair. Regente tratava essas coisas como se fossem insubstituíveis. X entendia o porquê agora: não eram coisas aleatórias do Mundo de Cima, como Regente havia afirmado. De alguma forma, eram pistas. Elas o levariam até a pessoa misteriosa que sabia onde sua mãe estava presa.

Regente havia enviado X à colina da Condessa para cumprir sua promessa. Sim, X havia desrespeitado as leis da Terrabaixa e envergonhado Regente. Mas, apesar de tudo e contra todas as expectativas, o senhor nunca o abandonou.

X agora *sabia* que isso era verdade.

Ele pegou a pulseira gravada com a palavra *Vesúvio*.

Perguntou a Ameixa se conhecia alguém na colina com esse nome.

— O único Vesúvio que conheço é o vulcão — explicou Ameixa.

— Me envergonha dizer que não conheço — disse X.

— Não precisa ter vergonha — disse Ameixa. — O Vesúvio foi o vulcão que destruiu Pompeia. Não me lembro se foi a.c. ou d.c., para ser honesto. E não, não conheço ninguém aqui com esse nome. Mas há milhares de almas nesta colina. Ele poderia muito bem-estar por aqui.

A ideia de perguntar a cada alma na colina se ela se chamava Vesúvio — ou se reconhecia as coisas no embrulho de prata — deixava X deprimido. Certamente era quase impossível, ainda mais com os guardas em movimento e a Condessa à procura de vítimas. Mas o que mais ele poderia fazer?

Apenas segurar a pulseira, o botão e os outros itens fez com que X se sentisse mais próximo de sua mãe do que nunca. Estavam em sua posse havia muitos anos, mas ele nunca soube que contavam uma história.

X sabia que sua mãe tinha sido uma senhora. Sabia que Regente tinha sido amigo dela e que Dervish a detestava, assim como detestava todo mundo que não fosse uma casca seca como ele. Sua mãe devia ter sido ousada — cheia de vida em um lugar cheio de morte.

Havia mais uma coisa que X sabia sobre ela: ela se apaixonou e deu à luz ele. Ali na Terrabaixa! Ela rompeu todas as leis para fazer isso. Havia perdido sua posição de senhora no processo e a jogou fora de bom grado. Isso, mais do que qualquer outra coisa, fez X sentir que a conhecia e que o sangue dela corria nele. Ele não tinha feito o mesmo que sua mãe quando arriscou tudo para ficar com Zoe? E não faria isso de novo?

Ameixa interrompeu os pensamentos de X.

— *Guarda* — ele disse.

X fechou o papel-alumínio, enfiou-o no forro do casaco e olhou ladeira abaixo para ver quem vinha.

Mas era apenas seu amigo com o taco de beisebol.

O guarda parecia infeliz. Havia aberto o zíper do agasalho por causa do calor e arrastava o pé quase de lado atrás de si. Seus óculos escuros provavelmente dificultavam a visão, porque ele tropeçava nos corpos.

— É um lugar miserável, conforme diziam — falou o guarda quando os alcançou. — Louco até não poder mais. Quem é o gordo?

— Este é Ameixa — disse X. — É um amigo. Ameixa, este é o guarda que me trouxe até aqui, o que lhe custou muito. Não se deixe enganar por seus óculos ameaçadores, ele também é um amigo. Eu o chamo de... o Ucraniano.

O guarda falou rispidamente para esconder o quanto gostava de seu novo nome.

— Todo mundo acha que óculos de sol são grande piada, sim? — disse ele. — Mas são uma prescrição médica, ok? Para *longe*.

— Olá — disse Ameixa. — Aqui vai uma pergunta que não se faz com muita frequência: você poderia, por favor, nos acertar com seu bastão, só para que a Condessa não suspeite?

— Claro — disse o Ucraniano. — Este é um argumento tremendo.

— Eu mesmo vou tomar o primeiro golpe... na barriga, de preferência — disse Ameixa. — Como pode ver, tenho um acolchoado extra aqui.

O Ucraniano deu um golpe na boca do estômago de Ameixa, segurando o bastão no último segundo para infligir o mínimo de dor. Ainda assim, Ameixa fez um espetáculo, caindo para trás, ofegante, como se tivesse sido atingido por uma bala de canhão. Quando se endireitou, parecia satisfeito com seu desempenho e reprimia um sorriso.

O guarda ofereceu comida de seu cinto para X, que não conseguiu identificar o que era. Algo áspero e seco. Não importava. Estava muito animado com sua nova revelação para se preocupar em comer. Disse ao Ucraniano que a pulseira e os outros objetos eram algum tipo de pista.

— Ah, a história fica complicada — disse o guarda. — Lembro-me de congelar minha *yaytsa* quando Regente nos fez mergulhar por essas coisas. Fico feliz em saber que doei *yaytsa* para uma causa honrosa.

Nos minutos seguintes, enquanto o Ucraniano batia neles, X declarou sua intenção de vasculhar a colina em busca da pessoa que fora enviado por Regente para encontrar. Perguntaria a todas as almas que pudesse se conheciam alguém chamado Vesúvio ou se reconheciam os objetos de sua coleção. No silêncio surpreso que se seguiu ao seu anúncio, X reconheceu que o plano parecia ridículo, mas disse que, a menos que eles pudessem conceber um melhor, ele o levaria a cabo.

— Concordo — disse o Ucraniano por fim.

— Mesmo? — perguntou X.

— Concordo que parece ridículo — respondeu o Ucraniano. — Na verdade, é uma loucura bem louca. Milhares de homens e mulheres estão espalhados na colina, quase como açúcar, e você quer encontrar *um*? É ridículo. Além disso, você será espancado centenas de vezes no processo.

— Entendo que posso falhar — admitiu X. — Entendo que posso sofrer. Mas estabeleci um plano e pretendo segui-lo.

O Ucraniano balançou a cabeça, cansado.

— X — disse ele. — Você, para mim, é como um irmão mais novo e menos atraente. Mas não posso endossar o plano e não consigo ajudar.

— Eu entendo.

— Seria uma loucura para mim, sim? — comentou o guarda. — Já fui preso uma vez, antes da promoção. Não vou ser prisioneiro novamente. Já perdi a *Arrancadôrra*, sim? Já perdi casa no clube de campo da Terrabaixa. Agora estou no buraco do inferno *literral*. Sinto muito, mas não posso arriscar mais.

— Você não tem nada por que se desculpar — disse X. — Você é um bom homem.

O guarda tirou os óculos escuros.

— Claro que sou bom homem — disse ele. — Sou de *U-cra-nia*. Quantas vezes digo isso?

X virou-se para Ameixa.

— Você concorda que eu perdi a cabeça? — perguntou ele.

— Sim — disse Ameixa. — Tudo que o Ucraniano disse está perfeitamente correto. Mas vou ajudá-lo de qualquer maneira... Quer dizer, se achar que um travesseiro grande e fofo como eu pode ser útil. Dê-me metade de suas coisas e metade da colina para procurar.

X ficou chocado com a oferta de Ameixa. Agradeceu de forma desajeitada. O Ucraniano ficou com raiva. Ele acertou Ameixa com o bastão.

— Você quer morrer ou algo assim, Ameixa humana? — perguntou ele. — Vou lembrar: você já está morto.

— Olha, sei que isso não vai acabar bem — disse Ameixa. — Não vejo como pode ser de outra maneira. Mas é uma chance para eu fazer algo de bom, expiar meus pecados um pouquinho... para ser a flor de lótus.

— A Condessa é psicopata — disse o Ucraniano. — Você não tem medo da faca?

— Tenho mais medo do que você pode imaginar — respondeu Ameixa.

Ele desabotoou a camisa cáqui lentamente. Havia uma cicatriz roxa chamativa, que ia do esterno até o umbigo, como um zíper.

ELES CONCORDARAM EM DORMIR antes de partir, mas X viu que era impossível. Seus nervos estavam à flor da pele, e ele não se acostumava com o barulho na colina — a terrível orquestra de tosses, grunhidos e soluços. Ameixa estava perto dele. X podia dizer, por sua respiração, que também não conseguia dormir. Por fim, se sentaram e dividiram os objetos no embrulho de alumínio. X guardara essas coisas por tanto tempo e com tanto esmero que era como se estivesse entregando pedaços do próprio corpo.

Ameixa assumiu a responsabilidade pela metade superior da colina, porque já conhecia as almas de lá. X perambulou mais abaixo. Era um avanço lento, porque a colina era íngreme e com frequência coalhada de corpos. Eram de todos os países e de todos os séculos, mas estavam todos no mesmo tormento. Ele pensou na pintura do inferno que a *babushka* do Ucraniano havia pendurado na parede. Conseguia imaginá-la com perfeição.

A primeira pessoa de quem X se aproximou estava caída no chão, enrolada quase da cabeça aos pés em bandagens, como uma múmia.

— Estou à procura de uma pessoa — disse ele, ajoelhado. — Alguém que possa me ajudar a encontrar minha mãe.

Ele segurou a pulseira e o pente de forma que o homem enfaixado pudesse vê-los. A princípio, o homem parecia incapaz de pronunciar qualquer palavra. X inclinou-se para perto. Por fim, a múmia conseguiu sussurrar algumas frases, que estavam entre as coisas mais vis que X já tinha ouvido.

X afastou a decepção. Pensou em Zoe — em como nunca ocorreu a ela desistir de nada, nunca.

A próxima alma com quem falou não era muito mais velha que ele. Usava um uniforme surrado da Guerra Civil Americana. Uma mulher com um vestido de noiva manchado de sangue estava ao lado dele, dormindo ou em coma. X estremeceu ao ver o sangue.

— Não deixe que te abale, moço — disse o soldado. — A Noiva não é tão assustadora quanto parece... embora ela tenha matado o marido depois de dezesseis minutos de casamento.

— Dezesseis *minutos*? — repetiu X.

— Casamento não é pra qualquer um — disse o soldado. — Que nome você usa? Eu vi. Você é o camarada que come.

Ele falou alto demais, deixando X desconfortável.

X lhe disse seu nome.

— Por favor, não fale alto — acrescentou. — Não posso me dar ao luxo de ser descoberto.

— Sim, senhor, capitão, senhor — disse o soldado. Ele sorriu, como se X não estivesse preocupado com nada, e não baixou a voz. — Me chamam de Shiloh aqui.

— Estou procurando alguém que responda pelo nome de Vesúvio... ou que possa me ajudar de alguma forma — disse ele. — Você reconhece essas coisas? Peço mais uma vez que fale baixo.

— Se tem um Vesúvio por aqui, ainda não o conheci — disse Shiloh, falando tão baixinho que parecia estar provocando X. Ele indicou algumas pessoas próximas. — Aquela mulher ali é Adaga. E esse é o Perseguidor. Aquele ali é um sujeito que chamamos de Birk, abreviação de Birkenau. Nenhum deles jamais mencionou Vesúvio algum, que eu saiba. Se vale a pena mostrar a eles tudo o que tem aí, deixo para você julgar.

Quando X se levantou para sair, Shiloh ficou desolado.

— Ora, fique um bocadinho com a gente — pediu ele. — A Noiva e eu nunca temos companhia.

Mas X estava consumido por sua missão.

Ele interrogou mais quatro sujeitos. Os dois primeiros estavam sentados lado a lado em uma saliência de rocha. Um deles era um norte-americano de meia-idade, de pele rosada, o outro tinha a pele um pouco mais escura e cerca de dezenove anos. Não falavam, mas pareciam sintonizados a cada movimento um do outro. X se perguntou se haviam desenvolvido um código — três batidas rápidas com o pé significavam *isso*, um arranhão no pescoço significava *aquilo*. Ficaram rígidos quando X perguntou seus nomes, então discutiram silenciosamente sobre se deveriam responder. O norte-americano cerrou o punho. O mais jovem, discordando, abriu a palma da mão.

Quando finalmente falaram, descobriu-se que nenhum deles conhecia um Vesúvio nem reconhecia os objetos. Disseram a X que haviam se conhecido ali porque, por um capricho do destino, ambos receberam o nome de Homem-Bomba. Queriam contar suas histórias a X, mas ele seguiu em frente.

Aquela parte da encosta estava repleta de corpos. Tantos deles estavam inconscientes ou eram tão incoerentes que X demorou muito para encontrar outra alma que pudesse questionar de um jeito satisfatório. Mãos, braços, pés e pernas espalhavam-se por toda parte. Eram como uma rede tentando agarrá-lo. A imagem de sua mãe, a *possibilidade* de encontrá-la, ficava cada vez mais longínqua. A imagem de Zoe também. X forçou-se a continuar, repreendendo-se por sua fraqueza. Quem disse a ele que seria fácil?

A próxima alma que X questionou se ofereceu para trocar duas meias (uma preta, uma vermelha) pelo pente de prata. X ignorou a oferta. Perguntou ao homem se ele conhecia Vesúvio. Suas mãos estavam suando agora, e o papel-alumínio estava deixando as palmas prateadas.

— Vesúvio? Sim, claro, claro — respondeu o homem. Apontou para uma figura a uns trinta metros colina abaixo. — É ele ali.

X tropeçou em corpos para chegar à alma em questão, apenas para descobrir que haviam lhe pregado uma peça.

Ele voltou a subir a colina. O Mentiroso abriu um sorriso tão irritante e satisfeito que X o socou na boca. Ele não tinha poderes especiais aqui, mas ainda conseguia derrubar um homem.

Um guarda ouviu a confusão. X congelou. O guarda cuspiu no chão e decidiu que não era importante.

Envergonhado do que havia feito, X caminhou de volta até Ameixa para ver se tinha tido mais sorte.

Ele parou apenas mais uma vez para questionar alguém. O homem que escolheu usava partes de uma armadura e estava parado embaixo de uma das imensas tochas, como se a estivesse vigiando. O Cavaleiro era jovem, talvez com vinte e cinco anos, e seu cabelo era ainda mais longo que o de X, passando pelos ombros e cobrindo o peitoral. Seu capacete parecia ter sido roubado, assim como uma de suas manoplas e as duas botas.

X fez suas perguntas ao Cavaleiro: você reconhece essas coisas? Você é Vesúvio ou conhece alguém que atenda por esse nome?

O Cavaleiro abriu um sorriso. Declarou que era, de fato, o Vesúvio, o próprio! Ele bateu com o punho no peito, fazendo sua armadura retinir, e jurou que mataria qualquer homem que o contestasse. Estendeu a mão para pegar sua espada e franziu a testa quando lembrou que ela também havia sido tomada.

X percebeu o desespero sob a bravata do Cavaleiro, a solidão. Suspeitava que, por alguns momentos de companhia, o homem teria afirmado com a mesma sinceridade ser Cleópatra.

AMEIXA E O UCRANIANO estavam esperando. O guarda parecia ainda mais agitado que antes. Mexia nos óculos escuros e batia de leve com o bastão de metal na coxa. Ameixa estava quieto, abraçando os joelhos, como se estivesse tentando se apequenar. Talvez já tivesse se cansado da busca e se sentisse culpado demais para revelar seus sentimentos. Não olhava direito para X.

— Foi gentileza sua me ajudar, Ameixa — disse X. — Mas eu o libero de qualquer obrigação. Vou continuar sozinho.

— Ah, não vai se livrar de mim tão facilmente — apressou-se Ameixa. — Vamos descansar um pouco e depois partiremos de novo. Tudo bem? Tudo bem. Sua causa é minha causa.

O Ucraniano gemeu.

— É muito poético, Ameixa humana — disse ele. — Agora mostre a cara.

— Como assim? — perguntou X. — O que está escondendo?

Ameixa virou-se para X tão lentamente que era como um planeta girando. Sua outra bochecha estava coberta de hematomas: roxos, amarelos, pretos.

— Os guardas bateram em você — disse X. — Por minha causa.

— Não é nada — comentou Ameixa. — Eles já me bateram antes. Tenho pena deles pelo que isso faz com suas consciências.

— Acha que eles ainda têm consciência? — questionou o Ucraniano. Ele se agachou e sussurrou com ferocidade. — Isso é o extremo do absurdo. Enquanto subo a colina agora, vejo outros guardas me observando, ok? Cada movimento. Eles estão desconfiados, ok? Acham que não sou um deles. Então, como posso provar? Golpeio uma pessoa totalmente inocente com um bastão. Assim, talvez um, talvez mais dois, por que não? Bato neles com força, não como quando finjo com você. Os guardas aplaudem como sempre, me lançam saudações idiotas ou fazem sinal de positivo com o polegar. E sempre pessoas inocentes olham para mim. *Por que você me bate? O que fiz de errado?* Nunca fiz isso, ok? Nem mesmo o Dervish pede que eu faça isso. Meu coração já está tão duro que até parece que tem alguma, não sei o quê, pedra ou pinha, talvez, dentro do peito.

O guarda pareceu envergonhado por seu discurso, mas continuou.

— Ameixa humana — disse ele —, você é um homem gentil. Bom no fundo. E esses guardas? Essa Condessa? Eles vão destruir você. Pouco a pouco, ou muito rápido, vão transformar você em uma dessas pessoas babando e se contorcendo, em toda parte.

— Ele fala com sabedoria, e você sabe disso — disse X a Ameixa. — Vamos combinar que você não vai se arriscar por mim novamente.

— Não — falou Ameixa.

— Não? — perguntou X.

— Não vou combinar — disse Ameixa. — Não vou abandonar você. Deixe os guardas serem a guerra... eu serei a paz. — Ele escolheu as próximas palavras com cuidado. — Tente lembrar que não estou fazendo isso apenas por você. Estou fazendo isso para me redimir. Posso parecer inocente porque divago sobre flores de lótus. Mas qualquer bondade que você veja em mim é apenas um reflexo da sua, juro. Se soubesse que tipo de criatura venenosa eu era, lá no Mundo de Cima, se você soubesse o que eu fiz, se afastaria horrorizado.

— Não me afastaria de você — disse X.

— E eu não vou me afastar de você agora — disse Ameixa. Ele sorriu de um jeito quase iluminado. — Todo esse escândalo por conta do meu rosto. Para começar, nunca foi muito bonito.

O Ucraniano estava fervilhando de raiva.

— Desculpe dizer, devo interromper o tocante filme meloso — disse ele. Baixou os óculos escuros sobre os olhos. Foi como se uma parede surgisse entre eles. — Você é um idiota, X. Não vai encontrar a pessoa mágica que procura. Seria impossível até mesmo para super-heróis como o Soviete Supremo. — O Ucraniano vasculhou seus bolsos enquanto continuava. — Você tem sorte de a Condessa não ter visto você se esgueirando. E você, Ameixa, reclamando dos seus pecados... Ui, ui, ui! Todos carregamos a culpa que nem um saco de pedras, ok? Acha que estou condenado por roubar Pepsi da máquina de venda automática? — O Ucraniano parecia ter chegado a uma decisão. — Não vou ouvir mais planos, ok? Estou fora do grupinho. Não vou assistir a vocês virarem um desses babões.

O guarda encontrou um pedaço de carne na mochila em seu cinto.

— Qual é a situação da fome? — perguntou a X.

X olhou para a coisa seca e cinzenta nas mãos do guarda. Parecia uma língua.

— Não estou com fome — respondeu ele —, provavelmente nem ficarei tão cedo.

— Sim, bem, fique com isso para o lanchinho da meia-noite — disse o Ucraniano, empurrando a carne para ele. — É o último pedaço. Preciso reabastecer.

X enfiou aquela coisa horrível no bolso.

Mais tarde, X estava deitado de costas, o casaco enrolado embaixo da cabeça. Algo na conversa com o Ucraniano o incomodou. O guarda sabia como era raro X precisar comer — e que havia acabado de alimentá-lo. Por que perguntaria se X estava com fome?

A resposta lhe ocorreu.

O Ucraniano era o único que X conhecia naquela colina com alguma autoridade — o único que podia vagar livremente e, uma vez que X descobrisse tudo o que podia sobre sua mãe, o ajudaria em sua fuga. Mas agora o guarda precisava reunir mais comida para ele. Teria que sair da colina para fazê-lo. E X sabia o que seu amigo de agasalho vermelho faria.

Era a mesma coisa que qualquer um faria.

Nunca mais voltaria.

dez

X DECIDIU NÃO IMPLORAR ao Ucraniano para ficar. Não havia razão para o guarda estar acorrentado a ele. Deveria fugir se pudesse. Talvez pudesse encontrar um porto seguro antes que a Condessa descobrisse que ele havia partido.

X virou de lado, de modo que ficou de frente para o topo da colina. Mais uma vez não conseguia dormir.

A cama de dossel estava vazia. O platô estava deserto.

X se ergueu sobre os cotovelos e olhou para baixo na encosta. A Condessa estava descendo, procurando vítimas, sem dúvida. Seu cabelo acobreado caía pelo pescoço, frisado e selvagem. Édipo e Rex marchavam alguns passos à frente, arremessando corpos para fora do caminho.

X verificou se Ameixa estava acordado. Estava. Ao que parecia, cada alma na colina também. Estavam esperando para ver quem a Condessa submeteria à sua faca.

— Feche os olhos — disse Ameixa — e não os abra, não importa o que ouça.

— Por quê? — perguntou X.

— Porque, se você assistir à violência, nunca a esquecerá — disse Ameixa. — A Condessa busca os pecadores mais depravados que consegue encontrar, porque torturá-los é o que mais a excita. Ela os caça como se estivesse procurando por frutas maduras.

X fechou os olhos, mas aquilo só fez sua audição ficar mais aguçada.

Ouviu ruídos lá embaixo — parecia que os pugilistas estavam atacando alguém. Eram chutes. Luta. O barulho aumentou conforme Édipo e Rex empurravam a alma morro acima.

Novos sons, mais sombrios: a alma caindo, chorando, sendo arrastada pelos pés e lançada para a frente. Era uma mulher? Os gritos eram tão selvagens que X não sabia dizer.

Ameixa apertou ainda mais o ombro de X, implorando para que não olhasse. Mas X precisava assistir, tinha que ver.

Ele abriu os olhos.

A Condessa escolheu não apenas uma vítima, mas duas: o soldado da Guerra Civil chamado Shiloh e a mulher com vestido de noiva.

Ora, fique um bocadinho com a gente. A Noiva e eu nunca temos companhia.

Édipo e Rex arrastaram os dois até a gigantesca rocha retangular no topo da colina. Então, era para isso que servia o altar.

Sacrifícios.

— O soldado — disse X. — Eu questionei esse homem.

— É uma coincidência — disse Ameixa, seus olhos ainda fechados.

Mas não parece acreditar.

Veio outra rajada de som. Os guardas reuniram mais cinco vítimas. X parou para ver.

Ele conhecia todos eles.

A múmia desbocada: tiveram que carregá-lo morro acima.

Os Homens-Bomba: estavam gesticulando freneticamente em código. O norte-americano já estava em lágrimas.

O Cavaleiro solitário: parecia grato pela atenção dos guardas. Não sabia o que estava por vir?

Por fim, o Mentiroso, aquele que X havia socado: por que estava sendo punido? Não ajudou X em nada. E foi o Ucraniano quem o empurrou à frente. Mesmo à distância, X podia ver como seu amigo estava enojado por fazer parte disso.

— Reuniram todos eles, todas as almas com quem falei — comentou X para Ameixa. — O que a Condessa fará com eles?

Ameixa estava chateado demais para sequer dar de ombros.

— Peço desculpas pelas palavras — disse ele —, mas qualquer desgraça que ela quiser.

SHILOH E A NOIVA contorciam-se no altar. A Condessa estava sentada na cama, prendendo languidamente o cabelo. Estava prolongando a agonia deles. Quando terminou, ordenou a Rex que lhe apertasse os cadarços dos sapatos. Parecia gostar de ter um gigante ajoelhado diante dela. Riu enquanto ele se atrapalhava com as amarras. Para Shiloh e a Noiva — e para todos os que assistiam —, a demora era insuportável. A serva com o avental ensanguentado estava à beira da multidão, esperando para atender os feridos. Parecia com medo. Não tirava os olhos do chão.

Por fim, a Condessa caminhou até o altar e enfiou a palma da mão no peito de Shiloh.

Todas as tochas na colina apagaram-se. O teto explodiu em luz. Virou uma tela.

A Noiva cambaleou para fora do altar. Édipo e Rex a forçaram a recuar. Perto dali, o Ucraniano e os outros guardas formaram um círculo em torno das próximas vítimas.

Os pecados de Shiloh começaram a passar, em alto e bom som, como um filme no teto. A Condessa arqueava as costas com prazer.

— A dor dele a alimenta — explicou Ameixa. — Seus pecados. Sua humilhação. Ela se empanturra de tudo. Se você realmente precisa assistir, observe como ela brilha enquanto suga o mal para dentro de si. Juro que isso a deixa mais jovem.

Cada alma na colina esticou o pescoço para ver os pecados de Shiloh. Era como se estivessem olhando para as estrelas. Luz e sombra manchavam seus rostos. Shiloh debatia-se, impotente, recusando-se a olhar. A Condessa abriu os olhos dele com os dedos.

X também olhou para o teto. Não conseguia evitar.

Ele viu Shiloh e seu regimento em uma planície no inverno. Eles atacaram um assentamento Cherokee. Havia neve no chão. As árvores tremiam. Shiloh forçou um pai nativo e sua filha a entrar em uma casa redonda de madeira. Gritou insultos para eles e os cutucou com seu mosquete. Assim que entraram, ele incendiou a casa. As chamas lambiam o telhado.

X deveria ter desviado o olhar, como Ameixa havia implorado.

O pai e a filha saíram correndo da casa redonda para escapar do incêndio. Shiloh ria. Ele ergueu o mosquete e atirou no rosto do pai. A garota berrou. Tinha talvez seis ou sete anos. Shiloh ergueu o rifle novamente e atirou. Uma mancha vermelha floresceu no peito da garota. Um rastro de sangue escorreu por seu vestido como uma lágrima.

Finalmente, o teto ficou preto.

As tochas voltaram à vida.

Shiloh e a Noiva choramingavam na laje.

A Condessa tirou a faca do cinto. Tinha uma lâmina fina e ondulada com cerca de doze centímetros de comprimento. Parecia algo usado para pelar um animal.

Ao redor de X e Ameixa, as almas gritavam incentivos à Condessa. Estavam ávidas para ver alguém além delas sofrer. Algumas se levantaram. Outras sacudiram os suportes gigantes que seguravam as tochas. Quando a Condessa limpou a faca na manga do vestido, os aplausos se intensificaram, como uma tempestade se aproximando. Édipo e Rex desviaram o olhar. Pareciam ter perdido o gosto por tudo aquilo.

X levantou-se e se aproximou. Shiloh só estava sendo punido porque havia falado com ele.

Ameixa ouviu-o se afastando e o incentivou a voltar.

X não ouviu.

A Condessa ergueu a faca. A colina ficou em silêncio. X conseguia ouvir o crepitar das tochas. A condessa cortou os cadarços das botas de Shiloh, tirou-as e jogou-as de lado. Uma alma encurvada em farrapos observava à margem da multidão, correu para a frente e pegou as botas. X o reconheceu. Era Osso, que tentara roubar a fotografia de Ameixa.

X estava perto o bastante agora para ver que Shiloh não usava meias e que seus pés estavam terrivelmente inchados. Não tirava as botas fazia anos.

A Condessa cutucou um dos dedos de Shiloh com a ponta da lâmina, testando a carne. Shiloh chorou e implorou a ela que parasse. Seu pé tremia de um jeito incontrolável.

A Condessa sibilou para Édipo e Rex:

— Segurai-o, rápido, caso contrário, esta faca brincará em VOSSA pele logo em seguida.

Mais uma vez, as tochas se apagaram e o teto ganhou vida. Mais uma vez, as almas olharam para cima. Tudo o que acontecia no altar acontecia lá em cima, com centenas de metros de altura e largura. A súplica de Shiloh foi tão amplificada que não havia como evitá-la. A Noiva contorcia-se ao lado dele. Todos os homens que esperavam para ser torturados choraram, até o Cavaleiro. A serviçal com o avental ensanguentado não ergueu os olhos. Seus lábios moviam-se em silêncio, aparentemente em oração.

A Condessa pressionou a lâmina na sola do pé de Shiloh, onde a pele estava mais esfolada. Estava prestes a abri-lo quando parou e olhou diretamente para X.

Ela o estava provocando.

Estava dizendo: "Isso é obra sua. Isso é por sua causa."

A Condessa forçou a lâmina na planta do pé de Shiloh. Ela fez isso com força suficiente para produzir uma única gota de sangue.

E, então, cravou a faca.

Shiloh se debateu em todas as direções, e suas costas se ergueram do altar. Ele devia estar em agonia demais para gritar. Mesmo se tivesse gritado, teria sido abafado pela multidão.

Era raro que X sentisse falta de seus poderes — estavam muito emaranhados em sua mente com a lamentável missão de levar almas para a Terrabaixa —, mas ele os desejou nesse momento. Odiava sua fraqueza. Detestava seu corpo danificado, humano e quase inútil. Ainda assim, teria que se contentar com isso.

Ele deu um passo à frente.

Gritou para a Condessa.

— Sou *eu* que você quer.

Os gritos pararam. Todos voltaram os olhos para ele. Ele conseguiu sentir isso como um ardor no pescoço.

— Ah, é? — perguntou a Condessa com suavidade.

Ela enfiou a faca na ferida de Shiloh e arrancou a pele, revelando um leito de sangue. Shiloh deu um grito que não parecia humano. A Noiva vomitou ao lado do altar.

— Você sabe muito bem que sim — gritou X.

Sua voz explodiu ao redor. Ele olhou para o teto e viu que agora era ele, não Shiloh, projetado ali.

— Regente me obrigou a vir até você — disse ele — sem explicar quem eu sou ou mesmo o que sou... e tudo o que você pôde fazer foi choramingar, porque ele é muito mais ousado e importante que você.

Ele estava desesperado para irritar a Condessa, mas o coração dela parecia bater lento como o de um crocodilo. Ela ergueu um pedaço da pele de Shiloh entre os dedos e enfiou-o na boca.

X sentiu seu estômago revirar.

— Vejo que é fascinada pelos pecados dos outros — disse ele. — Desafio *você* a dar uma olhada nos meus. Eram demais para Regente. Se quer saber por que ele me expulsou... aí está a sua resposta.

A faca da Condessa parou no ar, se contorcendo como se desejasse voltar ao trabalho.

— A Condessa ACEITA o teu desafio — declarou. — Ela arrancará tais gritos de tua garganta que serão lembrados para sempre!

O entusiasmo espalhou-se pela colina. A mulher de avental ajudou Shiloh e a Noiva a descerem do altar. O rosto de Shiloh encheu-se de lágrimas. Ele olhou para X, e parecia perguntar: *Por que fez isso por mim?* Estava atordoado, envergonhado.

X virou-se para procurar Ameixa. Não conseguiu reconhecê-lo na penumbra da colina. Sabia que seu amigo temeria por ele.

O Ucraniano, entretanto, fugiu, sem dúvida furioso com a imprudência de X. A Condessa pensaria que o guarda tinha ido buscar comida, mas X sabia que ele nunca mais o veria. Observou o Ucraniano largar o bastão e deixá-lo para trás, caído no chão como uma farpa.

Édipo ergueu X sobre o altar e o forçou a se deitar. A rocha parecia estranhamente viva, como se ainda retivesse o calor da luta de Shiloh. Sua superfície estava manchada com todos os tons de vermelho e marrom. Parecia exatamente o que era: uma tábua de açougueiro.

— Você não precisa me segurar — disse X a Édipo. — Venho de bom grado.

A Condessa dispensou o pugilista. Ela sentou-se na cama com os olhos fechados, como se estivesse limpando a mente. X sabia que o que ela estava realmente fazendo era dar-lhe tempo para ter medo.

A verdade era que ele já estava apavorado.

X HAVIA DESAFIADO A Condessa a olhar seus pecados porque acreditava que não tinha nenhum — que, ao contrário de todos os outros para quem ela poderia apontar a faca, a Condessa não encontraria nada pelo qual torturá-lo ou com que se empanturrar. Mas agora, enquanto X estava deitado de costas, um medo que carregava havia anos veio à tona espontaneamente: e se as almas que ele levou para a Terrabaixa estivessem contra ele? E se as quinze missões que empreendeu não fossem apenas missões, mas assassinatos?

Ele lembrou-se de Zoe avisando-o uma vez que os senhores estavam apenas tentando transformá-lo em um monstro — em um *deles*.

E se já tivessem feito isso?

A Condessa caminhou até ele com a faca na mão. Com a outra, ela abriu e fechou o botão prateado da bainha de couro na cintura dela. Para X, o estalo era, de alguma forma, mais ameaçador que qualquer outra coisa.

— Você está com medo? — perguntou a Condessa.

Clique, fez o botão. *Clique. Clique.*

— Da dor? — X devolveu a pergunta. — Não. Já conheci a dor.

— De quê, então? — quis saber a Condessa.

Clique. Clique.

Clique.

X não respondeu.

— Então, há ALGUMA COISA — respondeu a Condessa, coçando a espinha. — Percebes agora que não és herói. Enganaste a ti mesmo a um custo imenso.

Mais uma vez, X ficou em silêncio. Um pensamento rodopiou em seu cérebro: *O teto saberá se sou pecador.* Ele não podia esperar nem mais um instante. Precisava ver o que havia dentro de si.

Clique.

— Talvez te perguntes por onde a Condessa deve guiar a faca — disse ela. — No entanto, a faca escolhe seu próprio caminho.

— Por que precisa se rebaixar a tal depravação? — questionou X. — A condenação não é punição suficiente para nós?

A senhora pareceu intrigada com a pergunta e parou de mexer na bainha.

— Essa "depravação" é a única coisa que traz paz à Condessa — respondeu ela. — Sempre foi assim.

— Então você não está tirando algo de nós, e sim de si mesma? — perguntou X.

A Condessa irritou-se e, por um instante, falou de si mesma como uma pessoa comum faria.

— É uma bela teoria, a tua — disse ela. — No entanto, em um momento, vou te cortar em pedaços, e veremos qual de nós gritará.

Ela espalmou a mão no peito de X. Ele não esperava dor, ainda não. Mas a Condessa apertou-o tão violentamente que X não conseguiu respirar. Retesou as costas no altar, como Shiloh tinha feito. Sua visão ficou embaçada. Não foi como quando Regente colocou os nomes e as histórias de almas no corpo de X para que ele pudesse caçá-los. Não estava recebendo algo. Algo estava sendo arrancado à força. A Condessa estava tentando tirar de seu coração todos os pecados que ele tinha.

Esse sentimento, essa dor — significava que ele tinha pecados e que eram graves? Acima dele, no teto, algo se mexia. Algo estava prestes a acontecer.

X não estava pronto para olhar. Fechou os olhos e invocou o rosto de Zoe para se consolar. Invocou Jonah. Depois Arrancadora, Batedor, o Ucraniano. Até Ameixa. Passaram voando, um após o outro. Todos com quem se importava. Tentou impedir que os rostos passassem rapidamente, mas não conseguiu. Tentou chamar Zoe para ele novamente. O rosto dela era o único que ele queria.

O gato choramingou em sua caixa na cama, fazendo um som desesperado e esganiçado. Distraída, a Condessa tirou a mão do peito de X.

— Se aquele maldito felino entrar em erupção novamente, a Condessa precisará parar sua respiração — ela disse. — Gostaria que a criatura tivesse o nome de algo mudo, como uma estátua ou o vento.

Uma voz que X nunca tinha ouvido falou. Uma mulher.

— Deixe-me consolá-lo — disse ela. — Ele não deveria ficar em uma caixa.

Deve ter sido a serviçal de avental ensanguentado.

— Silencia tua língua, se pretendes mantê-la — ralhou a Condessa.

A senhora voltou o foco para X e bateu a palma da mão no peito dele. A dor obliterou todo o resto. X conseguiu sentir os dedos dela se enterrando em suas costelas.

Ele tentou encher os pulmões de ar. Estava frenético. Sua cabeça, seu corpo, suas veias… Tudo estava prestes a explodir.

Ele gritou.

Mas não, ele não conseguia. Não tinha fôlego suficiente. O grito não conseguia sair. Uivava dentro dele.

Ele viu, ou talvez tenha sentido — não conseguia distinguir a diferença —, uma chuva de luz, uma estrela explodindo.

onze

— Devagar, amigo. Volte para nós devagar.

Era Ameixa, persuadindo-o a voltar à consciência.

X sentiu-se deslizar de volta para sua pele, como se fosse um traje preparado para ele. Seus braços voltaram a ser dele, depois as pernas e os pés.

Então ele se deu conta da dor. Estivera lá o tempo todo, esperando que acordasse. Seu corpo parecia quebrado. Os pulmões queimavam quando ele inalava, como uma fornalha acesa.

Ele abriu os olhos.

Ameixa olhou para baixo, preocupado. Ele estendeu o casaco de X como um cobertor sob seu corpo. X ficou comovido com aquilo e com a já familiar visão das mãos trêmulas do amigo. O doce e gentil Ameixa: era bom vê-lo.

Cada alma no raio de trinta metros estava encarando X e murmurando. O que quer que houvesse acontecido depois que ele desmaiou no altar tinha deixado todo mundo em polvorosa.

X não sabia se conseguia falar, mas precisava saber se seu coração guardava pecados como ele temia.

Tentou uma única palavra.

— O quê? — perguntou ele.

— Não tente falar — disse Ameixa. — Ainda não.

— O que... — disse X novamente — ... *aconteceu?*

— Ah, sim — disse Ameixa. — Vou te contar tudo, mas só se jurar que não vai tentar falar. — Ele fez uma pausa, acrescentando rapidamente: — Jure para mim com os olhos, não com a voz.

X piscou.

— Muito bem — disse Ameixa. — Agora, não sei de quanto você se lembra antes de perder a consciência. — Ameixa rapidamente levantou a mão. — Não foi um convite para me contar. Eu mesmo escolho um ponto de partida. Tudo bem? Tudo bem. — Ele se sentou em silêncio, considerando. — Eu estava meditando. Não que eu não deixe pensamentos ou ruídos entrarem em minha mente, eu deixo, mas finjo que são bolhas de sabão e estouro cada uma delas à medida que passam.

— Pule — disse X — *esta parte.*

Ameixa fez uma cara magoada, depois sorriu.

— Se falar de novo — disse ele —, vou contar ainda mais devagar. Nós, budistas, temos mais paciência do que você pode imaginar. Buda certa vez sentou-se debaixo de uma árvore por *sete dias*, e acho que ele estava apenas tentando decidir se era um bom lugar para se sentar. De qualquer forma, consegui calar os gritos de Shiloh, mas então ouvi sua voz: "Sou eu quem você quer!" Fiquei atordoado... e zangado com você. Subi a colina sem nenhum plano. Você estava se debatendo no altar... levantando a cabeça e depois jogando-a para a frente de novo. E me ocorreu que, ao contrário de todas as outras almas nesta colina, inclusive eu... — Ameixa fez uma pausa e lutou contra aquele sentimento. — Me perdoe. Me ocorreu que você, meu novo e único amigo, para ser sincero, poderia morrer lá em cima. Morrer de verdade. Não me importo em dizer que, se você morresse... Bem, eu ficaria com raiva de você por um tempo, mas depois sentiria sua falta.

X teria sorrido se não estivesse com tanta dor. Zoe e Arrancadora lhe ensinaram a aceitar a bondade.

— Eu me aproximei — continuou Ameixa. — Aos tropeções. Não estou nas melhores condições, como já conversamos. Sim, sei que estou tagarelando. Estou tão feliz que você acordou. De qualquer forma, todos na colina estavam olhando para o teto, esperando. Você ficou desfalecido. Suas mãos penduradas no altar. Foi terrível.

— Pecados? — questionou X, ou tentou questionar. A palavra saiu como um sussurro. — *Pecados.*

Ameixa ficou surpreso com a pergunta.

— Que quer dizer com "pecados"? — ele devolveu a pergunta.

— Tenho... — disse X — ... *pecados?*

— Meus deuses, você está chorando — disse Ameixa. — Claro que você não tem pecados! Pensei que soubesse disso... você mesmo me disse que nasceu aqui! Juro, o teto era tão branco que nos fazia brilhar. A luz aqueceu nossos rostos! Era diferente de tudo que qualquer um de nós já tivesse visto. Tudo bem? Tudo bem.

X sentiu a mão de Ameixa em seu ombro. Doeu ser tocado, mas, de novo, ele aceitou a bondade.

— A Condessa ficou furiosa — continuou Ameixa. — Você havia prometido grandes pecados para ela. Ela esperava um banquete! Ela colocou a faca na sua bochecha, mas, antes que pudesse fazer qualquer outra coisa, teve algo como uma convulsão. Rasgou a gola do vestido. Acontece que ela usa uma faixa dourada por baixo. Agarrou aquela coisa como se a estivesse sufocando, como se quisesse arrancá-la do pescoço. Era como se a própria corrente soubesse que você era inocente e se recusasse a deixá-la punir você.

X sabia que não era realmente a faixa de ouro, mas o Poder Superior que governava a Terrabaixa agindo por meio dela.

Ameixa retomou seu relato.

— A Condessa empurrou você do altar. Você caiu como um peso morto, e seus ossos estalaram alto. Desculpe, está muito vívido? Corri para buscá-lo. Não precisa me agradecer, porque não consegui. Você é bem pesado. Shiloh? O soldado? Ele ainda estava pasmo com o que você havia feito, então tentou me ajudar a levantá-lo, mas, como a Condessa destruiu o pé dele, o rapaz mal conseguia andar. Na verdade, foi o Cavaleiro que trouxe você até aqui. É um grande fã seu agora. Acho que o seguiria para a batalha com a pouca armadura que lhe resta. Quanto a mim, consegui ao menos trazer seu casaco.

Quando Ameixa finalmente terminou, deixou X descansar, embora ele pudesse sentir a preocupação do amigo, que verificava seu estado regularmente. X ainda sentia uma dor tão espalhada pelo corpo que seus ossos pareciam ter sido substituídos. Mas, naquele momento, também teve uma sensação contraditória de alívio: tomar almas como um caçador de recompensas não havia obscurecido seu coração. Zoe diria não estar nem um pouco surpresa. Fingiria que nunca havia questionado que ele era, como o Ucraniano disse sobre Ameixa, "bom no fundo". Por outro lado... Ela o puxaria para si e o abraçaria com força até ele saber que, no íntimo, ela estava aliviada, grata, orgulhosa. "Eu sabia o tempo todo, idiota", diria ela. "Claro que eu sabia. Mas *você* precisava saber."

Era verdade. Ele precisava.

X olhou para a cúpula preta do teto. Não conseguia se lembrar de tudo o que havia acontecido no altar. Mas uma lembrança permaneceu, algo que a Condessa dissera. X esforçou-se para evocar as palavras, como alguém tentando trazer de volta um sonho.

Por fim, a lembrança que X estava tentando extrair se apresentou.

— Pegue o embrulho de alumínio no meu casaco e me dê, por favor? — pediu ele a Ameixa.

— Pode esperar até que você descanse? — disse Ameixa. — Você passou por um choque.

— Não pode — respondeu X. — Estou com um pensamento aqui e tenho medo de esquecê-lo.

Ele rolou de lado para que Ameixa pudesse tirar o embrulho do casaco, que estava embaixo dele, e lhe pediu que mostrasse a pulseira quebrada em que se lia *Vesúvio*.

— Já viu a pulseira mil vezes — disse Ameixa. — Não há nada diferente nela agora. Com certeza, isso *poderia* ter esperado. Você é um paciente muito irritante.

X ouviu-o sem prestar muita atenção.

As palavras da Condessa ecoaram em sua cabeça: *Se aquele maldito felino entrar em erupção novamente, a Condessa precisará parar sua respiração. Gostaria que a criatura tivesse o nome de algo mudo, como uma estátua ou o vento.*

X passou o polegar pelas letras da pulseira.

— Você disse que Vesúvio era um vulcão — disse ele. — Um vulcão lendário.

— Sim — confirmou Ameixa. — Posso guardar a pulseira agora, por favor?

Se aquele maldito felino entrar em erupção novamente... Gostaria que a criatura tivesse o nome de algo mudo...

X olhou para Ameixa, que o encarava com uma tentativa nada convincente de demonstrar seriedade.

— Não acredito que isso seja uma pulseira — disse X. — Acho que é uma coleira.

Ele não esperou Ameixa assimilar aquelas palavras, e sim se apressou em falar. Precisava colocar aquelas palavras para fora.

— E acredito que Vesúvio seja um gato.

doze

A Condessa ainda estava com fome de pecados. Berrou com Édipo e Rex e partiu colina abaixo em busca do mal para se alimentar.

Para X, foi mais difícil assistir desta vez, pois sabia o que esperar — os gritos de uma alma arrastada pela multidão, a luz no teto, a faca reluzindo, os aplausos doentios. Também sabia que, se ele mesmo tivesse lhe dado uma alma infestada para se banquetear, ela não estaria procurando outra.

Vendo a Condessa descer, Ameixa se sentou de pernas cruzadas e começou a meditar. X ficou com inveja, pois o amigo conseguia escapar dessa maneira, desaparecer dentro de si como uma flor se fechando. X estava com a cabeça a mil. Se Vesúvio pertencia à Condessa, então os objetos no papel-alumínio também pertenciam a ela — e só ela poderia dizer a X onde sua mãe estava presa. Sua mãe tinha sido amiga daquela mulher? Aquele pensamento lhe causou um arrepio. A Condessa era a alma mais repugnante que X já encontrara — era Dervish de vestido.

As almas na colina abriam caminho para a Condessa. Para se distrair, X encarou o embrulho prateado, esperando ver algo que nunca tinha visto. Mas, diferente da coleira de Vesúvio, os itens restantes não lhe diziam nada. Cada um deles era uma porta que não se abria.

Frustrado, X guardou o embrulho. Olhou para o platô vazio: o altar tosco, a cama absurda com dossel, a caixa de madeira que mantinha Vesúvio preso. Lembrou-se da infinidade de arranhões que notara nas mãos da Condessa. Devem ter sido obra de Vesúvio. Como o animal deve odiá-la!

Assim que X estava prestes a desviar o olhar, Vesúvio começou a resmungar. A princípio, era um choro hesitante, quase uma pergunta: *Tem alguém aí?* Nem cinco segundos se passaram antes que o gato repetisse sua pergunta mais alto: *Tem alguém aí? Alguém?*

Era uma agonia ouvir, e X viu um grande número de almas voltarem a atenção para o gato. Os gritos de Vesúvio ficaram ainda mais fortes. Pareciam se ramificar no ar, como se estivessem procurando por algo, por alguém. X achou que era um som incrivelmente solitário. Ele havia sido condenado sem motivo algum. Talvez fosse tolo ou sentimental, mas, ao ouvir o lamento de Vesúvio, soube que havia encontrado uma criatura ainda mais inocente e indigna de dor do que ele. Até Ameixa, sem abrir os olhos, murmurou:

— Coitado. Pobrezinho dele.

Vieram ruídos de baixo. Alguém estava se aproximando da multidão. Era a mulher com roupa de criada e avental ensanguentado. Estava se aproximando da fronteira proibida sob o planalto.

X presumiu que a mulher era do início do século XX. Seu cabelo preto brilhante estava repartido ao meio, preso em um coque e coberto por um lenço branco. O avental pendia do pescoço e passava dos joelhos. O vestido era uma roupa preta longa e séria que cobria tudo, exceto suas mãos e pés.

X observou enquanto ela passava pela fronteira. Lembrou-se de como a Condessa havia cortado a parte de trás das pernas do velho apenas por ter sido *empurrado* para dentro dessa fronteira. Ele olhou colina abaixo para ver onde a Condessa e os pugilistas estavam agora.

Haviam desaparecido sobre uma muralha de pedra, mas não havia como saber quando voltariam. X não sabia nada sobre a serviçal, mas agora estava apavorado por ela.

Lembrou-se do que ela dissera à Condessa: *"Deixe-me consolá-lo. Ele não deveria ficar em uma caixa."*

Então, era *isso*. Ela ia consolar o gato.

As almas na colina observavam e sussurravam. Mas ninguém alertou a Condessa, Édipo ou Rex. X achou emocionante. A serviçal assumiu a responsabilidade de cuidar das almas depois que fossem brutalizadas no altar — ajudava-as sem nenhum motivo além de ser gentil. Elas ficavam gratas. Não a trairiam. X pensou no Ucraniano e desejou que ele tivesse ficado tempo suficiente para ver aquela demonstração de solidariedade.

A serviçal chegou ao platô e se esgueirou em direção à caixa na cama. Vesúvio pareceu ouvi-la, pois os gritos mudaram: *Quem está aí? Eu conheço você?* X foi consumido pela necessidade de saber o nome da serviçal. Odiava interromper a meditação de Ameixa, mas não conseguiu se conter e tocou o braço dele.

— Desculpe, mas... — começou ele.

Ameixa abriu os olhos. Viu a serviçal, e a cor sumiu de seu rosto.

— Ela já tentou pegar o gato antes — explicou ele. — Nunca teve sucesso.

Ele passou os olhos pela colina em busca da Condessa.

— A senhora está lá embaixo — disse X.

— Mas ela vai voltar — disse Ameixa.

— Qual é o nome da serviçal?

— Sempre me perguntei.

— Sinto muito por incomodá-lo. Acho que não quis ficar sozinho.

— Tudo bem. Já ouviu a expressão "é para isso que servem os amigos"?

— Não.

Ameixa abriu seu sorriso gentil.

— Acho que não é muito usada por aqui — disse ele.

X e Ameixa observaram a serviçal rastejar em direção à cama. Vesúvio gritou mais alto em antecipação — *Estou aqui! Estou aqui!* —, como se tivesse medo de que ela desistisse e se afastasse. A serviçal olhou para trás, buscando a Condessa. Todos na colina fixaram os olhos nela.

A mulher removeu a tampa da caixa, e, antes mesmo que tivesse a chance de colocá-la na cama, Vesúvio saltou em seus braços. O gato era peludo e cinza. Até X, que não tinha nenhuma experiência com gatos, podia ver que ele era bonito. Vesúvio parecia extasiado não apenas por ter sido libertado de seu purgatório, mas por ver a mulher. Esfregou o rosto na bochecha da serviçal, lambeu seu pescoço, colocou a pata no nariz dela. Para X, parecia que a serviçal havia começado a chorar. Estava falando com Vesúvio agora. Ele respondia com um miado alto e urgente, como se tivesse *muitas* coisas para lhe contar.

— Ela precisa colocá-lo de volta na caixa agora — disse Ameixa com nervosismo. — O que está passando na cabeça dela? Ela precisa *colocá-lo de volta*.

O medo passou pelas veias de X e se espalhou, como uma gota de veneno.

Antes que pudesse falar, a Condessa estava subindo a colina a toda velocidade.

— A Condessa vê tua traição, falsa jade! — gritou ela para a serva.

Ela avançou tão rapidamente que Édipo e Rex ficaram para trás. A serviçal apertou ainda mais Vesúvio. Estava claro para X que ela não o deixaria partir.

Quando a Condessa alcançou o platô, todas as tochas na colina se apagaram, o teto se iluminou, e ela e a criada foram exibidas para todos verem. Não houve aplausos nem sede de sangue, o que irritou ainda mais a Condessa. Ninguém queria ver a mulher sofrer.

X viu-se de pé novamente.

Pela segunda vez, caminhou em direção à Condessa para detê-la.

Ameixa implorou a ele que não interferisse, mas não havia tempo para discussão, por isso X apenas lançou um olhar carinhoso para o amigo e disse:

— Mas eu nunca encontrei um gato antes.

Ele subiu, com as pernas doendo. Manteve a atenção no teto. Édipo e Rex chegaram logo atrás da Condessa, carrancudos. Também pareciam não ter estômago para o que aconteceria.

— Arriscarias corpo e alma por uma criatura que não faz nada além de lamentar? — perguntou a Condessa à serviçal.

— É o que parece — respondeu a serviçal.

X achou que o tom dela lembrava o de Zoe.

— Te arrependerás por tua impertinência — ralhou a Condessa. — Durante ANOS, a Condessa permitiu que mimasses os vermes desta colina. Agora veremos se alguém se esforçará para TE mimar.

Ela instruiu a serviçal a colocar Vesúvio no chão a menos que desejasse ver as entranhas dele. A mulher largou o gato e o enxotou, chorando. O gato esfregou-se em sua perna, recusando-se a deixá-la. A mulher precisou bater o pé para fazê-lo recuar para debaixo da cama.

— Vesúvio sempre a odiará — disse a serviçal à Condessa —, porque você o *roubou* de mim.

A Condessa arrancou o avental da mulher e enrolou-o no pescoço dela; o pescoço da serviçal ficou vermelho, e ela se debateu. Impotente, Vesúvio uivou.

Agora que o avental da criada havia sido arrancado, X podia ver que uma longa fileira de botões descia pela frente de seu vestido.

Eram pedras-de-sangue.

E um deles estava faltando.

Então a serviçal era amiga de sua mãe, não a senhora. X achava isso muito mais fácil de entender.

— Solte a mulher — gritou ele enquanto se aproximava. — Ela não satisfará sua fome mais do que eu, pois que pecados poderia estar escondendo? Nada que satisfaça alguém como a senhora, com certeza.

A Condessa virou-se. Parecia indignada com o retorno de X, mas a raiva rapidamente se transformou em algo parecido com curiosidade.

— É verdade, ela será uma refeição insignificante — comentou ela. — No entanto, teu interesse no assunto intriga. Por que te importas com esta miserável? Talvez a Condessa tenha finalmente descoberto uma maneira de feri-lo!

Ela apertou o avental com tanta força em volta do pescoço da criada que parecia uma corda. X forçou-se a não reagir.

A Condessa fez uma careta e jogou a serviçal no chão.

— Então, esta miserável não é NADA para ti.

Ela andou pelo platô batendo os pés, apertando a espinha e tentando conjurar um novo plano para punir X. Mais uma vez, ela parou de se referir a si mesma como se fosse uma terceira pessoa exaltada. Até os "ti" e "tu" pararam. X se perguntou se também eram uma afetação.

— Você VAI se ajoelhar diante de mim quando eu acabar com você — declarou para X. — Você VAI ter medo de mim! Você diz que Regente é maior do que eu? Vou mostrar que está errado! — Ela apontou para a serviçal no chão. — No entanto, se realmente não conhece essa ninharia de pessoa, o sofrimento dela não vai feri-lo... não tanto quanto eu gostaria.

Ocorreu a X que ele devia estar grato por ter perdido tanto, pois o que poderia ser usado contra ele agora?

De repente, a Condessa parou de andar em círculos. Ela sorriu para X, aquela boca se estendendo rapidamente pelo rosto.

Ela chamou Édipo e Rex.

— Idiotas — disse ela. — Tragam-me Ameixa!

AMEIXA CHORAVA ENQUANTO ERA arrastado. X esperava que seu amigo o amaldiçoasse e tinha todo o direito. Em vez disso, Ameixa implorou a ele que lhe fizesse um favor.

— Não veja os meus pecados no teto — pediu ele. — *Por favor*. Tenho tanta vergonha de quem eu era. Se você se importa comigo, não assista.

Um dos pugilistas prendeu as mãos de Ameixa atrás das costas, de modo que suas lágrimas rolaram sem controle pelo rosto.

— Tudo bem, amigo? Tudo bem?

Édipo e Rex puxaram-no para a frente. X investiu contra os pugilistas, mas foi repelido. Ouviu alguém gritar seu nome na multidão, mas não conseguiu ver quem era.

Ameixa foi colocado no altar, e a Condessa apertou a mão em seu peito. As tochas apagaram-se, liberando traços de fumaça negra. O teto estalou e acendeu. Milhares de rostos voltados para cima, como flores ansiosas.

Os pecados de Ameixa começaram a passar. X manteve sua promessa: não assistiu. Sons assaltavam seus ouvidos, mas ele mergulhou fundo em si mesmo e ouviu apenas uma massa indecifrável de ruído, como uma onda quebrando. Mais uma vez, ouviu uma voz chamando seu nome.

Por fim, o teto silenciou-se. As tochas reacenderam com um assobio. Ameixa estava convulsionando em lágrimas.

O rosto da Condessa tinha um êxtase selvagem. Ela havia sido alimentada pelos pecados de Ameixa. Rejuvenescida. As mechas grisalhas haviam desaparecido de seu cabelo e a pele brilhava de um jeito magnífico. Até a espinha havia sumido. Ela se inclinou, rasgou a camisa de Ameixa e viu a longa e lívida cicatriz que percorria toda a extensão de seu torso.

— Ah, sim, a Condessa se lembra de ti — disse ela.

— O que quer que vá fazer, apenas faça — gritou Ameixa. — Apenas *faça*.

Seus gritos eram angustiantes. X viu Shiloh chorando no meio da multidão. Viu o Cavaleiro estático, desamparado com sua metade de armadura, como um dragão que perdeu as escamas.

— Apenas faça! — gritou Ameixa de novo. — Corte-me se vai me cortar. Apenas *faça isso*!

O punho de Édipo disparou e atingiu Ameixa com força. X sentiu a raiva crescer dentro dele, então percebeu que o que Édipo fizera tinha sido uma gentileza. Ele deixou Ameixa inconsciente para que não sentisse dor.

A Condessa, compreendendo aquilo também, cravou a faca no ombro de Édipo.

— Tu és o PRÓXIMO, traidor — ela lhe disse, e torceu a lâmina antes de retirá-la.

Édipo caiu de joelhos, uivando.

Eletrizada, a multidão se espalhou pela fronteira vazia. X ouviu seu nome ser chamado pela terceira vez. Desta vez, ele reconheceu a voz. Não esperava ouvi-la de novo.

O Ucraniano havia retornado.

Ele estava logo abaixo do planalto, seu agasalho vermelho brilhando como um lampião.

X gritou para ele:

— É possível que seja você mesmo?

— Claro que sou eu — respondeu o guarda. — Que pergunta é essa? Quem mais é tão bonito desse jeito?

X ficou surpreso com o tom de voz do Ucraniano. Não tinha visto que Ameixa estava chorando no altar?

— Não acreditei que você tivesse mesmo ido buscar comida — disse X.

O guarda sorriu de um jeito malicioso.

— Se quer a verdade, não fui atrás de comida — confirmou ele. — Fui atrás de reforços!

Ele apontou para a encosta.

X virou-se para ver Regente voar em direção ao altar, as vestes abertas como asas, e lançar a Condessa morro abaixo.

* * *

X CORREU ATÉ AMEIXA. Seu amigo estava consciente, mas em estado de choque. A camisa estava aberta, expondo sua barriga. X e o Ucraniano ajudaram-no a descer do altar e o deitaram na cama da Condessa. Para acalmar o homem, a serviçal entregou Vesúvio a Ameixa, que abraçou o gato. Sua respiração estabilizou-se, e ele encontrou os olhos de X.

— Meus pecados — disse ele. — O teto. Você olhou?

— Não — respondeu X, tentando sorrir. — Isso é o que amigos... Me perdoe, qual era a expressão?

— É para isso que servem os amigos — disse Ameixa.

— É da Dionne Warwick! — disse o Ucraniano. — Excelente música dos anos 1980! Você conhece?

Antes que houvesse tempo para dizer mais alguma coisa, um rosnado surgiu mais abaixo da colina. A Condessa estava subindo de novo.

— PARA TRÁS, Regente! — gritou ela. — Estas almas são da Condessa, para ela governar como quiser! Tu não tens domínio algum aqui!

Todos na colina ficaram imóveis. O rosto enfurecido da Condessa pairava sobre eles no teto. A voz soava alta como a de um deus.

Regente não se impressionou.

— Você não é uma condessa e nunca *foi* uma condessa... Nem neste mundo nem em qualquer outro.

— CALA-TE OU PERDERÁS TUA LÍNGUA!

— Não me calarei, tampouco perderei a língua — disse Regente. — Mandei uma alma aqui para buscar notícias da mãe dele. Eu sabia que você era cruel e pequena, mas confesso que não sabia o quanto. — Ele olhou para as almas espalhadas por toda parte. — Ou você põe fim à sua selvageria... ou acabo com você.

Aplausos surgiram de todos os lados. Até os guardas aderiram. Até Édipo e Rex.

A Condessa voou na direção de Regente com a faca levantada.

Regente bloqueou a lâmina quando ela desferiu o golpe, mas a Condessa atacou de novo, desta vez por baixo, e cortou o torso dele. As almas que haviam invadido o planalto se aproximaram, fascinadas. X abriu caminho para que pudesse ver. Regente derrubou a faca da mão da Condessa, derrapando até parar perto de Édipo e Rex. A Condessa sibilou para que eles entregassem a arma para ela, chamando-os de *imbecis* e *vermes*.

Eles se recusaram. Rex cobriu a lâmina com a bota.

Enquanto a Condessa estava virada, Regente passou os braços em volta dela por trás. Ela gritou e bateu a cabeça no nariz dele. Um estalo terrível ressoou, como um raio atingindo uma árvore. Regente cambaleou e quase caiu. A Condessa aproveitou de sua vantagem, agarrando as mãos de Regente e esmagando os dedos até que a dor o fizesse cair de joelhos. A partir daí, ela o derrubou de costas, montou nele e tentou furar seus olhos com os polegares.

X sabia que o que estava prestes a fazer não era admirável. Ainda assim, tinha que ser feito — e ele sabia que Zoe aprovaria.

Ele ergueu a perna e chutou a cabeça da Condessa.

Ela era mil vezes mais forte que X, mas ele a surpreendeu.

Livre, Regente deu um salto, agradeceu com um olhar e ergueu a Condessa do chão.

Em seguida, quebrou o altar com o corpo da mulher.

Um minuto depois, Regente estava sobre a Condessa, que se contorcia nos escombros. Só agora a faixa dourada começou a queimar o pescoço dela. X nunca conseguiu entender por que o Poder Superior demorava tanto para revelar seus sentimentos. Talvez se ressentisse de ser arrastado para disputas que considerava mundanas, ou talvez a Terrabaixa fosse vasta demais para ser supervisionada a contento. De qualquer maneira, X sentiu uma rara onda de paz enquanto olhava para a Condessa nesse momento. Ela estava segurando a faixa dourada com as duas mãos, resmungando bobagens e palavrões e tentando arrancá-la para que o ar pudesse esfriar sua garganta.

X e o Ucraniano voltaram até Ameixa, que estava deitado em um mar ondulado de travesseiros e lençóis de cor creme.

— Seda — disse ele, ainda zonzo de dor. — Sempre soube que era seda.

— Não se ponha muito confortável, homem Ameixa — disse o Ucraniano. — Depois é a minha vez.

Em nenhum momento a serviçal saiu do lado de Ameixa. Agora, ela estava sorrindo, aliviada ao ver que ele estava voltando a si, e enfiou alguns fios de cabelo soltos no lenço branco na cabeça. De perto, parecia ter cerca de trinta anos. Seus olhos eram azuis, ou talvez verde-claros. X não sabia ao certo e não queria encará-la. Seu rosto era coberto de sardas, densas como estrelas, nas bochechas, e ficavam mais esparsas à medida que avançavam em direção ao queixo. A mulher já havia demonstrado sua bondade, sua coragem. Mas X sentiu que ela também estava ressabiada — como se estivesse julgando, a cada segundo, em quem ela podia confiar e em quem não podia. O que dificultava ainda mais dizer a ela quem ele era e do que precisava.

— Fale com ela, pelo amor dos deuses — disse Ameixa. Ele estava acariciando Vesúvio sob o queixo com os polegares. O gato levantou a cabeça para incentivá-lo. — *Diga* a ela.

— Concordo — disse o Ucraniano. — Não seja fraco em encontros cruciais.

X ergueu a mão para silenciá-los. A serviçal virou-se para ele, como se o questionasse. Ainda assim, X não sabia como começar. Estar tão perto de alguém que talvez tivesse conhecido sua mãe, alguém que pudesse dizer a ele onde ela estava aprisionada...

A mulher viu que X estava em algum tipo de angústia e seus olhos se suavizaram.

— Eles me chamam de Chorosa aqui — disse ela. — O que eu odeio. Por favor, me chame de Rosa.

— Está bem — disse X. — Vou chamá-la assim. Obrigado. Meu nome é X.

— Bem, é muito... breve — disse a mulher, sorrindo. — O que seus amigos querem que você me diga?

X sentiu como se houvesse uma represa dentro dele, segurando as palavras.

Ele enfiou a mão no casaco e deixou o embrulho prateado nas mãos de Rosa, que parecia não saber se deveria abri-lo. Ele assentiu para incentivá-la. Por fim, a mulher desdobrou o embrulho, e ficou claro para X que ela reconhecia tudo que estava ali dentro.

— Como? — perguntou ela. Rosa não conseguia nem tirar os olhos da coleira, do botão, de tudo aquilo. — Não entendo.

— Acredito que isso pertenceu a você no passado? — perguntou X.

Rosa, atordoada, fez que não com a cabeça.

X temeu que sua voz falhasse com a próxima frase:

— Então acredito que pertenceram à minha mãe, que nunca conheci.

Rosa ergueu os olhos e pareceu vê-lo pela primeira vez, reconhecer o rosto da mãe no dele.

— Meu deus. Você é o filho.

— Você sabe quem sou? — perguntou X.

O reconhecimento correu o corpo dele como calor. Sentiu como se uma parte de si mesmo tivesse finalmente sido colorida.

— Sim — disse Rosa. — Eu estava... eu estava lá quando você nasceu.

X ficou surpreso com aquilo e entendeu que era sua vez de dizer alguma coisa, mas não conseguiu.

Rosa preencheu o silêncio pegando o gato de Ameixa e dizendo:

— Olha quem está aqui, Vesúvio! Olha só. É o filho dela!

— Ei, ei, ei — disse o Ucraniano, que prestava atenção em cada palavra. — Vesúvio é o *gato*?

Ninguém respondeu.

— Você sabe onde minha mãe está presa agora? — X perguntou a Rosa.

Ela hesitou.

— Sei — disse ela. — *Sei*. Acho que sei.

— Me diga, pois pretendo salvá-la — pediu X. Rosa olhou para ele com algo parecido com pena, então ele acrescentou: — Não acredita que eu seja capaz?

— Não vou mentir. Não sei se existe *alguém* que seja capaz — respondeu Rosa. — Mas, como você é filho dela, tenho certeza de que ninguém poderá impedi-lo de tentar.

— Minha mãe é teimosa, não é? — disse X.

Outra parte dele foi colorida.

Rosa riu com afeto.

— Aquela mulher poderia convencer o oceano a se abrir para ela. Aqui na Terrabaixa, eles a chamam de Versalhes.

— Como o palácio? — perguntou Ameixa, sentando-se na cama.

Rosa respondeu sem tirar os olhos de X, para que ele soubesse que a resposta era para ele.

— Sim, como o palácio — explicou ela. — Porque ela é... porque ela é magnífica.

Rosa disse a X que sua mãe estava presa em uma parte da Terrabaixa chamada Onde os Rios Terminam. Regente anunciou que levaria não apenas X, mas também Rosa e o Ucraniano.

X irradiava felicidade e esperança.

Mas, então, Regente apontou para trás.

— No entanto, não posso levá-lo — declarou.

X sentiu um buraco se abrir em seu peito.

Regente estava apontando para Ameixa.

— Mas ele é o mais gentil de todos nós... e corajoso — disse X. — Não me diga uma coisa dessas.

— Ele é um estranho para mim, assim como o conteúdo de sua alma — disse Regente. — Se ele foi condenado a esta colina, é culpado de atos obscuros.

— Não se preocupe comigo, X, tudo bem? — disse Ameixa. — Por favor, não faça isso.

Mas, quando terminou de falar, ele começou a chorar.

— Olhe para mim, Regente — disse X. — Vou *implorar*, se ele se recusa a fazê-lo. Prometo qualquer coisa, apenas me diga do que você precisa.

Regente suspirou, aproximou-se da cama e pousou a mão no coração de Ameixa para ver o que ele continha. Ameixa apertou os olhos com as palmas como se pudesse bloquear fisicamente as lágrimas.

Meio minuto se passou — tão devagar que X sentiu como se seu corpo estivesse sendo ferido por um prego.

O rosto de Regente endureceu-se.

Ele tirou a mão e balançou a cabeça.

— Sinto muito — disse ele para Ameixa.

Antes que X pudesse responder, Ameixa se levantou da cama e começou a mexer nos botões de sua camisa cáqui. A barriga rosada e brilhante estava exposta, com sua longa cicatriz que se assemelhava a um zíper. Pela primeira vez, parecia sentir vergonha dela.

— Não se preocupe comigo, amigo — disse ele a X. — Temo que ele tenha razão. Meu lugar é aqui.

— Não é — disse X. — Não vou dar ouvidos a isso. Tem tanta coisa boa em você.

— Já significa o mundo para mim que você pense assim — falou Ameixa. — Mas, como já disse, isso é um reflexo da *sua* bondade, não da minha.

Ele tomou o braço de X e o conduziu para longe dos outros.

— É hora de eu contar a você por que fui condenado.

— Não — disse X. — Eu sei como isso te envergonha.

— No entanto, preciso te contar — disse Ameixa. — Mais tarde, quando você pensar em mim, *se* pensar em mim, quero que saiba que não havia nada que você pudesse ter feito para me salvar. E, sinceramente? Se não puder falar meus crimes em voz alta, significa que não os enfrentei. Entende?

— Entendo — disse X com tranquilidade.

— Mas não olhe para mim, certo? — pediu Ameixa. — Não acho que vou aguentar ver seus olhos enquanto conto. — Ele fungou e limpou o nariz na camisa. — Olhe para o nosso amigo Ucraniano com seu agasalho. Vê como ele parece honesto? Olhe para Rosa. Vê como ela é corajosa? Ótimo. Bem, eu estava no exército, X. Era comandante. Difícil de acreditar, eu sei. Fui um ser humano abominável. Cheio de ideias doentias. Resolvi fazer alguns presos de exemplo. Verdade seja dita, eu queria ser promovido, ser notado por meus superiores. Mandei meus homens alinharem seis prisioneiros de joelhos em um pátio. Todo mundo estava olhando das janelas. Ordenei aos meus homens que abrissem a boca dos prisioneiros. Ordenei que jogassem gasolina goela abaixo…

— *Chega* — implorou X.

— Não — disse Ameixa, a voz trêmula. — Depois que fizeram os prisioneiros beberem a gasolina, eles pensaram que eu já havia terminado. Aliviados, seus corpos cederam. Mas eu não havia terminado.

— Pare — disse X. — Você não é mais aquele homem.

— Ordenei aos meus homens que acendessem seis fósforos — continuou Ameixa. — Você entende onde isso vai parar? Eu mesmo joguei o primeiro fósforo na boca do primeiro homem. — Ameixa fez uma pausa. — Você acha que já ouviu todo tipo de grito aqui na Terrabaixa, X. Mas não.

Ameixa recuou um pouco e, por fim, olhou para X. Seus olhos estavam tão vermelhos que era como se fogos de artifício tivessem explodido dentro deles. X sabia que seus olhos estavam iguais aos do amigo.

— O arrependimento pelo que fiz não acaba, embora eu me esforce para isso na maioria dos dias — disse Ameixa. — Me deixe ficar aqui, onde é meu lugar, meu amigo? Me deixe tentar ser flor de lótus?

Regente ofereceu sua mão a Ameixa em despedida. Era incomum para um senhor mostrar a uma alma esse tipo de respeito, e X percebeu que Ameixa se comoveu com o gesto.

Em seguida, Rosa abraçou Ameixa e levantou o gato até a altura do rosto dele.

— O Vesúvio quer se despedir — disse ela.

Desajeitado, Ameixa beijou o animal no focinho.

— Um rapazinho tão bonito...

Quando chegou a hora de X se despedir, ele não conseguiu pronunciar nenhuma palavra. Desejou que Zoe estivesse lá para deixar escapar algo engraçado e estranho. A história dos prisioneiros, por mais horrível que fosse, fez com que ele sentisse ainda mais pena de Ameixa, porque sabia como o peso da culpa esmagava o amigo. X conhecia Ameixa havia tão pouco tempo. Ainda assim, sabia que sentiria falta de seu carinho, sua firmeza, até mesmo do jeito que ele cantarolava às vezes quando meditava. Ameixa deu de ombros como se lhe faltassem palavras também. Ele abriu um sorriso corajoso a X, quase convincente.

— Tudo bem? — disse ele. — Tudo bem.

REGENTE FOI ATÉ A Condessa e a arrancou dos escombros pela gola do vestido, enquanto um grupo de almas se reunia ao redor.

— Ouça cada palavra que eu digo e não pronuncie nenhuma — disse ele. — Você nunca mais vai torturar nenhuma alma nesta colina, entendeu?

— Com autoridade de quem falas? — questionou a Condessa.

— A minha — respondeu Regente. — No entanto, vejo pela maneira como você segura aquela faixa dourada que o Poder Superior concorda. — Ele esperou para ver se a Condessa o desafiaria novamente. Os olhos dela contraíram-se de raiva, mas a senhora apenas grunhiu e desviou o olhar. — Se não mudar totalmente seu caráter, eu voltarei — avisou Regente. — Caso se comporte de maneira desagradável com aquela alma ali — ele apontou para Ameixa —, ou com aquelas almas lá — ele indicou Édipo e Rex —, eu voltarei. E trarei outros senhores comigo, um rebanho furioso. Vamos arrancar essa faixa de seu pescoço, para que todos os seus poderes a abandonem. E, vai por mim, vamos entregá-la a alguém que saiba o que é honra.

Regente soltou a Condessa, e ela foi ao chão como um vestido vazio.

X, Rosa e o Ucraniano seguiram Regente encosta abaixo. A multidão abriu-se. Algumas das almas que estavam deitadas no chão se levantaram quando eles passaram — parecia a X que estavam demonstrando seu respeito.

Quando o pequeno grupo desceu trinta metros, Regente fez uma pausa, e todos deram uma última olhada no teto.

O rosto horrível da Condessa estava lá em cima, grande como a lua. Parecia alquebrada, humilhada. A espinha havia voltado ao canto da boca.

Regente pediu a um guarda sua tocha. Ele pegou-a e a lançou para o ar.

X observou a tocha voar, girando, espalhando fumaça e chamas. Assim que atingiu o topo de seu arco, passou pela cobertura — e tudo pegou fogo de uma vez.

O rosto da Condessa perdeu-se em um campo de fogo.

treze

No sopé da colina havia um muro sinuoso que impedia que os prisioneiros escapassem pelo rio. Regente o socou, e uma abertura irregular surgiu. O senhor ajudou X a passar pela fissura, alertando para evitar as bordas, que pulsavam em uma sequência: vermelho, laranja, amarelo. X emergiu perto do rio. Ele observou enquanto os outros faziam o mesmo. A abertura brilhou em branco, depois se encolheu e desapareceu, como se estivesse se curando.

A margem do rio estava escura, crepuscular. A água corria ruidosamente, espumando nas rochas. Regente pôs a palma da mão no chão. Um corredor de luz disparou ao longo da margem, mostrando-lhes o caminho.

— Dervish descobrirá o que fizemos? — perguntou X. — Ele virá atrás de nós?

— Sim, e em breve — respondeu Regente. — Ele tem espiões que lhe são leais, embora eu não consiga imaginar por quê. Talvez seja mais fácil acreditar que a maldade e o ódio sempre prevalecerão. — Ele se virou para Rosa. — O gato vai nos atrasar. Você está disposta a se separar dele?

— Nunca! — exclamou Rosa, apertando ainda mais o animal, as mãos perdidas naquela pelagem cinza abundante. — Vesúvio veio para o inferno comigo. Ele e eu vamos nos separar de *vocês* se perguntarem isso de novo.

Regente parecia estar esperando aquela resposta, então desistiu do assunto e levou o grupo pela margem do rio. Caminharam em duplas, Rosa e o Ucraniano logo atrás de Regente e X.

— Perdoe meu desabafo — gritou o guarda antes mesmo de terem avançado trinta metros —, mas como estamos falando de gato, preciso perguntar... Quando X é menino, você dá a ele botões e coleiras como pistas. É muito complicado! Por que não dizer: "Algum dia você deve encontrar Rosa. Trinta anos. Avental cheio de sangue que nem assassino em série."

Regente olhou para X.

— Responda ao seu amigo — disse ele. — Você sabe por quê, não é?

— Suspeito que ele nunca tenha me contado sobre Rosa pelo mesmo motivo pelo qual nunca me contou sobre minha mãe — explicou X. — Acreditava que a esperança era perigosa... uma ave de rapina.

— Ainda acredito — disse Regente.

— No entanto, o senhor nos libertou — disse X. — Talvez seu coração não saiba quão cético você é.

Regente coçou o topo da cabeça, que estava raspada. Apenas um gesto simples, tão humano, mas X achou cativante.

— Não, talvez meu coração não saiba — confirmou.

X observou o senhor enquanto caminhavam. Regente foi levado à Terrabaixa quando tinha cinquenta anos, mas parecia não ter idade: as únicas exceções eram as rugas na testa. Normalmente, Regente se movia de um jeito tão decidido — com passadas tão largas e fortes — que parecia menos uma pessoa e mais uma estátua ganhando vida. No entanto, pareceu perturbado naquele momento. Mais homem que senhor.

— Como é que Rosa sabia onde minha mãe está presa, e você não? — perguntou X.

— Quando descobriram que sua mãe estava grávida, houve um alvoroço e um julgamento — explicou Regente. — Eu a defendi acaloradamente, e Dervish disse aos outros senhores que eu não era confiável. Fui mantido afastado à força quando você nasceu. No entanto, os senhores concederam dois dos pedidos de sua mãe. O primeiro foi que Rosa estivesse ao seu lado quando ela desse à luz.

Regente virou-se enquanto caminhava e gesticulou para que Rosa continuasse a história.

— Conheci sua mãe *lá em cima* — começou ela. X olhou para trás para vê-la apontando para o teto. — Eu era apenas sua criada, mas ela foi a amizade mais verdadeira que já tive. Eles nos separaram quando fomos condenadas porque não confiavam em nós duas juntas. Não a vi por uns oitenta anos. Então, um guarda veio e me disse que precisavam de mim, pois ela estava em trabalho de parto. "Ela vai ter um bebê?", perguntei. "Mas ela está morta!" Por outro lado, eu *disse* que ela era teimosa. Sua mãe ficou em êxtase quando você nasceu. Temi por você. Eu disse... Meu deus, eu nunca deveria ter dito isso, mas eu disse que estava com medo de que você não sobrevivesse. Sua mãe já estava tão orgulhosa. Beijou sua boquinha e falou: "Claro que meu filho vai viver."

Rosa parou, dominada pelas lembranças. X não disse nada, esperando que ela continuasse.

— Eles tiraram você dela quase imediatamente — ela disse por fim. — O rosto de sua mãe naquele momento... Você talvez ache que tenha visto a verdadeira agonia na Terrabaixa, mas juro que não é o caso.

As palavras de Rosa eram tão parecidas com o que Ameixa havia dito sobre os gritos que X olhou para ela de novo. Ela abaixou os olhos.

O Ucraniano bateu levemente em seu ombro com o bastão.

— Não se preocupe, pessoa Rosa — disse ele. — Tudo fica bem. Olhe para nós agora, saindo para o resgate!

Rosa terminou sua história rapidamente, como se quisesse se livrar dela.

— Dervish e um guarda me arrastaram, junto com sua mãe, para longe — disse ela. — Fui abandonada na colina da Condessa como punição por ajudar sua mãe, provavelmente, e eles continuaram. Foi quando ouvi Dervish dizer ao guarda para onde estavam indo.

— Você disse que minha mãe tinha *dois* pedidos? — perguntou X a Regente.

O senhor diminuiu o passo para que os outros pudessem acompanhá-lo.

— Seu segundo pedido foi que você fosse colocado sob meus cuidados — respondeu ele. — Os outros senhores caíram na gargalhada. Presumiram que eu ficaria horrorizado. No entanto, fiquei comovido, pois nunca havia criado um filho, nem nunca ninguém acreditou em mim como sua mãe acreditava.

X SUPUSERA QUE O caminho para encontrar um lugar chamado Onde os Rios Terminam seria seguir um rio até... bem, até que terminasse. Mas a luz que Regente havia colocado diante deles se desviou do leito e entrou em um túnel.

O senhor parou na entrada para deixá-los descansar.

— Este lugar aonde estamos indo... O senhor já esteve lá? — perguntou X.

— Não — respondeu Regente. — A Terrabaixa é tão vasta que nunca a conhecerei por completo. No entanto, sei que Onde os Rios Terminam é um lugar de onde *se foge*, não aonde se vai. Me perdoe por falar de novo sobre os perigos da esperança, mas talvez não consigamos o que desejamos. Dervish pode ter previsto o dia em que eu procuraria Rosa e, portanto, mentido sobre o lugar aonde estava levando sua mãe. — Regente olhou de volta para o rio, como se quisesse enfatizar o que disse a seguir. — Mesmo que tenha dito a verdade, ele e seus homens sem dúvida nos emboscarão ao longo do caminho.

X não se permitia considerar essas possibilidades, e elas pesaram sobre ele.

— Regente, se me permite desabafar pela segunda vez — disse o Ucraniano. — O senhor não é animado.

O senhor, que ainda não se afeiçoara ao guarda, ignorou-o e continuou a dirigir-se a X.

— Arrisquei muito por você porque sua mãe era minha amiga e porque você é inocente — disse ele. — É como se você não tivesse nascido, e sim acordado em uma tumba. A injustiça ainda me abala. Então, não me arrependo de nada que fiz. Se Dervish pretende nos empurrar ainda mais para as sombras, estou decidido a nos empurrar para a luz.

— Obrigado — disse X. — Obrigado por tudo que fez. Se eu conhecesse palavras mais grandiosas, as usaria.

— No entanto, você *precisa* ouvir o que vou lhe dizer agora — pediu Regente. — Seu plano para resgatar sua mãe, e para ela resgatar você, é o plano de uma criança sonhadora. Vou levá-lo até Onde os Rios Terminam, pois você merece ver ao menos uma vez a mulher que lhe deu a vida, se puder. Na verdade, estou envergonhado por não tê-la procurado muito tempo antes. Talvez eu estivesse com medo de ver como a prisão e a degradação a haviam alterado. Ou pode ser que eu precisasse de você, do seu ímpeto, para me impulsionar.

X absorveu aquelas palavras em silêncio, enquanto se recostava à parede perto da entrada do túnel. Uma pequena tocha estava em um suporte acima; as tochas eram sempre aparafusadas no alto para que os prisioneiros não pudessem usá-las como armas. X pensou no que Regente havia dito sobre a probabilidade de fracassar. Imaginou-se tentando, de um jeito patético, escapar da Terrabaixa armado apenas com uma tocha.

Fechou os olhos, como Ameixa teria feito, e tentou acalmar os pensamentos. Tinha ouvido tanto sobre a mãe, mas uma centena de perguntas ainda giravam dentro dele. Depois de um momento, sentiu alguém tocar seu ombro. Abriu os olhos e viu o rosto sardento de Rosa, cheio de preocupação. Vesúvio estava na dobra de seu braço.

— Tudo isso deve ser um peso imenso — disse ela.

— É — concordou X.

— O que poderia ajudar?

— Saber *agora* se teremos sucesso ou falharemos — disse X. — Saber se poderei estar na frente da minha mãe e dizer: "Sou seu filho e sobrevivi, exatamente como você disse." Saber se conseguirei sair da Terrabaixa e voltar para Zoe.

— É um pedido muito grandioso — disse Rosa. Então, aparentemente temendo ter sido muito fatalista, acenou para Regente e o Ucraniano e sorriu. — Mas você montou uma boa equipe.

X olhou para o senhor, que, incapaz de ficar parado, andava com firmeza e seriedade com seu manto azul royal, e para o guarda, que tentava equilibrar seu taco de beisebol em um dedo.

— É uma bela imagem, não é? — perguntou X.

— É, sim — respondeu Rosa e hesitou. — Zoe é uma garota que você ama?

— É. Ela está *lá em cima*, como você diria. Devo tudo a ela, até meu nome.

— O que isto significa? Você se importa se eu perguntar?

— Tem algo a ver com matemática, uma loucura com que nunca me envolvi — disse X. — Zoe pretendia mudar meu nome quando tivesse reunido fatos suficientes sobre meu caráter, mas acho que eu o assumi, ou ele me assumiu. Por que você é chamada de Chorosa?

— Ah, é ridículo — começou Rosa. — Eu chorei quando os senhores separaram sua mãe de mim. Quem não teria chorado? Só se fosse um monstro. — Ela acariciou o gato. — Até o Suvi aqui lamentou.

— Por que minha mãe foi condenada, Rosa? — quis saber X. — O que ela fez?

Rosa estremeceu.

— A mesma coisa que eu fiz — respondeu ela. — Nada mais.

— Essa não é bem uma resposta. Você não precisa me proteger. Me conte o que você fez.

Rosa olhou para Regente, cujo andar nervoso o levou para perto dos dois. Ela parecia estar esperando que ele respondesse por ela. Ele a olhou com seriedade e se recusou a contar.

— Matamos dois homens — disse Rosa, voltando-se para X. — Com uma faca e uma broca. — Ela se apressou em dizer mais, sem dúvida para que os fatos cruéis não ressoassem por tanto tempo. — Você tem a ponta da broca naquele seu embrulho prateado. Sua mãe guardou essas coisas para nunca esquecer ao que sobreviveu. Há uma história por trás de cada um dos objetos. Vou te contar tudo, se me deixar, então talvez você não julgue o que sua mãe fez com muita severidade.

— Quero saber de tudo — disse X. — No entanto, me conte, se Regente não estava presente no meu nascimento, como é que vocês se conhecem?

Rosa pareceu aliviada com a mudança de assunto.

— Ah, eu conheço Regente desde o dia em que morri — respondeu ela.

Ela olhou novamente para o senhor. Desta vez, ele falou:

— Dois caçadores de recompensas foram enviados para buscar Rosa e sua mãe — disse Regente. — Foi há um século, como você sabe... antes mesmo de eu ser um senhor.

— O primeiro não conseguiu nos capturar porque sua mãe era muito inteligente para ele — disse Rosa. — Ela o superou... uma mortal! Então, os senhores tiveram que enviar outra pessoa.

— Dervish foi o caçador de recompensas que falhou — disse Regente. — Quem teve sucesso fui eu.

catorze

Assim que entraram no túnel, o barulho do rio diminuiu. As paredes pretas eram polidas e lisas, cravejadas de pedras preciosas que cintilavam quando passavam.

X pensou e repensou no que Regente havia lhe dito. Então, Dervish falhou em trazer a mãe de X para a Terrabaixa. Como deve ter se sentido humilhado! Não era à toa que ele a odiasse — e seu filho. Não era à toa que tivesse reclamado, batido o pé e criticado X em todas as oportunidades.

E Regente... Regente havia arrancado a mãe de X do mundo. Havia tirado sua vida, seu futuro, tudo. Não era à toa que houvesse feito tanto por X, mesmo que isso o colocasse em perigo.

O ar frio soprava com força enquanto caminhavam. O Ucraniano abriu o agasalho pelo zíper e o entregou a Rosa de um jeito galanteador. Ele usava apenas uma camiseta sem mangas, úmida agora. X conseguia ver uma porção de pelos pretos encaracolados por baixo, bem como um colar de prata com uma palavra que não conseguia ler, embora reconhecesse as letras: *MAMA*.

Rosa vestiu o agasalho vermelho e enfiou o Vesúvio dentro dele. O gato piscou para ela, feliz e lânguido, e depois de vinte passos já estava roncando.

— Pareço boba com seu casaco, não pareço? — perguntou Rosa. — Fale a verdade.

— Verdade? — disse o Ucraniano. — A verdade é que você parece minha namorada do primeiro ano do ensino médio. Lembre-se, no entanto, de que Arrancadora é meu único e verdadeiro amor, como um dia vou informar-lhe.

O túnel estendia-se indefinidamente adiante. Para cada trinta metros que caminhavam, o percurso parecia aumentar mais trinta. X estava prestes a pedir a Rosa que lhe contasse a história de sua mãe quando sons estranhos passaram por eles. Primeiro, foram passos correndo no alto, depois o rugido de uma onda que parecia vir em direção a eles do outro lado da parede. X olhou para a rocha, esperando que aparecessem rachaduras, mas o barulho desapareceu rapidamente.

Então, o túnel fez uma virada brusca, e X se deparou com uma visão surpreendente. Nos dois lados das paredes havia uma longa fileira de mãos projetando-se através da rocha... e estavam se movendo.

Regente conduziu todos para o centro da passagem e pediu que olhassem para a frente. Mas X continuou observando as mãos. Os dedos estavam se contorcendo, tendo espasmos, agarrando o ar. Devia haver pecadores do outro lado das paredes. Quem sabia que dor estavam sentindo ou o que estava sendo feito com eles que não podia enxergar? Duas daquelas mãos poderiam ser de sua mãe. Ele se sentiu mal ao passar.

Quando Regente os deixou descansar novamente, X se sentou ao lado de Rosa. Ela devia estar tão desesperada para contar a história de sua mãe quanto X estava para ouvi-la. A primeira pergunta — "Quantos anos você tinha quando foi trabalhar para minha mãe?" — mal havia saído de seus lábios quando a resposta saiu aos borbotões.

* * *

— Eu tinha quinze anos — disse Rosa. — Era uma mocinha muito assustada. Mais ou menos da mesma altura que tenho agora, mas mais magra. Quando olhava para mim mesma, via apenas nariz, orelhas, cotovelos e joelhos. Então, tentava não olhar muito. Também tentava ficar em silêncio cem por cento do tempo, o que meus pais diziam ser minha melhor característica. Acho que nunca gostaram muito de mim.

Rosa enfiou a mão naquela espécie de bolsa-canguru que havia feito para Vesúvio e acariciou-o enquanto ele dormia.

— Quando lembrei à Condessa que ela roubou o Vesúvio de mim? Quando disse a Regente que nunca deixaria Suvi para trás? — perguntou ela. — Eu nunca teria feito essas coisas antes de conhecer sua mãe. O que quer que eu tenha de convicção, foi ela que me ensinou. Lembro-me de bater à porta dela. Foi a primeira vez que usei este vestido. Isso foi em Montana, em 1912...

— Montana? — questionou X.

Ele pretendia apenas ouvir, mas não conseguia acreditar que fosse uma coincidência que Regente o tivesse enviado para aquele lugar como caçador de recompensas. Ele olhou para o senhor, que, de novo, estava caminhando de um lado para o outro.

— Sua mãe gostava do céu lá — explicou Regente. — O que me pareceu estranho, pois há céu em toda parte, certo? No entanto, pensei que você também poderia gostar. — O senhor parecia constrangido com a confissão e fez um gesto como se afugentasse algo. — Deixe Rosa contar a história dela.

Quando X se voltou para Rosa, viu que o Ucraniano, sentado do outro lado do corredor, também estava ouvindo. X não sabia bem se gostava disso. Já se sentia protetor de sua mãe — como se quisesse manter a história dela em sigilo. Mas, quando lançou um olhar questionador ao guarda, ele disse simplesmente:

— O quê? É interessante! Quer que eu assista à TV em vez disso?

Rosa continuou:

— Lembro-me de minha mão estar muito fria quando bati na porta de sua mãe. A aldraba era uma raposa de latão com um aro entre os dentes. Acho que isso não é importante, exceto que o marido de sua mãe se considerava muito astuto e bonito, quando, na verdade, era só ódio. Mesquinho e cruel. De certo modo, não muito diferente da Condessa. Ele atendia pelo nome de "Fernley". Sua mãe foi forçada a se casar com ele, algo sobre fazendas adjacentes. Ela o detestava. Ele fingia ser um fazendeiro cavalheiro, tinha muitos ares de afetação, mas era ruim em tudo. Eu lembro que ele foi confundido com um *libertino* uma vez. Sua mãe me disse em uma ocasião: "É como se fosse algum tipo de criatura marinha que foi forçada a viver em terra!" Ela não falava muito, mas sempre era possível saber o que pensava, pois ela nunca mascarava seus sentimentos, como as mulheres aprendiam a fazer... e, quando ela dizia algo, era memorável. Fernley chamava-a de "docinho", de um jeito meio sarcástico que ela detestava. Então, ela o chamava de "inferninho", o que o deixava furioso.

Rosa fez uma pausa. X não tinha certeza do motivo.

— Eu sei que sua vida tem sido injusta — disse ela. — Não consigo nem imaginar. E talvez não caiba a mim falar isso, mas teria sido insuportável se aquele homem fosse seu pai.

X sentiu como se Rosa estivesse falando por sua mãe, de alguma forma, como se fosse um canal.

— Eu acredito em você — admitiu ele.

— Sua mãe abriu ela mesma a porta — continuou Rosa. — Eu não consigo te explicar quão bonita ela era. Estava meio que emoldurada pela luz. Ela era como eu *queria* ser, mas sabia que era impossível porque, como disse, eu era só nariz, orelhas, cotovelos e joelhos. Ela costumava usar o cabelo preso enquanto trabalhava. Conseguia fazer absolutamente qualquer coisa na fazenda, na casa, com os cavalos... Mas era noite, então ela estava de cabelo solto. Era ondulado e preto, como o seu. Seus olhos eram escuros, mas nunca afastavam as pessoas, e sim as atraíam. Ela se recusava a usar cosméticos. Fernley odiava isso, porque não queria que as pessoas pensassem que não podiam pagar por essas coisas. O que era verdade. De qualquer forma, nunca vi uma mulher que precisasse menos deles. Ela estava com vinte e seis anos, acho… e só lhe restavam nove anos de vida.

Rosa franziu a testa e abraçou os joelhos.

— Eu devo ter parecido tão assustada, parada à porta naquele primeiro dia. Apavorada. Subalimentada. Agarrando Vesúvio contra meu peito. Eu não disse a eles que levaria um gato e fiquei petrificada, porque talvez não me deixassem ficar com ele. Mas sua mãe sorriu para mim de um jeito tão caloroso. Ela acariciou Suvi. Me chamou para entrar, como se eu fosse convidada. Ela estava me mostrando meu quarto… e eu esperava uma cama na cozinha!… quando Fernley nos abordou no corredor. Ele me olhou da maneira mais humilhante. Eu tinha quinze anos! Ele tinha… Bem, esqueci exatamente quantos anos ele tinha, mas cerca de trinta e cinco. Por fim, ele olhou para o Vesúvio. "Coloque essa coisa nojenta no celeiro", disse ele. "Se eu o vir de novo, vou abrir essa barriga e empalhá-lo." Sua mãe viu como isso me deixou chateada. Quando Fernley se afastou, ela disse: "Meu marido não fará mal ao seu amiguinho. Ele mal consegue fatiar um tomate."

"Mas eu tive que deixar Vesúvio no celeiro, e ele uivou por uma semana. Já ouviu como ele uiva. Os outros criados me avisaram que Fernley não toleraria. A cozinheira disse: "Seu gato não vai durar muito neste mundo, garota. Melhor se preparar." Eu me esgueirava até o celeiro para ver Suvi quando podia. Eu implorava a ele que ficasse quieto. Mas ele sempre uivava mais alto quando eu saía. Era de partir o coração. Uma noite, quando fui ao celeiro, a porta se abriu e me assustei. Era sua mãe. Ela também tinha escapado para ver o Vesúvio… Estava levando restos de comida para ele! Pode não parecer muito corajoso, mas acredite, era. Ela podia zombar de Fernley, mas temia o temperamento dele. Todos nós temíamos.

"Fernley explodia mesmo pela menor ninharia. Era muito formal e exigente e queria que tudo fosse assim. Aquele pente de prata que você carrega era supostamente 'eletromagnético'. Era muito caro e em teoria curava dores de cabeça e evitava a calvície. Fernley comprara um para si. Uma vez, a empregada que limpava seu quarto não conseguiu encontrar o pente por uma hora, e ele bateu nela por causa disso. É óbvio que o pente foi encontrado, mas ele ainda descontou o preço dele do salário da mulher! Esse é o tipo de homem que ele era. E, sinceramente, já era tão careca que, mesmo que Deus tivesse forjado um pente para ele com as próprias mãos, não teria feito diferença.

"Quando vi sua mãe saindo do celeiro, fiquei tão comovida que chorei. Ela me abraçou, o que *não* era algo que os empregadores faziam. Não era algo que minha mãe fazia! Ficamos ali, paradas, na escuridão, e, quando Suvi voltou a uivar, sua mãe começou a chorar também. Foi então que eu soube que faria qualquer coisa por ela.

"Fernley acabou cedendo e deixou Vesúvio morar no meu quarto. Só porque ele queria que eu fosse grata a ele. Ele queria que eu baixasse a guarda.

"Certa noite, eu estava na cozinha, com espuma de sabão até os cotovelos. Sozinha. Fernley rastejou atrás de mim e me acariciou como se fosse meu dono. Tentei dar uma cotovelada nele, mas errei. Ele me virou para que eu ficasse de frente para ele, e nem vou chamar de beijo, ele empurrou aquela boca horrível para cima dos meus lábios. Foi horrendo. Uma fileira de panelas pendia de uma prateleira acima de nós. Lembro-me delas atingindo nossa cabeça enquanto eu me debatia. Por fim, o empurrei para longe e pedi desculpas. Fiquei aterrorizada de medo... a ponto de pedir desculpas por ele me atacar!

"Fugi escada acima em busca da sua mãe. Ela ferveu de raiva quando ouviu a história, foi ao quarto de Fernley e encontrou o amado pente 'eletromagnético' dele. Ele o guardava, juro para você, em uma faixa de veludo vermelho, como se fosse o próprio Santo Graal. Sua mãe pegou-o e, enquanto Fernley assistia horrorizado, penteou Vesúvio com ele. Fernley nunca mais tocou no pente.

"Depois, sua mãe me disse que, se eu quisesse sair da casa deles, ela me escreveria uma excelente carta de recomendação e me daria o dinheiro que ela escondeu em uma bota em seu armário. Ela me mostrou a bota: isso mostra o quanto ela confiava em mim. Mas, por mais que eu odiasse Fernley, não podia *deixá-la*. Então, ela elevou minha posição. Fez de mim sua camareira pessoal, embora não precisasse de uma, para que eu estivesse sempre ao seu lado e ela pudesse me proteger. Fernley viu o que ela estava fazendo e ficou furioso por ter sido enganado. Fiz dezesseis, dezessete, dezoito anos. Fernley olhava de soslaio para mim o tempo todo. Sua mãe estava atenta… e eu nunca entrava em um cômodo a não ser que houvesse pelo menos uma outra pessoa nele… e ele não pôs suas mãos horríveis em mim por muito tempo."

quinze

Rosa parou de falar. Ela parecia alguém emergindo de um sonho.

— Você está bem? — perguntou X.

— Estou — disse Rosa. — É só que não falava tantas palavras assim há anos.

Do outro lado do túnel, o Ucraniano tinha uma expressão de desgosto. Ele bateu o bastão no chão.

— Esse Fernley... que idiota terrível — disse ele. — O que a Terrabaixa precisa é de um caçador de recompensas que possa viajar no tempo, como o Dr. Who. Se eu fosse um caçador de recompensas desse tipo, levaria um dispositivo explosivo sofisticado para o passado e enfiaria no rabo desse Fernley, certo? Verdade verdadeira.

Rosa tentou não rir, mas não conseguiu evitar.

— Fernley teve o que merecia... possivelmente até coisa pior — comentou ela, e olhou para X. — A próxima parte da história é terrível. Não me permito pensar nisso há anos. Você se importa se eu descansar antes de contar?

— Claro que não — disse X, embora não aguentasse esperar.

Rosa deixou Vesúvio no chão. O gato se espreguiçou de um jeito grandioso, bocejou e voltou a dormir. Rosa deitou-se e enrolou-se em torno dele.

Um por um, todos se deitaram, exceto Regente, que vasculhou os túneis para ter certeza de que estavam seguros.

Uma hora depois, X se levantou do chão. Algo o acordara. Não se via Regente. X ouviu novamente o barulho que o havia acordado. Lá estava de novo.

Algo raspando. Uma briga.

Botas.

Não era Regente. X já conhecia os passos do senhor.

Um guarda apareceu na curva e parou ao ver X e os outros. Era o guarda inglês que levou Arrancadora rio abaixo. Era um dos lacaios mais bajuladores de Dervish. Como arma, carregava a base de um lampião.

X levantou-se. O inglês recuou.

X sabia que ele e seus companheiros pareciam fugitivos — porque *eram* fugitivos.

— Espere — disse ele.

Mas o guarda correu.

A mente de X começou a girar. Deveria acordar os outros?

Ele perseguiu o inglês por três curvas no túnel. O guarda tinha uma barriga protuberante e um rosto enrugado — Arrancadora costumava chamá-lo de sr. Feio —, mas seus pés eram bem rápidos.

Quando X se aproximou o suficiente para alcançá-lo, o guarda girou e o atingiu na barriga com o lampião.

X cambaleou para trás. O guarda aproximou-se dele, ofegante.

— Não sei o que você está aprontando, mas com certeza vai ser confusão — comentou ele.

X, ainda tentando recuperar o fôlego, decidiu arriscar e dizer a verdade.

— Estou procurando minha mãe. Nunca a conheci. Nunca a vi.

— O inglês permaneceu impassível. — Sua mãe era querida para você?

O guarda olhou para ele.

— Não vamos envolver minha pobre mãezinha nisso — disse ele.

— Só quero conhecer um pouco a minha — disse X.

O inglês coçou a nuca com o lampião quebrado. Uma mecha de pelos nas axilas saía de um buraco em sua camisa.

— O negócio é que tô pouco me lixando para o que você quer. Tô vendo que você acha que é da realeza. Não é, não. Só por você ter me feito correr e perder o fôlego, vou te espancar quase até a morte e depois te arrastar de volta pro Dervish. Acho que ele vai me dar alguma coisa pelo meu esforço, tipo, um pouco de descanso.

— Você me trairia por um pouco de sono? — questionou X.

— Eu faria isso por menos — disse o guarda.

Foi a última coisa que ele disse antes de Rosa acertá-lo por trás. Ela atingiu o inglês uma vez atrás das pernas para derrubá-lo e uma vez na nuca para nocauteá-lo.

Ele caiu de joelhos, cambaleou e, depois, tombou para a frente.

— Eu não queria fazer isso — Rosa disse a X —, mas ele não parecia estar lhe dando ouvidos.

— Você tem razão — disse X. — Ele é um dos espiões de Dervish e estava prestes a me destruir. Estou em dívida com você.

Ele ajoelhou-se e inspecionou o inglês para ter certeza de que ele estava inconsciente.

— Contamos a Regente? — perguntou Rosa.

— Se contarmos, ele pode cancelar a busca por minha mãe — explicou X. — Ele pode pensar que nos colocamos em perigo.

Rosa franziu os lábios. X a conhecia havia apenas algumas horas e não tinha ideia do que ela diria a seguir.

— Então, não contaremos nada — disse ela.

Voltaram para onde o Ucraniano e o gato dormiam. Rosa tinha acabado de colocar o bastão perto da palma da mão aberta do guarda quando Regente se aproximou vindo da outra direção e disse a eles que era hora de continuar.

O Ucraniano, acordando devagar, esfregou o rosto e disse:

— É de manhã, certo?

Era um velho impulso de quando ele estava vivo, de quando havia coisas como manhãs. X queria responder, mas o que ele diria?

Rosa pegou Vesúvio, e eles avançaram pelo túnel iluminado por tochas. Quase de imediato, a passagem ficou mais apertada, como se estivesse se afunilando. Rosa seguiu logo atrás de X e continuou sua história.

— Quando eu tinha vinte e cinco anos, Fernley nunca estava em casa, principalmente à noite — disse ela. — Não consigo descrever o alívio. Sua mãe sempre quis um filho, mas se recusava a dar um ao marido. Ela costumava dizer: "Prefiro ir para o inferno do que fazer desse homem o pai de alguém!" Sempre me lembrei disso, por motivos óbvios. Fernley costumava farrear com um amigo cirurgião. Voltava para casa de madrugada, tão bêbado que não conseguia subir as escadas. Sua mãe teve que consertar o corrimão duas vezes porque ele o quebrou. Fernley tinha parado de olhar com malícia para mim na maior parte do tempo. Na verdade, me disse que eu estava velha demais para ele agora… e tinha feito quarenta e cinco anos! Mas fiquei grata pela paz. Deixei-me levar pelo ritmo dos dias e cometi o erro de pensar que estava em segurança.

"Era novembro, já começava a esfriar lá fora. Lembro que as janelas estavam cobertas de insetos tentando entrar. Certa manhã, me levantei bem cedo. Fernley estava esparramado ao pé da escada, dormindo, bêbado. Eu não conseguia passar por ele, então fui por cima dele… e sua mão se ergueu e agarrou minha perna.

"Eu gritei e tentei me soltar, mas ele me puxou para o chão e subiu em cima de mim. Sua respiração era horrível. Ele me agarrou, com força, entre as pernas. Ouvi um grito. Era sua mãe no topo da escada com o jarro de porcelana de seu lavatório na mão. Ela voou escada abaixo para cima de Fernley e o atingiu com ele. Não o nocauteou, apenas o enfureceu. Mas isso fez com que se esquecesse de mim e fosse atrás dela. Corri para o meu quarto e empurrei minha escrivaninha na frente da porta, bloqueando-a."

Rosa fez uma pausa antes de continuar. Eles seguiram andando por algum tempo, a história pairando no ar.

— Sempre senti vergonha de ter fugido assim — disse Rosa. — Acho que deve ser a pior coisa que já fiz.

— Por quê? — perguntou X.

— Porque, enquanto eu estava escondida no meu quarto, enquanto eu segurava Suvi e dizia que tudo ficaria bem, Fernley pegou a jarra do chão e espancou sua mãe até deixá-la em coma.

X parou de andar e pousou as mãos na parede como se pudesse empurrá-la. A ideia de Fernley ter machucado sua mãe o enojava.

— Se Fernley estivesse na minha frente — disse ele —, eu o derrubaria, diria a ele de quem sou filho e pisaria no pescoço dele.

— Também continuo com raiva de Fernley — confessou Rosa. — Mesmo em sonhos. Mesmo depois de quase cem anos. Mas, se você não se importa que eu diga, a resposta para um homem violento nem sempre é outro homem violento.

— Tenho certeza de que você tem razão — disse X. — Mas, então, qual é?

— Neste caso — disse Rosa —, foram duas mulheres violentas.

— UM CAVALARIÇO CARREGOU sua mãe até a cama para mim — disse ela quando eles voltaram a andar. — Fernley se recusou a levá-la. Mandou chamar o cirurgião com quem se divertia e lhe disse que sua mãe havia sido pisoteada por um cavalo. Fernley realmente piscou quando disse isso. O cirurgião fingiu acreditar nele. "Que atrapalhado da parte dela!", foi o que ele disse.

"Sua mãe estava inconsciente. Os hematomas dela eram horríveis. Ela estava toda suada e inchada, então a cobri de gelo… fiz um pequeno círculo em volta dela. Os dias se passaram, e a fazenda ficou em frangalhos. O trabalho parou. Fernley era inútil, e ninguém lhe dava ouvidos porque todos sabiam o que ele havia feito. Então, certa manhã, ele parou nos degraus dos fundos e gritou que todos estavam demitidos e seriam presos se não fossem embora em quinze minutos. De qualquer forma, tinha bebido demais para conseguir pagar seus salários.

"Fiquei ao lado de sua mãe o dia todo, todos os dias, em uma cadeira bamba da cozinha. Eu conversava com ela. Dava banho nela. Esfregava seus membros para evitar que atrofiassem. Não sabia dizer se estava funcionando. Fernley e o cirurgião entravam todas as noites aos tropeços, realmente bêbados. Eles pareciam *satisfeitos* por sua mãe ainda não ter se recuperado. Se eu lançasse um olhar de raiva para eles, Fernley me dava um tapa no rosto ou beliscava meu braço até que ficasse roxo.

"Uma noite, enquanto eu fingia dormir em minha cadeira dilapidada, o cirurgião anunciou que, se sua mãe não acordasse antes do amanhecer, ele teria que operá-la. Disse que poderia aliviar a pressão no crânio dela com algum tipo de furadeira, embora fosse perigoso, e que Fernley não devia ter muitas esperanças. Ele disse que o procedimento às vezes deixava os pacientes dóceis e apáticos, às vezes até mudos! Bem, os olhos de Fernley brilharam quando ele ouviu as palavras 'dócil' e 'mudo', claro. Ele se curvou sobre sua mãe e disse: 'Devemos tentar, docinho?' Então, ele se empertigou e disse ao cirurgião: 'Docinho acha que devemos tentar!'"

X bateu na parede com o punho enquanto caminhava.

— Não faça isso — disse Rosa. — Me deixe terminar. É terrível lembrar tudo isso, mas quero que saiba tudo o que sua mãe sabia quando fez o que fez.

— Eu entendo — disse X. — No que me diz respeito, você não precisava de mais motivos para enterrar Fernley.

X enfiou os punhos nos bolsos, e Rosa continuou:

— Passei aquela noite implorando a sua mãe que ela acordasse e tentando novamente fazer a vida lhe voltar, esfregando seus braços e pernas. Ela não abria os olhos, mas se contorcia um pouco, o que me alegrou. Por fim, capotei ao lado dela na cama. Não lembro quando.

"Pela manhã, ouvi rodas de carruagem na estrada. O cirurgião estava chegando. Implorei de novo a sua mãe. Eu falei: 'Senhora, por favor! Você consegue me ouvir?' Insisti: 'Senhora, se *quiser* acordar, pelo amor de Deus, que seja agora! O cirurgião está vindo, e o que ele pretende fazer com seu crânio... Não posso acreditar que seja lícito e sei que não é piedoso!'

"Então, tive uma ideia. Tenho vergonha dela agora. De certa forma, levou a tudo o que veio depois... não sei se melhorou ou piorou tudo. Fernley havia batido tanto em sua mãe com o jarro que era difícil olhar para ela, mesmo para mim, que a amava. Ele quebrou o jarro fazendo isso. Achei que, se eu pudesse lembrá-lo de como ela era bonita, ele poderia mudar de ideia sobre a broca. Sua mãe se recusava a ter cosméticos, como já disse. Quando Fernley foi cumprimentar o cirurgião, desci as escadas e peguei uma bandeja de prata com todos os produtos que consegui, junto com uma escova de pelo de camelo, uma beterraba para avermelhar suas bochechas e uma faca larga para cortar o legume.

"Conversei com ela enquanto trabalhava. Implorei a ela que não ficasse zangada com o que eu estava fazendo. Umedeci suas sobrancelhas com óleo de coco, depois segurei um prato sobre a vela ao lado da cama e escureci seus cílios com fuligem. Eram truques que minha mãe havia me ensinado. Fatiei a beterraba com a faca e a pressionei no rosto dela. Esfreguei seus braços com vinagre. Conseguia ouvir Fernley e o cirurgião conspirando lá embaixo. Imaginei empurrar Fernley dentro de um barril de soda cáustica e o manter submerso com um pedaço de pau. Imaginei sua mãe e eu cortando o cirurgião ao meio com uma daquelas serras de duas mãos que usam para derrubar árvores. Sequei os braços dela e os polvilhei com pó também. Foi inútil. Triste. Seus braços ainda estavam cobertos de hematomas. Pareciam as manchas de um leopardo. Nada teria coberto aquilo.

"Comecei a reclamar do cirurgião e de como ele pretendia transformá-la em uma imbecil. Eu disse a ela que me recusava a perdê-la... que o cirurgião teria que me enganar também. Eu estava apenas tagarelando. Levei um segundo para perceber que sua mãe estava de olhos abertos.

"Caí sobre o peito dela, chorando. Eu a vi lembrar o que Fernley tinha feito com ela com o jarro branco. Eu a vi estremecer quando sentiu o gelo que coloquei em volta dela. Ela começou a se contorcer, como se quisesse fugir, então joguei o gelo no chão. Fernley e o cirurgião estavam no vestíbulo, falando sobre a broca que usariam para abrir o crânio de sua mãe. Fernley parecia eufórico, ele perguntou se poderia segurá-la!

"Sua mãe ainda não tinha falado. Ela tentava, mas não conseguia. Ela me olhou bem nos olhos pela primeira vez. Não sei o que esperava... felicidade ao me ver, talvez? Alívio? Mas ela parecia inflamada. Achei que estivesse com raiva pelos pós e cremes, então pedi desculpas. Disse que só queria que ela ficasse bonita de novo. Mas é claro que ela estava furiosa com Fernley e o cirurgião. Ela viu o estado em que eu me encontrava. Também estava furiosa com o que eles me fizeram passar.

"Eu os ouvi subindo as escadas. Não havia ninguém para nos ajudar porque Fernley havia demitido todos os outros empregados. Sua mãe olhou ao redor do aposento. Viu a bandeja de prata com a vela, a escova e a beterraba, que agora estava pingando e vermelha. Finalmente falou. Só uma palavra. 'Deixe.' Recusei. Ela balançou a cabeça com raiva, como se eu não tivesse entendido. Tentou novamente. 'Me deixe', disse ela. Mais uma vez, resisti. Falei para ela que morreria antes de deixar Fernley e o cirurgião fazerem o que queriam. Ela ficou ainda mais nervosa, frustrada por não conseguir se fazer entender. Ela olhou para seus hematomas e depois para os meus. Queria que eu entendesse que ela os via. Então, por fim, completou a frase que estava presa em sua garganta: 'Me deixe *a faca*.'"

Rosa fez uma pausa, como se o momento estivesse acontecendo de novo, bem na frente dela.

— Eu entreguei a faca para ela — continuou. — Passei muitos, muitos anos me perguntando se deveria ter recusado. Ela pegou a faca, enfiou debaixo das cobertas e fingiu dormir. Sentei-me na minha cadeira bamba. Fernley e o cirurgião entraram. Pensando agora, aquela foi a única vez em que vi o cirurgião sóbrio. Ele tinha uma aparência horrível. Pálido. Suas mãos tremiam, e ele estava tão mal barbeado que eu não sabia se ele havia sequer tentado. Preferiria que ele operasse sua mãe bêbado! Estava segurando um instrumento de aparência maligna. Era como uma versão em miniatura de algo que você usaria para perfurar petróleo ou cavar um poço. Tinha quatro perninhas para poder se prender à cabeça do paciente, uma broca de aço de trinta centímetros de comprimento no meio... você carrega um pedaço dela agora... e uma manivela em cima para fazê-la girar. A coisa nem estava limpa.

"Fernley se agachou ao lado de sua mãe e disse, com sua voz mais falsa: 'Olá, docinho!'

"Sua mãe abriu os olhos.

"Fernley ficou surpreso. Sua mãe disse: 'Olá, *Inferninho*!' Então, puxou a faca e a enfiou no estômago dele. Ela não tirou os olhos dos dele enquanto fazia isso. Em seguida, puxou a lâmina para cima, como se fosse... não sei. Como se ela estivesse procurando o coração dele.

"O cirurgião avançou. Foi quase cômico. Escorregou no gelo que espalhei no chão e caiu. Não sei se poderia ter nos feito algum mal naquele momento, mas eu estava tão enlouquecida de raiva e medo que peguei a broca e bati no rosto dele. Sua mãe implorou para que eu parasse... ela não queria que eu fosse para a cadeia também, mas não consegui. Bati no cirurgião até ele morrer."

Rosa ficou quieta, como se esperasse que a memória dos assassinatos se dissolvesse.

— Colocamos os corpos na própria carruagem do cirurgião, um em cima do outro, e queimamos tudo na mata — disse ela por fim. — Depois, sua mãe disse: "Está feito. Está feito, e não me arrependo. Vamos para casa." Ela pegou um pedaço do jarro de porcelana e a ponta da broca para guardar. Limpamos o quarto inteiro. O gelo derreteu e deixou o sangue que estava no chão cor-de-rosa.

"E, então, parecia ter acabado. Sua mãe vendeu a casa e nos mudamos para a cidade. Os alcoviteiros locais tinham duas teorias. Uma delas era que Fernley e o cirurgião haviam fugido do Estado para escapar dos credores. A outra era que eles fugiram para se livrar das esposas. Duvido que o xerife tenha passado uma hora sequer investigando."

Logo à frente, o túnel se dividia em três. Enquanto os homens se aglomeravam ao redor, Rosa repetiu o que a mãe de X havia dito.

Está feito, e não me arrependo.

— Também não me arrependo — disse ela. — Sei como isso parece terrível, mas não me importo. — Ela olhou para Regente. — Não estou arrependida. É uma das razões pelas quais fomos condenadas, não é?

— É — disse Regente. Ele pareceu se arrepender da resposta. — Você não se arrependeu e não foi punida. Cada vez que envio um caçador de recompensas ao mundo em busca de uma alma, uso essas mesmas palavras.

— No entanto, quem poderia sentir pena de livrar a terra de tais homens? — perguntou X. — Minha mãe merecia uma vida melhor. Assim como você, Rosa. *Assim como você.* Em vez disso, ela foi acorrentada a um homem vil. E, quando ela se recusou a ser vítima desse homem, o que ela ganhou? Condenação! Os senhores enviaram um caçador de recompensas para fazê-la parar de respirar e arrastá-la até aqui! — Ele sabia que não deveria dizer as palavras que estavam se acumulando em sua cabeça agora, mas não conseguiu contê-las. — E quem tirou a vida dela foi você, Regente. Você!

Regente surpreendeu-o ao assentir com a cabeça.

— Exato. Sofri pelo meu papel nessa história mais do que você pode imaginar. O que me ajuda é lembrar que sua mãe acabou encontrando o amor. Ela o encontrou e... porque nem Fernley nem mesmo a Terrabaixa extinguiram seu senso de valor... Ela sabia que tinha direito ao amor.

— Por que nunca me contou nada sobre meu pai? — disse X. — Não acredito, *de jeito nenhum*, que você não saiba de nada.

— Eu sei uma coisa sobre seu pai, e é uma ninharia — disse Regente. — Não vou compartilhar, pois não posso prever o efeito sobre você.

— Estou cansado, muito cansado de ser controlado — retrucou X. — Parece que sou como minha mãe e não vou me desculpar por isso.

Ele avançou pelo túnel para fugir de Regente. Até Rosa sabia que não devia segui-lo.

— Eu sei o nome do seu pai — gritou Regente atrás dele. — Nada mais. E juro para você, é apenas um nome, não mais memorável do que qualquer outro.

X voltou.

— Fale! — ordenou ele. — Fale o nome do meu pai!

Até Rosa e o Ucraniano inclinaram-se, esperando.

Regente fechou os olhos.

— Timothy Ward — respondeu ele.

X entendeu em um instante por que o senhor guardara o nome por tanto tempo. Os outros também pareciam saber.

— Esse nome não é da Terrabaixa — declarou X.

O silêncio espalhou-se, como a água procurando cada espaço vazio.

— Não — disse Regente —, não é.

X olhou para suas botas surradas para se firmar.

— Meu pai ainda está vivo — disse ele.

— Sim — confirmou Regente.

— Ele é... então, ele é um inocente? — perguntou X.

— Sim — respondeu Regente. Seu tom de voz se acalorou. — Como o filho.

O senhor fez uma pausa.

— Vejo que está pensando — continuou. — Seu pai não pode ajudar sua mãe nem ajudar você a escapar da Terrabaixa. Seu pai nem sabe que este lugar existe.

— E se... — disse X.

— Não — interrompeu Regente.

— Não posso nem completar uma frase? — questionou X.

— Não há necessidade — disse Regente. — Eu te conheço desde o primeiro momento de sua vida. Acha que não sei o que você vai dizer a seguir? Não posso mandar você para o Mundo de Cima para encontrar seu pai. Você quebrou muitas leis, e a retaliação de Dervish e dos outros seria catastrófica. Sinto muito. Você não pode olhar para o rosto de seu pai nem segurar a mão dele.

— Não, não posso — disse X. — Eu sei. Mas há uma garota lá em cima que me ama... e que *pode*.

parte três

UM SALTO REPENTINO

dezesseis

O telefone de Zoe vibrou no parapeito da janela, como uma daquelas dentaduras falsas de dar corda.

Era uma mensagem de Val.

A caminho. 10 min. NÃO responda pq estarei DIRIGINDO. Mandar msgs ao volante é perigoso pra minha beleza. NÃO vou botar em risco minha beleza por vc.

Era abril. Noite de sexta-feira. Fazia pouco mais de uma semana desde que Arrancadora aparecera e fora embora, desde que Zoe e X se encontraram no cais. Val e Dallas passaram dias em choque com o que descobriram sobre X e a Terrabaixa. Era como se tivessem saído de um acidente de avião para dentro de um milharal. Então, alguns dias antes, os amigos de Zoe pareceram voltar à vida. Encheram-na de perguntas. Mensagens de texto voavam entre eles como flechas no céu em um filme passado na Idade Média.

Os amigos de Zoe queriam que ela prometesse que nunca mais veria X. Ela recusou, afirmando que estaria mentindo se concordasse. Já estava deixando a mãe acreditar que tudo estava acabado, embora esperasse desesperadamente que não. Não mentiria para seus melhores amigos também. Val ficou com raiva. Dallas parecia... melancólico. Zoe achou que era uma chatice descobrir que a garota com quem você ficou no banheiro para pessoas com deficiência física do Walmart — Zoe tinha certeza de que tinha sido o Walmart — havia se apaixonado por um caçador de recompensas de um mundo inferior. Dava uma certa insegurança, *né*?

Naquele dia, pela primeira vez, parecia haver calma no ar. Dallas mandou uma mensagem dizendo que queria fazer uma coisa naquela noite, mas não diria para elas o quê. Relutante, Val concordou em ir. Zoe estava tão cansada de ficar dentro da própria cabeça — tão cansada de querer ajudar X, mas sem ter nenhuma ideia de como — que teria topado qualquer coisa.

SIM SIM SIM!, ela respondeu à mensagem. *Estou morrendo de vontade de fazer a coisa q vc não conta o q é! Podemos fazer alguma coisa q não vou contar pra VC depois?*

Zoe estava havia horas na cama, em seu quarto estranho na casa de Rufus, esperando que Val a buscasse. Tecnicamente estava lendo um romance para a aula de literatura, mas não conseguia lembrar o nome da protagonista ou por que a personagem achava que seu Grande Plano (Zoe não conseguia lembrar qual era) era uma boa ideia quando obviamente não era. (Ou era? Ela também não conseguia lembrar.) Na verdade, Zoe estava se escondendo até a hora de partir — não de nada em particular, mas de tudo em geral, da evidência acachapante de que a vida avançava sem X, coisa que ela se recusava a aceitar.

Ela conseguia ouvir Rufus e sua família atrás da porta. Uhura tinha ficado mais doente e mais magra, como se algo a estivesse corroendo por dentro. Nunca saía de um ponto específico no tapete da sala, a menos que a carregassem. Jonah ficava com ela o tempo todo. Assim como Spock, que estava fazendo seu horrível som trêmulo, confuso sobre o motivo de Uhura não querer brincar.

Eles só morariam com Rufus por um tempo. Bert e Betty deixaram em testamento para os Bissell sua casa de madeira à beira do lago. Assim que o local fosse esvaziado e limpo, a família de Zoe se mudaria. Quanto à antiga casa dos Bissell na montanha, só restavam escombros, mais parecendo uma caixa de leite que algum garoto havia esmagado com o tênis. O dinheiro do seguro demoraria a chegar, se é que chegaria, porque a casa havia sido destruída por uma tempestade sobrenatural para a qual não havia nenhuma explicação ou evidência terrena. A companhia de seguros normalmente alegava um "caso fortuito" para esse tipo de destruição. A mãe de Zoe achou melhor não contar para eles o que realmente tinha acontecido.

Rufus havia recebido os Bissell de um jeito fantástico. Em respeito à mãe de Zoe, retirou todos os itens não veganos da cozinha — restando saquinhos de chá, ketchup e molho de soja. Ele comprou edredons tão macios que pareciam suspirar quando a pessoa se deitava e lençóis de algodão em cores que achou que os agradariam, com base nas roupas que usavam. (Zoe ficou com a cor roxa, o que não teria sido sua primeira escolha, mas tudo bem.) A mãe de Zoe dormia no quarto principal, Zoe no pequeno. Jonah e os cachorros ficavam na sala de estar, em um complexo forte de travesseiros que desmoronava o tempo todo. Todas as manhãs, Jonah se deitava de bruços ao lado de Uhura, tomando café da manhã e implorando a ela que comesse também. Sempre que Zoe passava, acariciava Uhura sem olhar para ela. Doía demais.

O próprio Rufus havia se mudado para o galpão com telhado cheio de musgo no quintal, onde fazia suas esculturas de ursos com serra elétrica. Ainda não sabia a verdade sobre X, os senhores, a Terrabaixa, nada disso. Ele viu que a família de Zoe estava traumatizada e não os incomodou em busca de respostas. "Só estou deixando a vida me levar", disse ele. Rufus dormia em um saco de dormir vermelho em cima de uma poltrona dobrável de plástico da Home Depot. Sua guitarra elétrica ficava lá com ele (coberta de adesivos de skate de quando ele era adolescente) e um pequeno amplificador. Tinha três aquecedores de ambiente dispostos como uma cidade futurística, uma pilha de livros sobre coisas como a alma das árvores e uma minigeladeira que chamava de "minha caixinha de vergonhas", porque estava cheia de pudins de chocolate industrializados e latinhas de refrigerante.

Jonah pegou o vírus da bondade de Rufus. Uma semana antes, havia redecorado em segredo o quarto de Zoe. Pegou tudo o que havia sido recuperado da casa na montanha e tentou recriar seu antigo quarto para que ela se sentisse mais confortável na casa de Rufus. Lindo da parte do monstrinho.

Mas, falando sério, o quarto parecia uma maluquice.

Zoe olhou ao redor nesse momento e viu pôsteres amassados e móveis surrados, tudo cuidadosamente disposto na configuração antiga. Zoe colecionava troféus de brechó havia anos porque achava hilário que houvesse prêmios para tantas coisas ridículas. Os poucos troféus que sobreviveram estavam reunidos em uma prateleira perto da porta. A maioria estava quebrada e lascada. (O prêmio da Melhor Rosquinha, que Val já havia lhe dado, nem tinha mais a rosquinha.) Os folhetos de faculdade que Zoe havia recebido no que parecia ser outra vida estavam empilhados em sua mesa, intocados. Se fosse se inscrever na faculdade — *se* fosse —, teria que esperar mais um ano. A mãe de Zoe não podia nem pensar em pagar matrícula e mensalidades agora. E o que Zoe deveria estudar, afinal? Todas as possibilidades pareciam inúteis e irreais. *Oi, eu sou a Zoe. Estou apaixonada por um cara chamado X e estudo web design.*

Ao pé da cama, Jonah havia colado (com um pedaço desnecessariamente grande de fita adesiva) o que costumava ser a foto favorita de Zoe: ela e o pai com os capacetes de espeleologia tortos e macacões sujos de lama. Olhar para a imagem a enfurecia. Ainda assim, não conseguia arrancar, porque não podia dizer a Jonah que o pai deles a enojava. Quando Zoe pensava na infância agora, era como se tudo embaixo de seus pés — tudo o que achava que a apoiava, tudo o que estava construindo — tivesse sido apagado e ela de repente estivesse pairando no ar e prestes a cair. Então, a foto ficou onde estava, provocando Zoe com memórias de um tempo que ela esperava esquecer. De um jeito adequado, a foto estava rasgada ao meio.

Embora Jonah tivesse tentado de um jeito astuto, os pertences de Zoe não combinavam com aquele novo espaço — nem cabiam, porque o quarto de Zoe na casa de Rufus era menor que seu quarto na montanha. Os restos mutilados da vida passada se amontoavam sobre ela aqui. Ela ficou sentada na cama por mais um tempo, repetindo na cabeça a frase *Esta é a minha vida*. Não importava quantas vezes dissesse isso, ainda parecia uma pergunta.

Fazia sete minutos desde que Val havia mandado uma mensagem dizendo que estaria lá em dez. Zoe decidiu que poderia lidar com três minutos em meio à família antes de escapar noite adentro. Fechou o romance sobre a mulher com algum tipo de plano e largou-o no chão.

A SALA DE ESTAR era um museu de tristeza, como ela sabia que seria. Jonah e Uhura estavam deitados um de frente para o outro no forte de travesseiros, como se estivessem no meio da competição de não piscar mais deprimente do mundo. A névoa de um umidificador pairava sobre eles.

A mãe de Zoe queria botar Spock para fora porque ele não parava de choramingar, mas Jonah havia proibido. Disse que choramingar era a maneira de Spock demonstrar medo e que todos podiam ter seu jeito de demonstrar medo. Era tão parecido com algo que a mãe diria que nem pôde argumentar. Zoe acenou para a mãe acompanhá-la para fora da sala.

— Eu cuido disso.

— Tem certeza? — perguntou a mãe.

— Não, mas você não tem *como* cuidar disso — disse Zoe.

A mãe dela foi para a cozinha, e Zoe afundou no tapete. Percebeu que Jonah estava chorando. Ele confirmou quando inclinou o rosto rosado para ela com desconfiança, dizendo:

— Eu não estava chorando.

— Eu sei, monstrinho — disse Zoe.

Ela acariciou os cabelos dele enquanto ele acariciava os pelos de Uhura, uma pequena corrente de amor. Fazia seis meses que os cabelos de Jonah não eram cortados. Enrolavam-se em torno das orelhas em ganchinhos.

— Por que eu sou a única que não recebo esse carinho todo? — perguntou Zoe, tentando tirar Jonah de seu mau humor.

— Não é a sua vez — respondeu Jonah. — Sua vez é mais tarde.

— Como vou saber quando é a minha vez?

— Eu te falo — disse Jonah. — Estou acompanhando.

Jonah empurrou a tigela de água de Uhura em direção ao focinho dela. Ele a havia feito para a cachorrinha em uma olaria quando os Wallace eram vivos e os cachorros eram deles. A tigela era disforme e amarela, como se tivesse derretido ao sol. Na lateral, em letras azuis, Jonah havia pintado: *Ta com sedi?*

— Vamos lá, menina — disse ele. — Bebe.

Uhura não bebia, sequer levantava a cabeça. Não era claro para Zoe se ela sequer via a tigela. Zoe sentiu que precisava dizer algo sábio, típico de irmã mais velha — começar a preparar Jonah para o pior. Mas não conseguia. Monstrinho já tinha visto coisas ruins o suficiente.

Jonah pegou água da tigela com as mãos e a ofereceu a Uhura. Ela bebeu um pouco. Jonah sorriu.

— É zica! — ele comemorou. — Uhú!

— É zica? — perguntou Zoe. — Você está trocando mensagens com Dallas? O que ele fala não é normal.

— Eu *gosto* do que o Dallas fala — disse Jonah. — Ai, a língua dela parece uma lixa!

Uhura tomou dois goles, depois voltou a abaixar a cabeça, exausta. Mal tinha bebido um quarto de xícara, mas pelo menos já era alguma coisa, e Jonah parecia aliviado.

— Por que você fica o tempo todo no seu quarto? — perguntou a Zoe. — Está triste por causa do X?

Zoe não esperava por aquilo. Sentiu um dedo invisível cutucando seu coração de coelhinho da Páscoa de chocolate.

— Estou sempre no meu quarto porque agora *amo* meu quarto — respondeu ela. — Você é um decorador de interiores incrível.

— Obrigado. Também acho. — Ele fez uma pausa. Zoe nunca conseguia dizer aonde a mente dele estava indo. — Queria poder mandar mensagem pro X como mando pro Dallas — disse ele. — Não dá, né? Porque ele não tem celular?

— Não, monstrinho — disse ela. — Ele não tem celular.

— Eu podia mandar uns memes legais para ele.

— Eu sei que sim.

— O que *você* enviaria para ele? — perguntou Jonah.

— Eu mesma — respondeu Zoe, sem nem pensar.

Seu telefone vibrou. Sabia que seria Val, e que sua mensagem diria, *Cheguei! Cadê você? Vem logo!* Val sempre mandava isso *antes* de chegar porque odiava esperar.

Zoe verificou a mensagem para ter certeza. Era uma pequena variação: *Tô aqui fora. Bora, bora, bora! Vamos?*

Ela foi espiar pelas cortinas duras e bege da sala de estar.

De fato, Val não estava lá fora.

Zoe mandou uma mensagem de volta: *Seu carro deve ser MUITO MUITO pequeno, porque não consigo enxergar.*

Ela deixou as cortinas caírem.

— Monstrinho, você não falou com ninguém sobre X, né? — perguntou ela. — Quer dizer, sobre de onde ele é e o que ele pode fazer? Nem para o Rufus?

— Só pra você e pra mãe — respondeu Jonah. — Bem, também pro Dallas.

— Tudo bem falar com o Dallas — disse Zoe. — E com a Val.

— Val e eu não conversamos, apenas trocamos emojis de cocô — comentou Jonah. — Ela é ainda mais nojenta do que eu... e estou no terceiro ano. — Ele pensou por um momento. — Mas não é maldade não contar pro Rufus? Porque ele nos deixou ficar aqui? E ele contaria essas coisas pra *gente*?

Era uma boa pergunta. Zoe não conseguia imaginar que essa informação não escaparia de algum jeito. Eram uma família de fofoqueiros.

— Talvez a mamãe possa pensar em uma maneira de explicar pra ele — disse ela.

— É, ela é boa de explicar. É uma das coisas que ela faz de melhor.

— Mas você e eu não vamos contar nada, tá legal? — pediu Zoe. — Pode deixá-lo assustado. Preocupado.

— *Você* se preocupa com a gente? — quis saber Jonah.

Uma mecha do cabelo dele estava solta. Zoe prendeu-a atrás da orelha.

— Não — respondeu ela.

Seu telefone vibrou novamente.

OK, agora estou aqui de verdade. Dando tchauzinho. Sai daí logo.

Zoe deu um beijo no topo da cabeça de Jonah e bagunçou seus cabelos. Quando abriu as cortinas novamente, não conseguiu controlar a risada: Val ainda não estava lá.

VAL NUNCA MENTIA MAIS que duas vezes sobre estar lá quando não tinha chegado de verdade. Zoe foi para a cozinha, onde a mãe estava ensinando Rufus a fazer leite de nozes, e Rufus, cuja paixonite obviamente havia chegado ao auge, estava fazendo uma performance digna do Oscar fingindo estar interessado.

A mãe dela sempre se alegrava quando brincava de missionária vegana. Zoe achou que estava bonita. Cabelo preso em um coque frouxo. Brincos turquesa. Sem maquiagem. Parecia feliz. Quantas vezes sua mãe pareceu *feliz* nos últimos seis meses? Nos últimos seis anos, na verdade? Zoe sentiu uma daquelas pontadas que são metade gratidão, metade dor.

Rufus havia passado a tarde trabalhando no galpão, coberto de serragem. Mas havia tomado banho e colocado uma camisa limpa e calça jeans. Estava novo em folha. Parecia — como sempre quando passava um tempo com a mãe de Zoe — um garoto nervoso em um encontro.

Quando a mãe de Zoe desviou os olhos do liquidificador, Rufus tentou colocar açúcar nele. Ela o pegou no flagra e deu um tapa em sua mão.

— Oi, mãe — disse Zoe. — Oi, Rufus.

— E aí, Zo, o que tá rolando?

Ele nunca a chamou de Zo. Parecia não saber se tinha permissão para tanto. Zoe fez um sim mínimo com a cabeça para que ele soubesse que estava tudo bem.

— Mamãe está mostrando como fazer leite de nozes? — perguntou ela.

— Leite de amêndoa — corrigiu a mãe.

— Incrível — disse Zoe. — Leite de amêndoa é o melhor. *Todas* as crianças adoram leite de amêndoa.

— Irado — disse Rufus. — Qual é o gosto?

— Ah, você sabe... de tinta — disse Zoe.

— A-hã — disse a mãe. — Os humanos são a única, realmente a *única*, espécie que bebe o leite de outra espécie. Pense nisso. É como um filme de ficção científica doentio.

— Eu poderia beber Red Bull em vez disso — disse Zoe. — Mas talvez ele me desse asas, né?

Seu celular vibrou de novo. Ela viu o jipe azul de Val através da janela não muito limpa da cozinha de Rufus. Estava estacionada perto do buraco gigante que X havia aberto na estrada.

— Antes de você ir — disse a mãe de Zoe —, como é que está o Jonah?

— Ele está bem — respondeu Zoe —, mas, se Uhura morrer ou tivermos que sacrificá-la, ele vai ficar arrasado.

— É. Verdade. E todos nós já ficamos bastante arrasados.

— Eu poderia falar com ele, de irmão para irmão — disse Rufus. — Se você quiser. Ele está *sempre* me dando conselhos sobre as coisas. Eu poderia encontrar uma maneira de comentar? Consigo ser bem esperto.

— Talvez seja uma boa, hein? — concordou a mãe de Zoe. — Vou pensar nisso. — Ela se virou para Zoe. — O que você e seus amigos vão fazer esta noite?

— Coisas de adolescente — respondeu ela.

— Cara, eu costumava fazer algumas coisas *épicas* de adolescente — comentou Rufus em um tom melancólico. — Até ter uns trinta anos.

— Quero saber mais, Zoe — insistiu a mãe.

— Dallas tem planos, mas ainda não dividiu com a gente — disse Zoe. — Eu conto quando souber. Mas tenho certeza de que é apenas alguma coisa de adolescente.

— Tudo bem, repita depois de mim — disse a mãe. — *Vou manter meu telefone carregado e responder a todas as mensagens da minha mãe imediatamente, e com palavras, não com emojis.*

— Vou manter meu telefone carregado e responder a todas as mensagens da minha mãe imediatamente, e com palavras, não com emojis — repetiu Zoe.

— *Estarei de volta às 23h. Não vou correr riscos nada maneiros ou desnecessários. Vou lembrar que tenho uma família que me ama e me apoia e não pode viver sem mim.*

— Está bem, não vou repetir tudo isso — disse Zoe.

— Contanto que você preste atenção — retrucou a mãe.

Zoe abraçou a mãe e empurrou Rufus de brincadeira como despedida.

— Sem riscos nada maneiros ou desnecessários! — gritou a mãe. Mas Zoe já havia saído.

dezessete

Sinceramente, o simples fato de permitir que Val dirigisse era um risco desnecessário. Val raramente usava os retrovisores — parecia pensar que eram enfeites — e trocava de faixa não quando via que era seguro, mas quando se cansava de esperar. Dirigia no meio da estrada, com as linhas amarelas a toda velocidade passando por baixo do carro. Dirigia como se um vírus apocalíptico tivesse surgido e ela tivesse que entregar o antídoto aos cientistas em doze minutos. Essas viraram piadas recorrentes. Com frequência, quando Zoe implorava, implorava, *implorava* a ela que diminuísse a velocidade, Val gritava:

— Mas e os cientistas?!?

Pegaram a rodovia 93 para a House of Huns, onde Dallas estava terminando um turno na grelha. Eram sete da noite. Tinha chovido, e o asfalto parecia prateado sob os faróis. À direita, o sol se punha atrás das montanhas, como se fosse o fim de um filme.

Dallas havia pedido demissão da House of Huns com uma mensagem bem dura porque o rei Rugila, que na verdade se chamava Sandy, se recusou a deixá-lo sair do trabalho para ir fazer espeleologia com Zoe. No entanto, descobriram que muitas mulheres de meia-idade levavam seus filhos ao restaurante só porque achavam Dallas uma graça, principalmente quando cozinhava sem camisa, com as tiras de couro cruzadas sobre o peitoral. Dezoito mães apresentaram uma queixa ao chefe do rei Rugila, que se chamava Átila, embora seu nome fosse Todd. Átila implorou a Dallas que voltasse — o que ele fez, depois de exigir que fosse promovido e chamado de Mundzuc.

Zoe e Val foram recebidas na porta pela batida de um gongo do tamanho de uma minipizza e um cântico de *Furg! Grrrr! Furg!* dos cozinheiros na grelha. Saudar os clientes assim que chegavam era uma das "novas iniciativas" de Dallas. Também pediu aos cozinheiros que inventassem histórias para seus personagens; levar a sério os cuidados com os pelos do peito ("Alguns de vocês já estão fazendo um trabalho consistente, e isso é *incrível*"); e deixar crescer bigodes compridos, caídos e bárbaros, ou comprar bigodes falsos.

Dallas havia se trocado e estava vestindo uma camiseta vermelha do Grizzlies, jeans e uma jaqueta surrada de oleado marrom, mas ainda usava seu chapéu de huno pontudo com borda de pele. Estava fofo e um pouco ridículo, o que Zoe sempre achou um bom look para ele.

— Como vão as "novas iniciativas"? — perguntou ela.

Dallas murchou.

— Estamos enfrentando uma certa negatividade — disse ele. — Tipo, alguém acabou de cutucar minha bunda com uma lança e *ninguém* quis me dizer quem foi. Mas esses caras vão ser hunos quando eu acabar com eles... ou, juro, todos vão ter que arrumar emprego na loja de iogurte.

Dallas acenou com a cabeça para Val.

— Eu sei que Zoe é sofisticada demais para comer aqui, mas vocês querem que eu prepare alguma coisa para vocês antes de irmos? — perguntou ele.

Zoe e Val olharam por cima do ombro de Dallas para a grelha circular. Era um campo de batalha de comidas irreconhecíveis, a maioria congelada e de um tom de cor-de-rosa doentio. O bigode falso de um cozinheiro havia caído, e ele estava tentando retirá-lo de uma porção de macarrão soba escaldante com os dedos.

— Não, obrigada — disse Val, de um jeito doce. — Prefiro que você aperte minha cara naquela grelha.

— Essa coisa de ser *hater* é tão ultrapassada — retrucou Dallas.

— Prefiro ser assim — disse Val. — Porque acredito nisso.

Zoe ficou aliviada porque os dois estavam brigando de novo, em vez de se unirem contra ela por causa de X. A ordem havia retornado àquele pequeno sistema solar.

— Quando você vai nos dizer pra onde vamos hoje à noite? — perguntou Zoe.

— Em breve, Zo — respondeu Dallas. — Em breve.

Ele tirou o chapéu de huno e o jogou para o cozinheiro, que estava tentando colocar o bigode falso de volta.

— *Neg khatai bugdiig, mur!* — disse Dallas para ele.

— Mundzuc, para com isso, não faço ideia do que significa — disse o cozinheiro.

— Significa... — Dallas balançou a cabeça, decepcionado. — Só significa tenha cuidado com o meu chapéu.

DALLAS PERGUNTOU A VAL se poderiam dar uma parada em um posto de gasolina. Ele entrou e saiu com uma garrafa de dois litros de Sprite e um saco plástico cheio de guloseimas e biscoitos. Falou a Val para virar à direita na rodovia 93.

— Uma pista! — exclamou Zoe. — Estamos indo para algum lugar... ao Norte.

Passaram pela fábrica de fuzis, pela igreja Flathead Valley Cowboy, pelos campos solitários ainda despertando do inverno. Como sempre, quando os três estavam em um carro, não conseguiam ligar o rádio sem iniciar uma guerra séria — Zoe amava country, Val era obcecada por pop e Dallas só ouvia hip-hop —, então, viajaram em silêncio. Zoe conseguia sentir Dallas ficando tenso no banco detrás. Em geral, não era uma pessoa ansiosa. O que quer que fossem fazer estava deixando o amigo nervoso.

— Tudo bem? — perguntou ela. — Quer fazer rap para nós?

— Não, mas obrigado por reconhecer minha arte — disse Dallas. — Estou bem.

Claramente não estava.

— Quer que *eu* faça rap? — quis saber Zoe.

Dallas riu.

— Não, mas aposto que você arrasaria, cara — ele disse. — Você mandaria um papo bem reto.

— Isso — concordou Zoe. — Sim, eu *daria* mesmo um papo reto.

Ela estendeu a mão para trás e o empurrou de brincadeira, como tinha empurrado Rufus. Ela decidiu que essa seria a nova maneira de interagir com as pessoas de quem gostava. Por que não? Funcionava aos doze anos. Sentiu que tinha sorte porque, embora tivesse perdido tanta coisa durante o inverno, ainda havia muitas pessoas boas que queria empurrar.

— Se não quer nos contar para onde estamos indo — disse ela —, fala por que precisamos desse monte de belisquetes?

Estava ficando escuro. Passaram pela concessionária de carros, onde centenas de para-brisas brilhavam sob a última luz do dia.

Dallas inclinou-se para a frente no banco detrás.

— Tudo bem, escutem, mas não falem nada até eu terminar — disse ele. — Vamos para a montanha.

— Eu não tenho esquis — disse Val. — Além disso, a temporada de esqui terminou ontem, não foi?

— Deixa ele terminar, Val — disse Zoe. — Não ouviu as instruções? Era só *uma*!

— E a razão pela qual não tenho esquis é que *não esquio* nem *nunca* vou esquiar — continuou Val. — Estou aqui pelas guloseimas, então, continue.

— Você é muito parecida comigo — disse Zoe a ela —, mas com, tipo, *mais* de mim adicionado.

— Que fofo! — disse Val. — Dallas, me desculpe por interromper.

— Vou falar rápido — disse Dallas. — Sim, a temporada de esqui acabou, mas estão deixando as pessoas andarem nos teleféricos enquanto fazem a manutenção, e Mingyu está trabalhando nos teleféricos... e eu vou chamá-la para sair.

— Uau — disse Val.

— Arrasou! — disse Zoe. — Uhú!

— Preciso que vocês sejam minhas... minhas amigas de apoio, parceiras de apoio ou... Ah, sei lá — disse Dallas. — Val, sei que você vai querer tirar sarro da minha cara, mas, por favor, não faça isso. Beleza, cara?

— Não vou fazer isso, mano — afirmou Val. — Eu gosto da Mingyu. Ela é esquisita e não é muito agradável.

— Não é? — disse Dallas. — Amo isso nela.

— Quer dizer, aquela banda da qual ela participa é... é *horrível* — continuou Val. — Sou meio obcecada por eles. Quando todo mundo saiu correndo daquele baile aos berros no ano passado, eu e a Gloria ficamos.

— Olha, ela ainda pode recusar — disse Dallas. Ele levantou o saco de guloseimas. — Se fizer isso, vou comer tudo isso sozinho.

— Ela vai aceitar — disse Zoe. — Faz meses que a chamamos de *A garota que vai dizer sim*.

— Sim, por favor, nunca, nunca diga a ela que eu a chamei assim — pediu Dallas.

— Estou orgulhosa de você — comentou Zoe. — Eu não tinha certeza se você faria isso.

— Eu tinha certeza de que você não faria — revelou Val.

— É que Val está com Gloria... Aliás, fiquei chateado por ela não estar aqui — disse Dallas.

— Obrigada — disse Val. — Eu também.

— E, Zoe, você tem aquele cara *infernal* — comentou Dallas. — Sei que você não quer que eu fique esperando. E falei para mim mesmo que não estava esperando, mas agora acho que talvez eu estivesse. — Ele fez uma pausa. — Eu gosto de Mingyu de verdade. E, se ela não ficar chateada por eu ser meio garanhão, o que sinceramente nem está no meu controle, acho que pode gostar de mim.

— Vai, sim — afirmou Zoe.

— Com certeza vai — disse Val.

Val até estendeu a mão para bater na dele, embora, como ela estava olhando na direção errada, demorou um pouco para encontrar.

Zoe acenou para Mingyu quando a viram embaixo do teleférico. Era uma coisa estranha de se fazer porque não eram realmente amigas, mas Zoe estava animada e não conseguiu se conter. Confusa, Mingyu franziu a testa e olhou para trás para ver quem Zoe estava cumprimentando.

Dallas estava nervoso. Queria andar de teleférico por um tempo para poder descobrir exatamente o que diria para *A garota que, assim ele esperava, provavelmente diria sim*.

Os três arrastaram-se até o teleférico, e uma onda de "ois" voou por toda parte. Mingyu estava vestida de preto, exceto por um gorro rosa berrante. Seu baixo, que ela aparentemente tocava desligado quando não havia ninguém na fila, estava encostado no galpão de controle. Ela não parecia feliz nem infeliz em vê-los, o que deixou Zoe nervosa por Dallas.

— Amamos sua banda — disse Zoe.

Val olhou para ela: *Que porra é essa?* Você *não ama a banda dela!* Eu *amo a banda dela!*

— Obrigada? — disse Mingyu, desconfiada. — Teleférico de cadeirinha ou de gôndola? Vai demorar um minuto para uma gôndola.

— Gôndola — Dallas disse, rápido demais. Ele se virou para Zoe. — A Slim Reaper não se importa se as pessoas gostam deles, eles realmente preferem que as pessoas não gostem. — Ele virou-se para Mingyu: — Certo?

Mingyu ficou impressionada.

— Você viu isso no nosso site por acaso? — perguntou ela.

— Caramba, isso mesmo, eu olhei no seu site — respondeu Dallas. Seu charme parecia estar funcionando de novo, mas, por outro lado, seu nervosismo tomou conta dele e ele acrescentou: — Eu gosto de... sites.

Um teleférico de gôndola veio flutuando, como uma bolha, encosta abaixo. Mingyu viu a sacola de guloseimas pendurada na mão de Dallas.

— Por favor, não faça sujeira — disse ela. — Porque sou eu que vou ter que limpar.

— Não vamos fazer — prometeram eles, quase em uníssono.

— Quer um biscoito? — ofereceu Dallas.

— Ah, aceito — disse Mingyu. Zoe achou que ela não diria mais nada, mas, então, ela disse: — Deviam fazer esses biscoitos pretos e chamar de bisgóticos. Podiam ter sabor de alcaçuz.

— Parece nojento — disse Dallas.

Mingyu sorriu pela primeira vez.

— *Muito* nojento — confirmou ela.

— Mano, eu comeria, de verdade — disse Dallas.

— Eu comeria uma caixa inteira — falou Mingyu.

Logo Zoe, Val e Dallas estavam em uma gôndola de teleférico, a encosta da montanha passando por baixo deles.

— Foi muito bom, né? — disse Dallas.

Zoe e Val concordaram.

— Acho que ela vai dizer que sim quando eu a chamar para sair — disse Dallas.

— Quando exatamente você vai chamá-la? — quis saber Val.

— Já, já — respondeu Dallas.

Zoe olhou para fora de sua grande bolha enquanto subiam a montanha cada vez mais escura, o que a fez lembrar do final de *A fantástica fábrica de chocolate*, quando Charlie e Willy flutuam sobre a cidade em um elevador de vidro. Dallas estava tão preocupado em não fazer sujeira na gôndola do teleférico que, toda vez que uma embalagem caía no chão, ele se lançava para pegá-la e a enfiava no bolso.

Zoe sentiu uma pontada de inveja por Dallas e Mingyu. Não era porque estava preocupada em perder Dallas como amigo — ela sabia que isso não aconteceria —, mas porque sentia falta de X. Sentia como se parte de alguma coisa houvesse se rompido no meio, como se um lado de seu corpo fosse apenas uma lágrima alongada e irregular.

Ela olhou para Dallas e Val e tentou se concentrar na conversa. Dallas estava perguntando como exatamente deveria chamar Mingyu para sair.

— Acho que você tinha que dizer bem alto: "Mingyu, eu *shippo* a gente... e eu não estou nem aí para quem já sabe disso!" — sugeriu Val.

— Sério? — quis saber Dallas.

— Ai, minha nossa, não, *não* fale isso — interveio Zoe. — Val está te zoando. — Ela fez uma careta para Val. — Pare de ser maldosa.

— Mas eu sou maldosa — retrucou Val.

Zoe desligou-se da conversa. Não conseguia parar de se perguntar onde X estava naquele segundo.

Algum senhor provavelmente estava lhe dizendo que ele não era *nada* nem *ninguém*. X havia acreditado nisso no passado. Zoe temia que acreditasse de novo. Ele contou a ela sobre um dos senhores. *Dervish*. Esse era o nome dele. Pele cinza. Rosto pontudo como o de um rato. Era o psicopata que destruiu a casa deles — aquele que tentou matar Jonah. Agora, X estava de volta àquele buraco, e provavelmente à mercê de Dervish. Ela devia ter implorado a ele que não voltasse?

Val e Dallas estavam encarando Zoe, porque ela não falava havia muito tempo.

— Onde você está agora? — perguntou Val.

— Quem sabe? — disse Zoe.

O teleférico diminuiu a velocidade ao chegar à plataforma no topo da montanha. Zoe abriu a porta e saiu.

— Preciso caminhar um pouco — disse ela. — Desculpem.

Ela fechou a porta antes que pudessem contestar. A gôndola do teleférico girou no eixo. Enquanto ela descia a encosta, Val bateu no vidro lá de dentro e murmurou: *Você está bem?*

Zoe respondeu, sem emitir som:

— *Estou bem. Estou bem.*

Mas não estava.

ELA SE AFASTOU DO teleférico. Suas botas eram finas demais para tanta neve. O couro começou a escurecer. Mas ela queria ficar sozinha, estar em algum lugar onde ninguém pudesse vê-la. Olhou para a pousada deserta: as cadeiras estavam de cabeça para baixo em cima das mesas. Uma bola branca estava sobre a mesa de bilhar, solitária como a lua.

Ela testou a fechadura da porta. Fechada, claro.

Em uma placa manuscrita, lia-se: "Não estamos abertos. Encontre outra coisa para fazer da vida!"

Havia uma pequena plataforma para que os esquiadores pudessem chegar às encostas do Norte. Estava abandonada naquele momento. Zoe atravessou-a com dificuldade e olhou adiante. O sol já havia se posto, mas a noite ainda se formava sobre o vale. A escuridão escorria por tudo, dissolvendo a luz e a cor como um experimento científico.

Ela começou a descer a encosta. A neve cedeu e Zoe afundou até os joelhos. Em vez de lutar, ela olhou para o vale e soltou um berro. Foi libertador — como se ela estivesse enviando a nuvem obscura em seu peito para se juntar ao restante da escuridão.

Cem metros abaixo na encosta, uma lanterna piscou.

O feixe girou em sua direção.

Merda.

Zoe não conseguiu ver um rosto, nem ombros, nem forma. O brilho ficou mais forte quando quem quer que fosse se aproximou. Ela não gostava de ter aquela coisa apontada para ela. Voltou a subir a encosta, caindo na neve, subindo um pouco mais e caindo de novo. Podia sentir o feixe se aquecendo em suas costas. O que era impossível. Ou deveria ser.

Ouviu alguém atrás dela.

Não poderia ser X — ele saberia que aquilo a irritaria.

Que se dane, pensou ela.

Ela se virou e olhou.

Um homem de túnica azul veio em sua direção. Era bonito, de pele escura, mais alto que X. A luz vinha da palma de suas mãos. Ainda estava a trinta metros de distância quando falou, mas foi como se sussurrasse em seu ouvido:

— Chamam-me de Regente. Você já ouviu falar de mim?

— Sim — disse Zoe, aliviada. — Você é o cara legal. O que você quer? Me deu um *baita* susto!

— É assim que você se dirige a todos? — questionou Regente.

— Geralmente sim — respondeu Zoe.

Regente esboçou um leve sorriso.

— Temos negócios a tratar, você e eu — disse ele.

Ele apontou para a pousada.

— Não consegui entrar — explicou Zoe.

— Talvez eu consiga — disse ele.

Foram até a porta, e Regente enfiou a mão no vidro como se fosse uma poça de água. Zoe seguiu-o até o restaurante, que estava apenas um pouco mais quente que a montanha. Ela tateou as paredes em busca de interruptores, mas tudo havia sido desligado.

— A eletricidade está desligada — disse ela.

Tudo o que Regente precisou fazer foi tocar as arandelas ao longo das paredes com a ponta dos dedos, e elas brilharam, emitindo não apenas luz, mas calor. Os dois sentaram-se a uma mesa de madeira, que estava vazia, exceto por saleiros e pimenteiros, um pote de envelopinhos de adoçante e um anúncio de uma bebida chamada Powder Hound.

Regente parecia grandioso demais para o lugar, como um rei na cozinha. Por acidente, colocou as pernas de sua cadeira sobre seu manto, rasgando-o um pouco quando ele a puxou até a mesa.

Zoe pegou um envelopinho de adoçante do recipiente e o girou sobre a mesa.

— Isso é estranho — disse ela.

Regente pareceu assentir. Seus olhos encontraram a mesa de bilhar.

— Sabe jogar? — perguntou Zoe.

— Não — respondeu ele. — Meu pai tinha uma mesa de bilhar entre as suas posses em Portugal, mas tinha aros e rampas. Havia até um pequeno castelo, no qual era preciso depositar a bola de alguma forma.

— Você está falando de minigolfe — explicou Zoe.

Regente lançou para ela um olhar confuso.

— Você é português? — quis saber Zoe. — Achei que viesse da África.

— Você não é a primeira — afirmou Regente. — Corrigi as pessoas por cento e cinquenta anos, então percebi que não me importava de verdade com o que acreditavam.

— Desculpe — disse Zoe. Ela girou o pacotinho cor-de-rosa. — X está bem? Por que você está aqui?

— Ele não sente dor, além da dor de sentir sua falta — comentou Regente. — Ele implorou para vir até aqui no meu lugar. Eu neguei, pois toda vez que eu o mando para o Mundo de Cima, o caos se instaura.

— Eu sei — afirmou Zoe. — Seu amigo Dervish tentou matar meu irmão.

— Dervish não é meu amigo — explicou Regente. — E, acredite ou não, mas eu sabia que Jonah estava em segurança quando derrubamos sua casa. Assim como Dervish. Estamos proibidos de tirar a vida de um mortal inocente. É sorte, pois Dervish já teria deixado um rastro de sangue no mundo.

— Ele ameaçou minha família tantas vezes — disse Zoe. — Ele estava *blefando*?

— Até eu o acho convincente — confessou Regente.

Zoe voltou à sua pergunta original.

— Quero saber de X — disse ela. — Ele encontrou a mãe?

— Ainda não — respondeu Regente. — Mas a busca continua.

— Ele disse que você a conhecia. É por isso que você está ajudando?

— É, em parte é isso, e não é pouca coisa. Se você conhecesse Versalhes...

— Era o nome dela? — perguntou Zoe. — É lindo.

— Ela fez por merecê-lo — afirmou Regente.

— Você era apaixonado por ela?

Regente afastou-se da mesa, rasgando o manto novamente.

— Sabe, é possível *imaginar* uma coisa sem deixá-la escapar dos lábios imediatamente.

— É mesmo? — retrucou Zoe. Ela pegou mais alguns pacotes de adoçante e construiu uma torre. — Você era apaixonado por ela?

— Não, por acaso, não era — disse Regente. — Se você quer saber, meu coração expirou muitos anos antes de *mim*.

— Não entendi — disse Zoe. — Como assim?

Regente suspirou.

— Nos meus dezenove anos, meu pai contratou uma mulher para plantar cerejeiras em seu vinhedo — disse ele. — Depois de dois meses, anunciei que a amava, pois era muito vaidoso e presumi que ela também me amava. Lembro-me de dizer a meu irmão mais novo: "Como ela poderia não se abalar, quando sou eu o abalador?"

— "Abalador" existe? — disse Zoe.

— Já existiu — disse Regente.

Ele foi até a mesa de bilhar e quicou a bola branca nos cantos. A bola girou em torno da mesa sem parar nem diminuir a velocidade. Regente vasculhou os bolsos e colocou mais três em ação. As bolas passaram uma pela outra sem colidir.

— O que aconteceu com a garota do vinhedo? — quis saber Zoe.

— Ela escolheu meu irmão — respondeu Regente. — Então, eu o matei.

Ele atravessou a sala até se aproximar das janelas. A noite transformara-as em espelhos.

— Eu o estrangulei. Nossa mãe gritou para eu parar. Os criados vieram correndo, mas ninguém conseguiu me tirar de cima dele. Meu pai poderia ter feito isso, mas estava longe, como de costume. Experimentando uvas, provavelmente. — Regente fez uma pausa. — Você acreditaria em mim se eu dissesse que eu amava muito meu irmão? Eu amava. No entanto, naquele momento, não vi meu irmão. Vi apenas um obstáculo entre mim e o que eu queria. — Ele se voltou para Zoe. — Já expliquei o bastante a morte do meu coração? — questionou ele, e Zoe assentiu com a cabeça.

— Há quanto tempo você carrega essa culpa nas costas? — perguntou ela.

— Duzentos e setenta e oito anos — disse Regente.

— Cara — disse Zoe —, deixe isso *para lá*.

— Não consigo. O peso nas minhas costas agora faz parte do meu corpo. A questão é que eu também amei alguém uma vez, e lembro-me bem de como isso incendeia tudo em você.

— Nada parece real agora — disse Zoe. — Não consigo dormir. Não consigo me concentrar. As pessoas falam, e levo uma eternidade para descobrir que estão falando comigo.

— Eu me lembro dos sintomas — disse Regente. — E acredito que posso aliviar um pouco os seus, oferecendo-lhe uma tarefa. Há alguém que X está desesperado para encontrar. Se conseguir localizar o homem, talvez conversar um pouco com ele, acredito que isso acalmará muito X.

Regente pediu um pedaço de papel e uma caneta. Zoe encontrou um marcador atrás do bar e arrancou da porta a placa que dizia "encontre outra coisa para fazer da vida", para que pudesse escrever um nome atrás dela.

A caligrafia de Regente parecia um convite para um casamento.

— Este — disse ele — é o pai de X.

Zoe saiu correndo da pousada, desesperada para pesquisar o nome no Google.

Ergueu o celular bem alto, esperando que a ajudasse a conseguir sinal, o que não funcionou.

Regente varreu a neve atrás dela, enquanto descia a encosta embaixo do teleférico, primeiro de forma lenta e calma, em seguida, mais rápido e sem tanta calma. O papel estava enrolado em sua mão. Não conseguia dobrá-lo. O papel, o nome, a caligrafia — tudo parecia sagrado.

Havia estrelas salpicadas no céu, mas, fora isso, a escuridão havia ocupado tudo, como uma cúpula. Ela mal conseguia enxergar.

Ela gritou para Regente, que estava atrás dela.

— Obrigada por isso — disse ela. — Por tudo.

— O pai de X está mais perto do que você pode imaginar — avisou Regente. — A mãe de X vivia nestas montanhas e, quando se tornou uma senhora, às vezes voltava apenas para observá-las.

— Ela morava aqui? — perguntou Zoe.

— Morou a vida inteira — disse Regente. — Conheceu Timothy Ward vinte anos atrás.

— Vou encontrá-lo — afirmou Zoe. — Aposto que consigo encontrá-lo hoje à noite.

Ela olhou para o teleférico, procurando por Val e Dallas. Cadeirinhas e gôndolas vazias rangiam acima.

— Um conselho de cautela — disse Regente. — O sr. Ward provavelmente não sabe que tem um filho... e certamente não sabe que seu filho nasceu em uma escuridão além da vida. Não permita que quaisquer palavras sobre a Terrabaixa deixem seus lábios. Se o pai for parecido com o filho, partirá em uma busca apaixonada, enfurecerá os outros senhores e sua segurança estará acabada. Mesmo agora, este colar de ouro queima meu pescoço para me avisar que corro um grande risco ao confiar em você.

— Entendi — disse Zoe. Gesticulou para o colar. — Por que simplesmente não tira essa coisa?

— Porque meus poderes desapareceriam se eu o fizesse — esclareceu Regente. — E, então, Dervish e outros como ele se rebelariam.

Zoe ouviu Val chamando por ela.

Regente pegou as mãos pequenas e frias de Zoe nas suas. O calor invadiu a garota.

— Cuide-se, Zoe Bissell — pediu Regente.

— Você também, sr. Regente.

Havia mais alguma coisa que Zoe queria dizer, mas não conseguiu. Regente virou-se. Ele desapareceria em um instante.

— Será que vou conseguir contar a X como é o pai dele? — disse Zoe. — Vou conseguir trazer X para conhecê-lo?

A próxima frase foi a mais difícil de falar em voz alta. As palavras pareciam estar presas dentro dela.

— Será que algum dia verei X de novo?

— Ele acredita que sim — disse Regente. — Não tenho tanta certeza. Não vejo vantagem em mentir para você.

— Vai dizer a ele que eu o amo? — perguntou Zoe. — Você vai dizer a ele que estou *abalada*, e ele foi o abalador?

— Vou usar essas mesmas palavras — prometeu Regente.

Um pensamento pareceu lhe ocorrer. Ele olhou ao redor e seus olhos caíram em uma encosta branca e íngreme onde uma montanha vizinha se erguia acima deles.

— Vou deixar um presente para você — disse Regente. — Talvez isso lhe dê consolo.

Ele ergueu a palma da mão em direção à face do penhasco, e a neve começou a brilhar. Um filme passando no vazio.

O filme era de X.

Zoe viu como ele estava naquele exato instante, descansando recostado a uma parede de pedra em um túnel, com o rosto entre as mãos. Zoe implorou silenciosamente para que ele se erguesse, para que ela pudesse ver seus olhos.

Val avançou pela neve até ela, gritando:

— Você está bem? Está machucada? Por que você está me fazendo colocar em risco minha beleza?!?

Zoe não respondeu.

Na tela nevada, X finalmente ergueu a cabeça e pareceu olhar diretamente para ela. Zoe ficou imóvel — sua respiração, seu sangue, tudo.

Ela encontraria o pai de X. E ela veria X novamente — não tinha ideia de como, mas veria. Não importava que Regente duvidasse disso.

Val caminhou até Zoe e se jogou na neve ao lado dela.

— O que você está olhando?

Zoe apontou para o penhasco.

— X — disse ela.

— Não há nada lá em cima além de neve — comentou Val. — Você está pirando. Faz quanto tempo que você está aqui?

Então, Zoe percebeu o que Regente havia feito.

X era só para ela.

DALLAS FOI AO SOPÉ da montanha para finalmente chamar Mingyu para sair. Zoe e Val desceram de teleférico no escuro. Apenas o lado de baixo da lua estava iluminado, escurecendo e clareando conforme as nuvens passavam na frente dele. Zoe balançava o joelho com impaciência, como se isso fosse fazer o teleférico avançar mais rápido. Ela não contou a Val sobre o pai de X. Não estava pronta. Quando desceram das cadeiras, ela correu para o estacionamento, onde sabia que conseguiria sinal. A lama chegava até os tornozelos e respingava enquanto ela corria.

Zoe só conseguiria fazer uma ligação se ficasse no para-choque do jipe de Val. Tirou as luvas e tentou digitar "Timothy Ward Montana". Estava tão nervosa que escreveu o nome errado duas vezes. Na terceira tentativa, recebeu 459.000.000 de resultados, a maioria dos quais não chegava nem perto, como *Tim Montana de Ward, Flórida*. Zoe precisou se conter para não jogar o telefone longe.

Mas, espere aí. Havia um artigo, do jornal *Flathead Beacon*, sobre um biólogo selvagem no Parque Nacional Glacier. A manchete era "Uma vida à parte". A foto mostrava um homem de cinquenta anos em sua sala de estar, com a escultura de um urso ao seu lado. Zoe reconheceu o sorriso tímido de X.

Caceta. Lá estava ele.

Ela ouviu passos e ergueu a cabeça, vendo Val e Dallas atravessando o estacionamento.

— O que ela disse? — gritou ela. — O QUE MINGYU DISSE?

Dallas não respondeu. Não havia sido bom.

Zoe saltou do para-choque e caminhou na direção deles.

— Conte tudo — disse ela.

Ficaram parados no estacionamento frio, vapor saindo da boca, como se estivessem fumando cachimbos.

— Ela disse que *talvez* — respondeu Dallas. — Eu nem sabia que era uma opção, mas tudo bem. Estou bem.

— Conte sobre as listas — disse Val.

— Ela quer uma lista dos meus cinco livros, discos e programas de TV preferidos… antes de tomar uma decisão — explicou Dallas. — É, tipo, sei lá, tipo um processo seletivo? Ela foi muito rígida sobre isso. Eu falei: "Para com isso, eu te dei um biscoito!" E ela falou: "Um biscoito não me compra!" Então eu disse: "Que tal um bisgótico?" E ela respondeu: "Está bem, *talvez* com um bisgótico." Foi uma boa sacada, certo?

— Muito boa — disse Zoe.

Ela contou para eles sobre Regente, sobre a placa que dizia "encontre outra coisa para fazer da vida", sobre o nome que Regente havia escrito atrás dela.

Ficaram boquiabertos. O ar parecia estar mais frio ainda ali fora. Zoe olhou para o telefone. Reconheceu a escultura do urso agora também. Era uma das obras de motosserra de Rufus. Tinha que ser.

— Aposto que esse cara conhece o Rufus — comentou ela. — Não seria incrível? Qual é a chance de isso acontecer?

— Na verdade, bem grande — disse Val com frieza. — Tem, tipo, *nove* pessoas em Montana.

Zoe sabia que Val só estava preocupada com ela.

— Vamos encontrar esse cara — disse ela.

— Vai com calma, cara — falou Dallas.

Zoe pensou na tatuagem no ombro de Dallas.

— O que aconteceu com *Nunca não pare!*? — perguntou ela.

— Pode parar, eu tinha dezesseis anos quando fiz essa tatuagem — disse ele. — Agora sei que tem consequências para as coisas. Não se pode simplesmente andar por aí no ritmo do *nunca não pare*.

— Estou com Dallas — Val disse. — Você precisa pensar nisso direito.

— Eu *pensei* — afirmou Zoe. — Agora, só preciso de uma carona.

Tinha certeza de que topariam. Ela subiu no para-choque e mandou uma mensagem para a mãe.

Volto mais tarde do que pensei. 1 da manhã, pelo menos. Certo? Certo.

Sua mãe respondeu antes mesmo que Zoe pudesse colocar o telefone no bolso: *Espera, o quê, não! NADA CERTO. NÃO é assim que fazemos as coisas.*

Como fazemos as coisas?? Vou enviar uma selfie para mostrar que estou bem e não estou chapada de metanfetamina. (Aliás, você fumou toda a nossa meta?)

O flash da câmera iluminou o estacionamento.

— A Val pode me deixar em casa, e vocês duas podem ir — disse Dallas. — Mas eu não topo. Sinto muito, Zoe. O velho Dallas iria com vocês. Mas o velho Dallas estava por perto esperando você.

— Entendi — disse Zoe. — Estou feliz por você e Mingyu. Vai rolar. Sei que vai.

O telefone dela tocou. Era sua mãe de novo.

Fazemos as coisas com INTENCIONALIDADE E PREVISÃO, Zo. Essa foto só me mostra que você é linda, o que eu já sabia. Quero você de volta aqui em 20 minutos.

Não, mãe. Desculpe.

Zoe olhou para Val e disse:

— Por favor, vamos até o Glacier comigo? Estou usando minha voz mais doce.

Outra mensagem de sua mãe: *NÃO? DESCULPE? Por que você está se comportando assim, Zo? Está desidratada? CHEGA DE MÁS DECISÕES. Val está com você? Val é mais inteligente que isso.*

Saco. Agora o telefone estava tocando também.

Espera, mamãe! Zoe mandou uma mensagem. *Alguém está me ligando.*

Era... Val.

— Ai, minha nossa, já falei para você não me ligar quando eu estiver do seu lado — reclamou Zoe.

— Espere um segundo — disse Val. — Estou ao telefone.

— Não vou atender. Por que você é tão bizarra?

— Hum, ninguém atende. Vou deixar uma mensagem.

Val inclinou a cabeça para a frente e para trás em uma espécie de tique-taque enquanto esperava pelo bipe, depois deixou a seguinte mensagem: *"Vou levar você ao Glacier porque você me manipulou emocionalmente, mas só para deixar claro: você está cometendo um erro e essa coisa toda vai dar merda."*

Zoe foi abraçá-la. Val não permitiu.

Quando chegaram à casa de Dallas, ele disse a elas que esperassem um minuto. Abriu o porta-malas de seu 4Runner, no qual havia uma imensidão de equipamentos de espeleologia, e tirou duas mochilas laranja. Entregou uma para Zoe e a outra para Val.

— Para o Glacier — disse ele. — Só se precisarem.

Quando Zoe perguntou o que havia nelas, ele disse:

— Umas merdas para sobrevivência.

Ela virou a mochila para olhá-la.

— Entendi.

Na frente da mochila, em letras maiúsculas grossas, Dallas havia escrito, M*RDAS PARA SOBREVIVÊNCIA. Na frente da de Val, ele escreveu, MAIS M*RDAS PARA SOBREVIVÊNCIA. Os asteriscos fizeram Zoe sorrir. Dallas sempre se preocupou em não deixar os adultos escandalizados.

— Preciso delas de volta — avisou ele. — Fiz para mim e para Mingyu. Acho que me precipitei.

Zoe e Val agradeceram e saíram da garagem. Val ainda estava irritada e ligou na estação de música pop que Zoe odiava. Zoe só olhava para a foto de Timothy Ward em seu telefone. Ela encontraria o pai de X naquela noite.

Sua mãe não parava de mandar mensagens. Os pequenos zumbidos continuaram, como se estivesse no dentista. Zoe enfiou o telefone no casaco. De vez em quando, ele acendia de um jeito raivoso e fazia seu bolso brilhar.

A última mensagem que ela se deu ao trabalho de ler foi: *Zo? Você está aí? POR FAVOR, POR FAVOR, pense no que más decisões trouxeram para a nossa família.*

dezoito

A DIREÇÃO DE VAL piorava quando ela estava irritada: até Mad Max teria encostado e deixado ela passar.

A estrada fazia curvas infinitas conforme desciam em direção ao vale. Val deixava os pneus derraparem, pisava no freio, derrapava de novo. Por duas vezes, Zoe sentiu os pneus saírem do asfalto e barulharem na terra, o que fazia seu queixo bater.

— Acho que vou acionar o airbag agora — disse ela. — Só para ficar tudo pronto.

Val tirou os olhos da estrada — não que eles estivessem realmente *na* estrada — e a encarou.

— Você está bancando a idiota hoje — disse ela.

— Não acho — discordou Zoe.

— *Não acho* — imitou Val. — É uma coisa bem idiota de se dizer. — Ela bateu com o punho no volante. — Quando Dallas e eu pensamos que uma coisa é uma má ideia, é porque é uma má ideia.

— Por que você está tão brava? — perguntou Zoe. — Isso nem está nas dez coisas mais estúpidas que já fiz.

— O parque vai ficar deserto e escuro pra cacete — disse Val. — E não sou tão fã da natureza e intrépida quanto você, Zoe. Eu gosto de televisão. Gosto de fazer as unhas da Gloria. Gosto de *cochilar*.

— Eu gosto de cochilar!

— Ai, faça-me o favor. Você *diz* que gosta de cochilar, mas não gosta... não como eu!

Um par de cervos nervosos apareceu na beira da estrada, esperando para atravessar. Val berrou:

— Nem pensem nisso! — E passou por eles. — Você está descontrolada desde que conheceu X.

— Eita — disse Zoe.

— Mentindo a torto e a direito — continuou. — Você me fez mentir para Gloria, o que eu nunca tinha feito. A primeira mentira que contei para ela foi para proteger você... e a segunda e a terceira. Agora vou ter que mentir sobre aonde estou indo hoje à noite. Vai ser a mentira número quatro.

— Eu sinto muito por isso — disse Zoe.

— Mentira número quatro!

— Eu não sabia...

— Sei que não. Porque eu sou sua melhor amiga e quero que você fique com todos os garotos bonitos e todo o bolo e refrigerante que quiser. Mas é um perigo ficar perto de você. Sério, Zo. Já reparou que sua família nem casa tem mais?

— Tudo bem. Tudo bem, tudo bem, tudo bem.

— Tudo bem o quê?

— Tudo bem, *pare*.

Tudo o que Val havia dito era verdade. Zoe sabia que devia dizer a ela que desse meia-volta, mas não conseguiu falar. O carro parecia abafado agora. Claustrofóbico. Zoe inclinou-se para a frente para diminuir o aquecedor.

— Encontrei alguém que amo, e ele também me ama — disse Zoe. — Sabe como isso é difícil?

— Sou uma lésbica em Montana... com cabelo azul — retrucou Val. — Sim, eu sei como é difícil, obrigada. — Ela hesitou. — Vou te dizer uma coisa agora que vai irritar você. Mas, sinceramente, não estou nem aí.

— Fala — disse Zoe. — Desembucha.

— Acho que você se apaixonou tão rápido porque um monte de merda acabou de acontecer com você.

Zoe olhou para ela.

— Essa é a sua teoria genial?

— Sim — respondeu Val. — Cala a boca.

— Tudo bem, sim, é verdade — disse Zoe. — Eu estava confusa por causa do meu pai e dos Wallace. Claro. Me apaixonei por X mais rápido do que talvez eu me apaixonaria porque eu precisava mais disso. *Maaaas.*

— Lá vem — disse Val.

— *Mas* isso não significa que eu não o ame de verdade ou que qualquer coisa que você diga vá me fazer parar de amá-lo.

Ela encarou a janela enquanto as árvores passavam a toda velocidade.

— Não quero que você pare — disse Val. Sua voz estava mais baixa agora, quase inaudível por causa do rádio. — Não falei isso.

— É só que... — disse Zoe.

— É só que o quê? — questionou Val. — O que é só quê?

— Sei que estou sendo imprevisível — disse Zoe. — Sei que estou sendo egoísta. Mas estou apaixonada por alguém que talvez eu não consiga mais ver... ou falar, ou tocar... *nunca mais.* Tenho um cachorro morrendo na sala de estar. Tenho um pai que sempre mentiu para nós e depois simplesmente sumiu...

— Além disso, você é péssima em espanhol — completou Val. — Quer dizer, se vamos reclamar de tudo. Na Espanha, colocariam você no jardim de infância.

— É, tem isso também. Então, preciso de uma vitória. Se tudo o que acontecer for eu conhecer Timothy Ward e ele me lembrar um pouquinho de X, isso vai me ajudar a respirar por um tempo. Sei que parece idiota.

— Tudo bem — disse Val. — Tudo bem, tudo bem, tudo bem.

— Tudo bem o quê?

— Tudo bem, *pare*.

Zoe soltou um suspiro. O lado direito do carro saiu da estrada pela terceira vez.

— Você ainda me ama? — perguntou Zoe.

Val puxou o carro de volta para a pista.

— Só um pouco.

A ESTRADA PARA O Glacier estava escorregadia e vazia sob o luar. Val inclinou-se para mexer no rádio quando sua estação de música pop começou a sair de sintonia e quase atingiu um dos guichês de ingresso. Zoe abriu o zíper de sua mochila M*rda para Sobrevivência, tirou um capacete branco e o colocou.

— Engraçadinha — disse Val. — Na verdade, também quero um.

Zoe abriu o zíper da mochila Mais M*rdas para Sobrevivência e tirou um segundo capacete. Val inclinou-se para o banco do carona enquanto dirigia, e Zoe o encaixou na cabeça de sua amiga como uma coroa.

Quanto mais avançavam parque adentro, menos conversavam. Val dirigia mais devagar, o que, na verdade, era um mau sinal: ela estava nervosa. Uma chuva fina começou a cair, depois virou granizo. As pedras de granizo não eram maiores do que a cabeça de um alfinete, mas o barulho — o estalar insistente no teto, a forma como era amplificado no ar morto do carro — enervou Zoe.

— Como está a Gloria? — perguntou.

— Essa é a parte em que você pergunta sobre a minha vida porque se sente culpada? — Val devolveu a pergunta.

— Sim — disse Zoe —, e a próxima parte é aquela em que você me perdoa.

— É mesmo? — questionou Val. — Sério. Me lembre se eu esquecer. Gloria está péssima. O que espera que eu diga?

A ansiedade e a depressão de Gloria pioraram quando, anos antes, ela disse à família adotiva, com quem morava, que era gay. Seu pai adotivo a chamou de uma palavra horrível, então saiu da sala pé ante pé como se ela tivesse contaminado o ambiente. Sua mãe adotiva agarrou o objeto mais próximo — uma tesoura — e atirou nela. Errou, mas jogou a tesoura com tanta força que as lâminas se fincaram na parede.

Gloria tinha doze anos na época.

A família adotiva a expulsou. A assistente social que a levou embora fez com que ela se sentasse no banco detrás, o que era protocolo, mas fazia Gloria se sentir uma criminosa. Desde então, viveu cinco anos com uma família que a abraçou sem restrições, mas ela nunca, nunca falava sobre ser adotada. As feridas nunca cicatrizaram direito.

Agora, no carro, Zoe disse:

— Que merda, sinto muito. É a depressão?

— É tudo — respondeu Val. — Parte da razão pela qual ela fica deprimida é que está exausta por estar tão ansiosa o tempo todo. Se mando várias mensagens para ela, geralmente consigo tirá-la da cama para ir à escola. Mas, quer dizer, eu preciso perguntar coisas tipo: "Você está escovando os dentes? Me mande uma foto sua escovando os dentes." E eu nunca consigo convencê-la a sair com a gente. Tipo, quando foi a última vez que você a viu?

— Nem lembro — comentou Zoe. — Pensei que era porque vocês não gostavam de Dallas.

— Gloria, na verdade, ama o Heteronormativo — brincou Val. — Ela acha que ele é fofinho. *Não* diga isso a ele, pelo amor de Deus.

Dirigiam ao longo do rio Flathead, a estrada retraçando as curvas da água. Havia um penhasco subindo a poucos metros do lado do carona. À esquerda, Zoe mal conseguia distinguir o rio escuro. Isso lembrou-lhe de quando esteve no barco com X, o que lembrou-lhe do pai de X. Ela deu uma olhada na foto dele.

— Então vamos parar de falar sobre mim? — questionou Val. — Esse é todo o meu tempo de tela?

— Não — disse Zoe. — Desculpe. Quero saber mais. Por favor.

O granizo diminuiu, depois parou. Zoe não tinha percebido o quanto o barulho tinha abalado seus nervos. Mas, no minuto em que Val desligou os limpadores de para-brisa, a tempestade recomeçou — mais forte desta vez. Era como se alguém estivesse jogando pregos do penhasco.

— A depressão faz Gloria se odiar — disse Val. — Ela acha que não presta. Você sabe como estou obcecada por ela, certo?

— Cara — disse Zoe —, você fez um Tumblr sobre os pés dela.

— Não é? — concordou Val. — E tem, tipo, mil seguidores! Mas ela não acredita que eu a amo. Ela não entende que isso seja possível.

— X é assim às vezes — explicou Zoe. — As pessoas vêm dizendo para ele a vida inteira que ele não vale nada. Quero bater nesse povo com um tijolo até que eles morrem.

— Eles já não estão mortos? — perguntou Val.

— Então até que morram mais — disse Zoe.

— Mandei vinte e duas mensagens para Gloria ontem à noite. Ela não respondeu a nenhuma. Estava muito deprimida.

— Você deve ter surtado.

— Acha mesmo?

Faróis se materializaram ao longe, um par de olhos brilhantes vindo em sua direção. Zoe estremeceu, lembrando-se de Ronny, o Caçador Desequilibrado. Val seguiu para mais perto do penhasco para estar em segurança.

— Hoje de manhã, Gloria ligou e disse que passou a noite toda deitada em posição fetal no chão — disse Val. — Dormiu com as roupas de sair. Até os tênis e o casaco. Eu já a vi quando ela fica assim. Precisei levantá-la do chão. Hoje de manhã, ela disse: "Se você precisa de uma namorada diferente, tudo bem. Eu também não iria me querer."

O carro que se aproximava parou. Val mexeu nos limpadores.

— Se Gloria descobrir que menti sobre onde estou esta noite, vai dar uma grande merda — disse ela. — Não posso dar outro motivo para ela se odiar ou pensar que não a amo.

O motorista saiu do carro e tentou acenar para elas diminuírem a velocidade.

— Ele quer que a gente pare — disse Zoe.

— De jeito nenhum. Certo? Não vou parar. Não no meio da noite, no meio do nada. Não depois daquele maluco do Ronny.

— Tudo bem.

— O que você quer dizer com "tudo bem"? Devo parar ou não?

— Você disse que não ia parar! Só estou dizendo que tudo bem!

O homem era apenas uma silhueta. Havia puxado o casaco sobre a cabeça para se proteger do granizo. À medida que se aproximavam, ele acenou com mais urgência.

— Quer dizer, qualquer um que esteja aqui agora é maluco... inclusive nós duas — disse Val.

Zoe viu Val agarrar o volante com força.

— Tudo bem — disse ela.

— Pare de falar isso! Quer dizer, *você* pararia?

Zoe resmungou.

— Provavelmente? Mas eu tomo decisões ruins!

— Você toma mesmo — disse Val. Ela assentiu para si mesma. O capacete branco balançou em sua cabeça. Ela passou pelo outro carro. — Não vou parar. Não mesmo. Desculpe, esquisitão.

Passaram em disparada pelo homem, sentindo-se culpadas demais até mesmo para olhar para ele.

— Somos cuzonas? — disse Val.

— Sim, com certeza — respondeu Zoe.

Logo, a estrada se bifurcou, e a superfície escura e ondulada do lago McDonald apareceu. Passava um pouco das dez horas. O céu preto estava riscado de azul, como se algo o tivesse arranhado.

Zoe viu luzes brilhando por entre as árvores perto do lago. Casas. Timothy Ward morava em uma delas.

Elas estavam perto.

Enquanto contornavam o lago, Zoe releu o artigo sobre o pai de X. Ela gostava mais dele a cada vez que lia a história. Era um biólogo da vida selvagem que estudou e cuidou da população de ursos do parque. Parecia ter sido o único trabalho que teve, ou desejou, o que Zoe achou comovente. Também ficou impressionada com o fato de que ele morava sozinho à beira de um lago por muitos anos. Era quase como se a solidão tivesse passado de pai para filho.

Val pisou no freio, e ela e Zoe sacolejaram em seus assentos. Val soltou uma série de palavrões.

Assustada, Zoe olhou pelo para-brisa.

Havia alguma coisa morta na estrada.

dezenove

— Que merda é essa? — disse Val.

Ela estava tão nervosa que Zoe teve que lembrar-lhe de estacionar o jipe e ligar o pisca-alerta.

— Animais mortos — respondeu Zoe.

— Que *tipo* de animais mortos?

— Sei lá. Daqui eu não consigo dizer.

— Bem, não posso contorná-los. E não vou passar por cima deles. Que se dane. Vamos para casa.

— Espera. Só *espera*.

Zoe soltou o cinto de segurança e vasculhou as mochilas de Dallas. Encontrou duas capas de chuva azul-claras. Tentou entregar uma para Val.

— Você está me dando isso achando que eu vou sair do carro e olhar para essas coisas mortas? — disse Val. — Em que *universo*?

Ela deu marcha a ré no carro com tanta pressa que ele aterrissou em vez de parar. O carro deu uma guinada para a frente.

— Pare! — pediu Zoe.

Ela tirou a mão de Val do câmbio e a abraçou para acalmá-la. Seus capacetes se chocaram.

— Fique aqui — disse Zoe. — Vou dar uma olhada.

— Não, não, não — disse Val, cada palavra uma nota crescente. — Vamos para casa. *Olha só* para essas coisas. Pra mim, presságios realmente óbvios são o limite.

Zoe tirou um par de luvas da mochila. Eram do tipo assustadoras, com dedos emborrachados que pareciam ter sido mergulhados em sangue.

— Eu não vou para casa — disse ela.

— Vai, sim — insistiu Val. — Esse encontro não precisa acontecer esta noite. Só *você* acha que sim.

Zoe abriu a porta.

— Vá embora se quiser — disse ela. — Não vou ficar brava.

— *Você* não vai ficar brava?

Zoe afastou-se antes que sua amiga pudesse dizer mais alguma coisa. Atrás dela, Val tocou a buzina e gritou:

— Você é *péssima*, Zoe Bissell.

Mas ela não a abandonou.

Os animais eram um puma e um carneiro. Morreram em uma curva da estrada. À direita, o penhasco irregular de ardósia se erguia na escuridão. À esquerda, a montanha descia vertiginosamente até o lago. Os faróis altos de Val ainda estavam ligados. A luz passava por Zoe. A estrada molhada parecia uma cobra brilhante.

O puma estava caído de lado, com o pelo castanho-amarelado molhado e o corpo encolhido. Parecia ter morrido tranquilamente, mas quando Zoe parou perto dele, viu um círculo de sangue, quase como batom, ao redor do focinho. Ela se perguntou se ele havia sido atropelado por um carro ou caído do penhasco, sem querer, enquanto perseguia o carneiro.

Os olhos do carneiro ainda estavam abertos. O pobre animal tinha morrido com medo. O pescoço estava torcido para trás, os dentes estavam quebrados e um de seus grandes chifres em espiral havia se partido. O pedaço maior estava na estrada a três metros de distância.

Tudo o que restou na cabeça do animal foi um toco, como o chifre do diabo. Estava coberto de sangue.

Zoe começou a arrastar o puma para a beira da estrada pelas pernas. Conseguiu sentir como estava duro, como estava morto.

Atrás dela, veio um vendaval de barulho.

Val estava apertando com tudo a buzina do jipe, como se dissesse: *O que você está FAZENDO?*

Quando Zoe deixou o puma no mato, se forçou a olhar para ele uma última vez. Sentiu uma pontada, como se o felino ainda estivesse vivo, como se ela estivesse abandonando o animal e ele soubesse. Deixou esse pensamento de lado e voltou para pegar o carneiro.

Era muito pesado. Agarrou uma pata dianteira e uma traseira, mas não conseguiu movê-lo. Puxou de novo, com mais força. Nada ainda. Estava prestes a chorar quando ouviu Val sair do carro.

Val abaixou a cabeça para se proteger do granizo e escondeu as mãos na capa de chuva. Zoe sabia o quanto Val odiava estar ali, sabia o quanto devia a ela, sabia que nada que pudesse dizer seria adequado.

Ela observou o capacete de Val e a capa de chuva azul.

— Você tem que copiar *tudo* que eu visto? — perguntou ela.

Val não respondeu. Olhou o carneiro de soslaio, enojada.

— Não olhe para a cara dele — disse Zoe. — Está zoada. Só olha para mim.

Agarraram as pernas do carneiro e o arrastaram para o acostamento da estrada. Val esforçou-se para não olhar para baixo. Seu rosto tremia com o peso. Depois de um tempo, Zoe verificou o progresso e viu que não estavam nem na metade do caminho. Arrastaram o carneiro um pouco mais, deixando a estrada manchada com seu sangue.

Zoe conseguiu ver que Val estava com raiva. Elas conversavam com o olhar.

VAL: *Se não posso olhar para baixo, VOCÊ não pode olhar para baixo!*

ZOE: *Eu só tinha que ver o quanto a gente tinha andado.*

VAL: *Estamos perto?*

ZOE: *Quer que eu minta?*

VAL: *É CLARO que eu quero que você minta!*

ZOE: *Estamos super, superperto.*

VAL: *MERDA. Vou vomitar.*

ZOE: *Não vai, não. Só continue olhando para mim.*

VAL: *Eu te odeio por me obrigar a fazer isso.*

ZOE: *Não, não me odeia.*

VAL: *Não, não te odeio. Mas você faria isso por MIM?*

ZOE: *Eu COMERIA esse bicho por você.*

VAL: *QUE NOJO! Agora que vou vomitar MESMO.*

ZOE: *Ha-ha!*

VAL: *Acha que estamos perto AGORA? Não olhe. Se você olhar, eu vou olhar. Só me diga se estamos perto e se lembre de mentir.*

ZOE: *Estamos super, superperto.*

VAL: *MERDA!*

Elas deixaram o carneiro no mato com o puma. Val arrancou as luvas de borracha e se afastou, fazendo uma careta quando viu a mancha de sangue na estrada.

No meio do caminho até o carro, Val escorregou no granizo — Zoe viu o momento desesperador quando os dois pés dela estavam no ar — e caiu de costas.

— *Chega* — disse ela. — Estou falando sério. Você vem comigo ou não?

— Nós tiramos os bichos da estrada — insistiu Zoe, ajudando-a a se levantar. — Quer desistir agora?

— Eu queria desistir muito tempo antes — respondeu Val. — Sou a desistência em pessoa! Você vem *comigo*.

Ela disse isso de um jeito tenso, sem nem se incomodar em dar um tom de interrogação.

Zoe sabia que Val estava certa: o pai de X podia esperar, ela não podia continuar colocando as pessoas em perigo. Olhou ao redor, surpresa ao perceber que sua obsessão havia levado as duas tão longe. O granizo era implacável. Ricocheteava na estrada, como uma panela fervendo.

— Vou — disse ela. — Estou indo!

Val voltou para o carro. Zoe olhou para trás, para o chifre quebrado do carneiro, que jazia na estrada, uma espiral ao luar. Parecia errado deixá-lo ali. Ela voltou para buscá-lo.

O chifre era estranhamente pesado. Seu interior era oco e estava manchado de sangue. Havia alguma coisa mitológica nele, malévola. Zoe desejou nunca ter tocado naquilo. Caminhou até a beira da estrada uma última vez, fez uma careta para o rosto frenético do carneiro, em seguida deixou o chifre ao lado dele, como uma coroa de flores. Estava a seis metros do carro quando Val bateu na buzina de novo: quatro toques longos.

Ela olhou para Val: *Como assim?!? Estou indo! Estou a um metro e meio de distância!*

Mas Val continuou buzinando. Zoe deslizou as mãos sob o capacete para cobrir as orelhas.

Val apontou para ela de um jeito frenético. Zoe não conseguia entender o porquê.

Então, percebeu que Val estava realmente apontando para *trás* dela.

Zoe virou-se com o capacete e a capa de chuva, lenta como um astronauta. Só agora as buzinas haviam parado. O mundo apressou-se em preencher o silêncio. Zoe ouviu o granizo, o vento, o som de Val saindo correndo do carro para ajudá-la. Por que Val achava que ela precisava de ajuda?

O carneiro.

Estava de pé e indo em direção a ela.

Zoe perdeu meio segundo se perguntando se era *outro* carneiro. Não, tinha apenas um chifre. O outro era apenas um talo quebrado.

Perdeu outro momento se perguntando se talvez o carneiro não estivesse realmente morto antes. Não, ela olhou diretamente para ele. Tinha visto o sangue ao redor de sua boca.

Tentou dizer a si mesma que estava a salvo de qualquer escuridão que fosse. Regente havia dito que nem mesmo um senhor podia tirar uma vida inocente.

Não era nenhum consolo agora.

O carneiro voou na sua direção com a cabeça abaixada, como se fosse a estação do cio. Zoe virou-se para ele e dobrou os joelhos para se firmar. Disse a si mesma que o animal desviaria no último segundo, mas, a cada vez que seus cascos batiam no chão, ela sentia um estrondo, como se estivessem pisoteando seu coração.

Ela agachou-se, como uma lutadora. Agarraria seus chifres, ou o que restava deles, e os torceria em direção ao chão. Era o que se deveria fazer se isso acontecesse — exceto que isso nunca deveria acontecer. Carneiros *nunca* atacam seres humanos.

Ela não teve tempo para outro pensamento.

O carneiro atingiu sua barriga e a derrubou para trás. Ela caiu com força, não conseguia respirar, não conseguia se levantar. Era como se tivesse sido aberta ao meio.

O animal correu até ela novamente. Zoe tentou agarrar seus chifres. Não conseguiu segurar o quebrado — era muito pequeno, estava muito escorregadio com o sangue —, mas pegou o outro e tentou afastar o carneiro, o que o enfureceu.

Zoe manteve a cabeça baixa para que o capacete recebesse a maior parte dos golpes. Era como se o carneiro achasse que ela havia roubado seu outro chifre. A maneira como estava furioso, avançando para cima dela, empurrando-a para trás — era como se quisesse o chifre de volta.

Zoe chutou e se debateu. Ouviu-se gritar de um jeito absurdo:

— Eu não estou com ele!

Mas, então, Val se aproximou dela. Val estava ali. Tudo daria certo. Val estava batendo no carneiro com uma mochila.

MAIS M*RDAS PARA SOBREVIVÊNCIA.

Zoe levantou a cabeça — um erro. O carneiro abriu sua bochecha com o chifre. O sangue desceu quente pelo rosto.

Val golpeou o carneiro repetidas vezes. Estava furiosa. A mochila rasgou-se, espalhando lanternas, barras de proteína, ataduras, cordas, uma confusão de coisas.

O animal desistiu de Zoe — e se voltou para Val.

Ele a derrubou no asfalto, empurrando-a em direção às ervas daninhas e à encosta íngreme além da estrada. Val ficou de quatro, tentando rastejar de volta para o carro.

Zoe vasculhou a pilha da mochila de Dallas com as mãos trêmulas. Encontrou uma lata de spray contra ursos e uma faca. A faca tinha uma lâmina serrilhada de quinze centímetros, com um entalhe na ponta para estripar animais. Zoe colocou-a em sua capa de chuva. Usaria o spray de urso se pudesse.

Ela correu até Val. A tempestade havia diminuído, mas a estrada estava salpicada de granizo. Estranhamente, parecia festivo, como se um desfile tivesse acabado de passar.

— Estou aqui — disse Zoe para a amiga. — Estou aqui, estou aqui.

Ela agarrou o chifre do carneiro e tentou girar a cabeça dele em sua direção para que pudesse espirrar o spray nos olhos. O carneiro debateu-se para a frente e para trás. Estava obcecado por Val agora e se recusava a virar.

Zoe deu a volta para ficar de frente para o animal, suas botas quase deslizando. Tentaria alcançar os olhos mais uma vez antes de recorrer à faca. Nunca havia esfaqueado nada, nem vivo nem morto. Ocorreu a ela que nem sabia em *qual* das duas possibilidades o carneiro se encaixava.

O animal atingiu as costas de Val com a testa. O chifre ficou preso em um rasgo na capa de chuva. Ele a puxou para cima e para baixo, tentando se soltar. Zoe não conseguia uma visão clara dos olhos do bicho.

Ela tirou a faca do bolso e cravou no flanco do animal. Sentiu a lâmina perfurar a pele, ouviu-a afundar na carne. Era um som nauseante. Zoe sabia, naquele exato momento, que não se esqueceria dele.

O carneiro ergueu-se nas patas traseiras em estado de choque e olhou para ela. Não corria perigo de morrer, Zoe conseguiu perceber. Mas ele olhou para ela com algo parecido com indignação — e ela descarregou o spray de pimenta em seus olhos.

O carneiro cambaleou para longe, a faca cravada na lateral do corpo como uma lança em um touro. E desapareceu atrás do carro.

ZOE SE CURVOU SOBRE Val, que estava encolhida em posição fetal. Tentou fazê-la se ajeitar, mas Val estava com muito medo. Encolheu-se com mais força ao toque de Zoe. Nem a deixou desprender o capacete.

— Sou eu — Zoe disse com suavidade. — Sou só eu.

Val respondeu com uma voz trêmula:

— Tudo bem... Obrigada... Tudo bem.

Zoe ficou arrasada ao ver Val tremendo. Inclinou-se e pousou a palma da mão no lado raspado de sua cabeça. O rosto de Val estava cortado e machucado.

— Você está bem? — perguntou Zoe. — Sinto muito.

— Sua bochecha — disse Val.

— Quem se importa. Consegue se levantar?

— Acho que sim. Droga. Minhas *costas*.

— Vai devagar.

— O carneiro... Como estava... como aquela coisa estava viva? É mais uma merda da Terrabaixa?

Zoe desejou não precisar responder.

— Sim — respondeu ela. — Só pode ser. Mas estamos bem. Estamos a salvo. A Terrabaixa não pode nos machucar de verdade.

A declaração pareceu desencadear alguma coisa em Val. Ela se levantou, recusando a ajuda de Zoe.

— De que *caralhos* você está falando? — gritou. — O que você quer dizer com eles não podem nos machucar "de verdade"? — questionou. — Estamos sangrando *de verdade*. Que merda está acontecendo com você?

Zoe estava prestes a responder quando ouviu passos. Pegou uma lanterna dos suprimentos espalhados pelo chão — Dallas, em seu otimismo, já havia escrito MINGYU nela — e iluminou a estrada. Não viu nada. Ainda assim, teve a sensação incômoda de que alguém estava correndo logo antes da luz. Provocando-a. Ela descreveu um círculo mais rápido, tentando alcançar a pessoa. Nada. Ninguém. Um barulho veio de perto do penhasco. Ela voltou com a lanterna. Ela viu...

Dervish.

Ela nunca o tinha visto, mas só podia ser ele. Era repulsivo: túnicas brancas exageradamente perfeitas, joias de diamante cafonas, bochechas encovadas, pele de um cinza doentio de carne que havia sido abandonada em uma bancada por dias. Zoe sentiu apenas fúria quando olhou para ele. Ele havia perseguido X de forma implacável. Havia destruído a casa da família dela enquanto Jonah, apavorado, se escondia em um freezer vazio no porão.

Ela disse a Val que ficasse onde estava e caminhou em direção a ele. Qualquer que fosse a parte de seu cérebro que deveria despertar quando estivesse em perigo estava sobrecarregada havia muito tempo. A lâmpada havia queimado.

— Eu sei quem você é — disse ela. — E eu sei que você não pode nos machucar.

— Regente espalhou isso, não foi? — questionou Dervish. — Além de ser um traidor, tira a graça de quase TUDO. No entanto, pergunte a si mesma se você tem certeza absoluta de que não vou matá-la de qualquer maneira e lide com as consequências mais tarde. Eu PAREÇO previsível?

Ele levantou a mão e, de alguma forma, desviou o feixe de luz de seu rosto, como se a palma de sua mão fosse um espelho.

— Por que você está aqui? — questionou Zoe. — O que você quer?

Ela esperava que ele ficasse furioso, mas ele parecia... estar se divertindo. Curioso. Zoe percebeu que ele a avaliava, tentando entender como podia ter inspirado tanta rebelião.

— Ah, eu quero tantas coisas... — respondeu Dervish. — Vou começar com a mais premente: quero que você abandone sua busca pelo pai de X.

— Por quê? Por que você se importa, além do fato de você estar morto e obviamente ser um babaca?

— Como você é desaforada! — indignou-se Dervish. — Minha nossa, o que estão ensinando às meninas aqui hoje em dia?

Ele não parecia esperar uma resposta.

— Ciências — disse Zoe. — Musculação. Como enfrentar cuzões.

Dervish sorriu. Sua boca praticamente não tinha lábios. Parecia que tinha sido aberta em seu rosto com uma faca.

— Você me diverte, Zoe Bissell — disse ele —, então, vou lhe dizer por que não vou permitir que você encontre o pai de X. É porque isso vai comprometer o sigilo da Terrabaixa... e porque estou MORTALMENTE farto dos problemas que você causa. Posso contar uma coisa engraçada? Você já VIU o pai de X. Ele estava na tempestade implorando por ajuda. Você e sua amiga imunda passaram por ele sem se importar.

Zoe encolheu-se: o homem ao lado do carro.

— Nenhuma resposta inteligente? — perguntou Dervish. — Sem resposta? Ótimo. Ouça-me, garotinha. Quanto mais você incentivar X, mais eu o farei sofrer. É física simples: para cada ação, há uma reação. Como diria Sir Isaac, *Actioni contrariam...* Na verdade, não importa. Você não me parece alguém que fala latim. Já dei meu recado.

— X é inocente — retrucou Zoe.

— NÃO ME IMPORTA — gritou Dervish. — A Terrabaixa não é uma casa de campo. Se uma alma quebra suas leis, mil outras seguirão o exemplo. Você deu esperança a X, o que qualquer um pode lhe dizer que é fatal. Foi você quem inspirou a louca busca de X para encontrar sua mãe? Ele acredita que, se a encontrar, você o amará mais?

Zoe não pretendia dizer mais nada.

— Ele está fazendo isso por si mesmo — disse ela.

— Está? Ou está fazendo isso para impressionar VOCÊ, para provar que é digno, que é ÍNTEGRO? Agora, devo encontrá-lo e puni-lo, assim como puni a mãe dele. Devo jogá-lo em um buraco dentro de um buraco dentro de um buraco... em algum lugar onde a luz jamais chegará. Tudo porque você o "amava". — Ele esperou uma resposta e, como Zoe não falou, acrescentou: — Você não foi uma adversária tão feroz quanto eu esperava. Vá para casa, Zoe Bissell. Você não é mais necessária.

Val atravessou a rua para levar Zoe de volta ao carro. Dervish notou sua cabeça parcialmente raspada e gritou:

— Foi piolho?

Com um girar entediado de um dedo, ele abriu um portal para a Terrabaixa no penhasco. Zoe observou enquanto o círculo ficava laranja, depois vermelho, depois laranja de novo.

— Você nunca amou ninguém? — perguntou ela.

Dervish surpreendeu-a ao responder:

— Você espera que eu diga que não. No entanto, amei. Não da maneira que você pensa. Terminou de um jeito trágico, como sempre acontece com todo tipo de amor. Acredite ou não, mas estou fazendo uma gentileza a você e a X.

Val tentou afastar Zoe, mas ela não desistiu de Dervish. Não podia. Ela não conseguia se livrar da imagem de X em algum buraco, ainda mais solitário que antes de conhecê-lo.

Dervish pareceu ter lido seus pensamentos.

— De certa forma, o que você fez é impressionante. Você pegou alguém cuja vida já era uma desgraça e a tornou cem vezes pior. X sacrificou o pouco que tinha por você. Diga-me, o que VOCÊ sacrificou por ele?

Dervish iluminou o outro lado da estrada com um movimento de sua mão.

O puma morto surgiu do meio do mato.

Ele sacudiu o granizo de sua pelagem — parecia que estava derramando estrelas — e se esgueirou em direção a Zoe e Val, a ponta preta da cauda varrendo o chão.

— Devo deixá-las — disse Dervish, virando-se para o portal. — Meu amigo aqui fará com que você não vá mais atrás do pai de X.

O puma caminhou devagar no início, suas costas ondulando para cima e para baixo, como se seu corpo fosse feito de água.

— Suba nas minhas costas — disse Val. — Suba nas minhas costas.

Zoe olhou para ela, perplexa.

Meio segundo se passou.

— Qual é o seu problema? Suba logo!

Zoe subiu nas costas da amiga, como se estivesse cavalgando, e só então entendeu: o jeito de espantar um predador era ficar *grande*, ser *barulhento*.

O leão da montanha ganhou velocidade. Seus olhos brilhavam verdes.

— Bata a capa! — disse Val.

Zoe fez o que a amiga mandou, mas, mesmo agora, ela estava pensando em X e observando Dervish caminhar até o buraco rodopiante no penhasco.

Ela sentiu-se agitar a capa de chuva como asas. Era como se outra pessoa estivesse fazendo aquilo.

Dervish olhou para elas, sorrindo.

Ele sabia onde estava a mãe de X. Jogaria X em um buraco dentro de um buraco. O que Zoe já havia sacrificado?

Val cambaleou embaixo dela. Gritou ameaças enquanto o puma avançava.

— CAI FORA! NÃO SOMOS CERVOS! *PARECEMOS* CERVOS?!?

Zoe ouviu-se começar a gritar também. Não sabia que palavras estava usando, nem sequer se eram palavras.

Dervish estava quase no portal.

Val cambaleou embaixo dela, perdendo o equilíbrio. Ela era forte, mas não muito maior que Zoe. Elas caíram no chão assim que o puma saltou.

Zoe sentiu uma lufada de ar. Viu as garras do felino, o pelo branco de sua barriga.

O animal passou por cima de suas cabeças e desapareceu na estrada.

Dervish estava blefando. Zoe sabia disso agora. O carneiro e o puma confirmaram o que Regente lhe dissera: a Terrabaixa não poderia matá-la.

Ela tirou o capacete, a capa de chuva e as luvas.

— Eu vou ficar bem — disse Zoe para Val. — Não se preocupe comigo.

— Do que você está falando?

As duas estavam sem fôlego, ofegantes.

— Não diga a ninguém onde estou — disse Zoe. — Invente alguma coisa.

— Do que você está falando? — questionou Val. — Você está me assustando.

Dervish desapareceu no buraco no penhasco. O portal ficou laranja.

Zoe correu pela estrada. Val gritou alguma coisa para ela, mas ela não entendeu o quê.

Ela correu para atravessar o portal atrás de Dervish.

Tinha acabado de ficar vermelho.

De perto, parecia um anel de fogo.

vinte

Suas roupas estavam encharcadas quando ela acordou. Não tinha lembrança do porquê. Um romano de túnica e cinto carregava-a por um túnel.

A dor na cabeça de Zoe era feroz. Uma tempestade elétrica. Conseguiu se concentrar no romano: tinha olhos grandes e lacrimejantes e uma nuvem de cabelos pretos encaracolados. Devia ter dois metros de altura. Seus braços eram fortes como galhos de árvores, e ele cantarolava com nervosismo, desafinando enquanto caminhava. Quando percebeu que Zoe estava acordada, trocou um olhar com ela e, em seguida, desviou rapidamente, como se *ela* fosse a criatura assustadora.

Vinte outros guardas marchavam atrás deles em formação militar. Dervish estava à frente, liderando o caminho. Zoe reconheceu seu manto, seu andar cambaleante, seu cabelo grisalho e desgrenhado.

O túnel em si era irregular, como se animais o tivessem escavado. O cheiro era repugnante. A princípio, Zoe pensou que era o odor corporal dos homens, depois percebeu que era o próprio ar. Seus pulmões não queriam absorvê-lo. Ela cobriu a boca com o braço e respirou fundo. O romano viu como ela hiperventilava e sorriu com cautela. Estava tentando ser reconfortante, mas seus dentes eram verde-acinzentados, como pequenas lápides quebradas. Ela lutou contra uma onda de pânico.

Quando estava no quarto ano, Zoe tentou abrir um túnel em um banco de neve na frente de sua casa. Queria impressionar o pai espeleólogo. Não mostraria a ele seu túnel até que estivesse pronto. Era um segredo. Quando ele visse, bateria palmas como um louco e diria que estava incrível. Zoe estava no quintal, sozinha. Quando chegou ao meio do banco de neve, duas coisas aconteceram, uma após a outra. O cabo de sua pá de plástico azul quebrou — e o túnel desmoronou em cima dela. Houve um baque terrível, seguido pelo silêncio mais assustador que ela já tinha ouvido. Não conseguia se mover, não conseguia respirar.

Era isso que ela sentia agora, exatamente aquele medo.

Seu pai estava sabe-se lá onde, mas sua mãe estava olhando de uma janela. Ela voou para fora de casa sem sequer calçar as botas. Escavou a neve para chegar até ela. Zoe chorou ao sentir o toque da mãe em seu pé.

Mas a mãe não a salvaria agora.

Ruídos encheram o túnel enquanto o romano a carregava. Insetos, animais enlouquecidos, gritos humanos — todos vazavam pelas paredes. O corpo de Zoe contorcia-se a cada som.

Que merda ela havia feito?

CADA VEZ QUE ZOE se encolhia, o gigante a segurava com mais força. Apesar da repulsa que ela sentia, percebia que ele estava tentando ser gentil.

Ela se lembrou de pular no portal, lembrou-se de uma queda livre na escuridão e de um vento violento passando. Preparou-se para chegar ao fundo, mas o fundo não vinha. Dervish tinha caído logo abaixo dela. Olhou para cima, chocado ao vê-la. Ele a agarrou, puxou-a para baixo, envolveu-a em suas vestes. Ela lutou contra ele, embora ele parecesse estar tentando protegê-la, do jeito que X a protegia quando eles voavam. Como ela não parava de resistir, ele deslizou a mão úmida sobre seus olhos — suas unhas eram como garras —, e ela desmaiou.

Dervish não olhou para ela nem uma vez desde que ela acordara. Simplesmente avançava pelo túnel, virando-se apenas para gritar a seus homens que o acompanhassem. Seu rosto era tão magro que parecia uma caveira. Estava furioso — e isso deu a Zoe os primeiros sinais de esperança.

Ele não a queria aqui. Ela o surpreendera, desequilibrara-o. Ótimo. Aquilo lhe dava algum poder.

Outra coisa lhe ocorreu agora, uma coisa tão pequena e comum que ela levou um minuto para perceber seu significado: seu estômago estava roncando. Ela não comeu nada depois dos biscoitos no teleférico. Estava com fome. Ali, na Terrabaixa.

O que significava que estava viva.

Zoe disse a si mesma que a Terrabaixa era apenas uma enorme caverna — e que ela entendia de cavernas. Podia lidar com isso. Podia sobreviver. Faria amizade com o homem que a carregava, se pudesse. Ele não podia ser leal a Dervish.

— Qual é o seu nome? — sussurrou ela.

Ele ficou chocado por ela ter falado e fechou os olhos, como se rezasse para que Dervish não a tivesse ouvido.

Mas não teve sorte.

O senhor virou-se e bateu com as mãos nas orelhas do romano. O homem caiu para a frente — foi como uma árvore caindo —, mas não derrubou Zoe, embora tivesse batido os cotovelos no chão para evitar a queda.

— Se ela consegue falar — disse Dervish —, consegue andar.

O guarda colocou Zoe no chão, com as orelhas vermelhas pelo golpe. Zoe tentou se desculpar com os olhos, mas ele estava nervoso demais para encará-la.

Zoe sabia que a raiva de Dervish era um bom sinal — ele era instável, cometeria erros —, mas agora ela se indispôs com alguém que poderia tê-la ajudado. O romano caminhava na frente dela, e ela viu pela primeira vez que ele carregava um par de barras de ferro penduradas no cinto da túnica. Ele pousou as mãos nelas de um jeito que Zoe achou tocante: era como se ele estivesse bancando o xerife e aquelas fossem suas pistolas.

Ela sabia que não deveria sussurrar mais nada.

— Sinto muito — disse ela atrás dele.

Os ombros do soldado ficaram tensos.

Mas Dervish não se virou.

— Você tem um nome? — perguntou ela.

Sem resposta

— Vou te chamar de Árvore — disse ela.

Houve uma longa pausa, mas, então, ele assentiu, como se aprovasse.

— Aonde estamos indo?

Árvore ficou tenso de novo. Nenhuma resposta. Ela abusou da sorte.

Árvore deslizou as hastes de ferro de seu cinto. Por um segundo, Zoe pensou que ele bateria nela. Em vez disso, ele as cruzou nas costas enquanto caminhavam, como se dissesse: *X*.

ZOE SEGUIU DERVISH E Árvore por uma dúzia de curvas no túnel, os outros guardas marchando atrás. Logo ela perdeu a noção do tempo, como acontecia quando ia para as cavernas. Uma hora se passou, talvez duas. Não havia ponto de referência ali, nem sol — apenas tochas passando de vez em quando como postes de luz. Zoe estava exausta. Não recebia oxigênio suficiente. E, embora estivesse morrendo de vontade de ver X, sentiu um aperto no peito, como se os pulmões se enchessem de água.

Ele ficaria furioso quando a visse, quando percebesse que ela havia se arriscado por ele. O que poderia dizer em sua defesa, exceto que ele teria feito a mesma coisa para salvá-la? X não aceitaria essa desculpa. Não acreditava que sua vida valesse tanto quanto a dela.

HAVIA UM BRILHO DIFUSO à frente, como um sopro de luz. Zoe se perguntou se estava imaginando. Mas não: o túnel os levava a uma caverna arredondada iluminada por rochas fosforescentes, empilhadas como uma fogueira.

— Descansem se for preciso — disse Dervish a seus homens, então começou a andar ao redor do fogo falso.

O ar estava mais claro ali, e uma cortina de água brilhante escorria pelas paredes. Árvore e os outros largaram suas armas — uma chave-inglesa, um chicote, uma perna de cadeira, um tijolo — e pressionaram a testa na rocha molhada para se refrescar. Pareciam ter esquecido Zoe, ou pelo menos pararam de se preocupar com ela. Para onde, exatamente, ela poderia correr?

Zoe abriu caminho entre os homens, colocou as mãos em concha e pegou um pouco da água que descia pela rocha. O primeiro punhado ela passou no rosto e no pescoço. O segundo ela levou aos lábios. Dervish observou enquanto ele circulava. Quando Zoe foi beber, ela o viu morder as bochechas para reprimir um sorriso.

— Não! — disse Árvore.

Era a primeira vez que ouvia a voz dele, jovem e frágil. Árvore veio de onde estava descansando. Era incrível o tempo que uma pessoa tão alta levava para ficar de pé.

— Não é seguro — disse ele, fechando a mão gigante em torno da dela. — Não para você.

Zoe deixou a água cair no chão e lhe agradeceu com o olhar.

Dervish explodiu.

— VOCÊ! — gritou para Árvore. — Quantos ANOS eu suportei sua fraqueza? Passe-me um de seus ferros.

Dervish atingiu Árvore no rosto tão rápido que Zoe nem viu o golpe. O gigante cambaleou para trás, apertando a bochecha. Sentou-se com desajeito, juntou os joelhos ao peito e começou a chorar.

Dervish virou-se para Zoe.

— Gostaria de fazer amizade com MAIS alguém? — perguntou.

Árvore lançou a Zoe um olhar que dizia: *Por favor, não piore as coisas.* E ela não disse nada.

— Diga-me POR QUE você me seguiu até aqui? — perguntou Dervish. — Você imaginou que resgataria X... talvez balançando sobre um poço de fogo em uma corda?

Zoe ignorou a pergunta. Deixou o momento passar.

— *Você* disse que amou alguém no passado — comentou Zoe. — Quem era ela?

— Não era *ela* — respondeu Dervish. — Era meu filho.

Zoe tentou esconder sua surpresa.

— Como ele era? — perguntou.

Ela pensou que talvez pudesse acalmar um pouco a raiva dele com as perguntas.

Dervish chegou mais perto com seu rosto de fuinha. Zoe conseguiu ver minúsculos cabelos brancos brotando dos poros gigantes em sua bochecha.

— Por que a pergunta? A resposta realmente lhe interessa? Ou acha que falar sobre meu filho despertará alguma bondade adormecida em mim e me inspirará a poupar seu amado?

Aparentemente, ela não tinha sido muito sutil, e ponderou a resposta dele.

— Sinceramente? Acho que não tem mais nada dentro de você a ser despertado.

Dervish gostou daquelas palavras.

— Bem considerado — disse ele.

Um pouco da fúria, da rigidez, pareceu abandonar seu corpo.

— Meu filho era, talvez, uns doze anos mais velho que você — começou. — Seu nome era Cortês. Parece um nome da Terrabaixa, mas, na verdade, era como o chamávamos. Eu amava o rapaz, como já disse e nunca negarei. Ele não me amava. Cortês sofria de grandes mudanças de humor, que atribuía a mim. Tentei de todas as maneiras que pude trazer-lhe paz. Eu o criei no campo. Dei a ele um garanhão branco. Um violino. Todo o firmamento azul. No entanto, sempre que as tempestades se acumulavam em sua cabeça, tudo de bom e esperançoso era varrido, e seu ódio por mim se reavivava, como uma serpente saindo do mar.

Dervish virou-se para seus homens. O mais próximo estava ouvindo, o que o irritou. Ele os mandou embora com um piscar de olhos.

— Certa noite, durante algumas horas particularmente dolorosas para meu filho, cometi o erro de deixá-lo sozinho — continuou ele. — Tínhamos uma cocker spaniel marrom e branca chamada Flossie, e eu havia encomendado um retrato dela para Cortês. Fui à cidade para buscá-lo. Achei que poderia melhorar seu ânimo. Fiquei ausente talvez uma hora.

Aqui, pareceu a Zoe, o peso da história começou a ficar evidente no rosto de Dervish.

— Enquanto eu caminhava de volta até a porta de casa — continuou —, vi Cortês parado em uma janela no segundo andar. Estava sem camisa e segurando uma espada que costumava decorar meu escritório. Estava esperando por mim. Tirou a espada da bainha. Eu sabia o que ele pretendia fazer. Larguei a pintura. Levantei as mãos, implorando a ele que não se mexesse até que eu pudesse entrar em casa e subir as escadas. Em vez disso, ele virou a espada contra si mesmo. — Dervish fez uma pausa. — Ele abriu a PRÓPRIA garganta, de tanto que me odiava. — Ele parou de novo. — Mais tarde, o médico me repreendeu por não ter chegado a Cortês a tempo. Ele disse que o rapaz poderia ter sobrevivido. Eu lhe falei... Bem, primeiro me recusei a pagar... e depois disse a coisa mais fria que pude pensar, que foi: "O maldito garoto estragou o tapete!" Depois disso, não permiti que mais nada no mundo entrasse em meu coração. Cometi todos os tipos de crimes e abominações e nunca me arrependi.

Mesmo depois de tudo que Dervish havia feito a X e à sua família, Zoe sentiu vontade de dizer que sentia muito pelo filho dele. Ele deve ter visto a pena em seus olhos. Em um instante, voltou ao seu antigo eu desumano, como se seu humor reflexivo fosse um casaco que ele havia experimentado e odiado.

Alguns dos guardas haviam adormecido e estavam roncando.
— Levantem-se, IMBECIS! — gritou Dervish.

Os homens acordaram, grunhiram, pegaram as armas. Dervish reuniu-os. Disse a eles que, de acordo com seus espiões, X e Regente estavam a caminho de um lugar chamado Onde os Rios Terminam, na esperança de encontrar a mãe de X. Dervish disse que uma "serviçal" chamada Chorosa, carregando um gato (coisa que Zoe achou difícil de processar), e um guarda russo estavam com eles. Naquele momento, Árvore interrompeu Dervish para dizer que o guarda era tecnicamente da Ucrânia. O senhor lançou um olhar odioso para ele.

Dervish informou ao esquadrão que chegariam a Onde os Rios Terminam antes de X e os outros — e os emboscariam e os atacariam. A maneira como Dervish sorriu em antecipação ao derramamento de sangue (poucos momentos depois de contar a ela a história sobre seu filho) convenceu Zoe, mais do que qualquer outra coisa que havia testemunhado, de que ele era um psicopata.

Dervish terminou seu discurso crocitando que X estava procurando sua mãe no lugar errado, embora não estivesse muito longe. O senhor estava ansioso para dizer a ele o quanto "EXCRUCIANTE-MENTE PERTO" havia chegado de encontrá-la. Dervish parecia não se importar que Zoe estivesse ouvindo. Parecia até gostar, na verdade. Estava zombando dela.

Enquanto os guardas se alinhavam em duplas, Dervish deu a Zoe um de seus revoltantes sorrisos sem lábios.

— Você deve estar se perguntando por que eu JÁ não a enviei de volta ao seu mundo — disse ele. — É porque você é minha maior arma. Quando X vir você, ficará chocado. Incapaz de acreditar no que vê. Paralisado. Está acompanhando, garotinha? Isso vai facilitar MUITO sua captura e tortura. Nem mesmo lhe ocorrerá fazer a coisa certa e fugir.

Dervish baniu Árvore para o fundo do esquadrão e empurrou Zoe para a frente, onde poderia observá-la. Ela conseguia dar uma olhada para Árvore de vez em quando enquanto avançavam pelo túnel. A mão direita do soldado estava apertando o violento hematoma no rosto. A auréola de seu cabelo brilhava toda vez que passavam por uma tocha.

Zoe tentou bolar um plano enquanto marchavam. Seu pai — ela não podia acreditar que estava prestes a ter um pensamento positivo sobre ele, mas aparentemente era o caso — sempre fora um improvisador inspirado quando estava explorando cavernas ou fazendo trilhas. Carregava o mínimo de equipamento e tomava todas as decisões meio segundo antes do necessário. Alimentava-se da incerteza. Aquilo assustava Zoe quando ela era jovem. Na época em que tinha a idade de Jonah, ela e o pai ficaram sem gasolina três vezes no meio do deserto. (Três vezes que ela conseguia *lembrar*.) Zoe implorava ao pai que contasse o que aconteceria a seguir, e ele abria um sorriso largo e dizia: "Não faço *ideia*! Sabe quão *irado* é isso?!?" Enquanto continuavam a escapar dessas situações com vida, Zoe se estabeleceu na incerteza. E também aprendeu a improvisar.

Ainda assim, o que poderia fazer frente à Terrabaixa? X e os outros seriam pegos de surpresa. Estariam em desvantagem de cinco para um. Apenas Regente teria poderes. Apenas o guarda ucraniano teria uma arma, provavelmente. O que a "criada" com o gato faria? O que a *própria* Zoe faria? Já havia se defendido, defendido seus amigos, mas nunca havia batido em alguém por raiva. Não havia sido criada dessa maneira. A mãe dela tinha cinco playlists de cânticos budistas no Spotify.

Zoe não conseguia parar de pensar em X e em como ele ficaria chocado quando a visse. Seu primeiro instinto seria protegê-la, mas era indefeso ali, apenas um jovem pálido que cresceu sem ter comida suficiente. Seria atacado exatamente como Dervish disse. Zoe percebeu agora que Dervish a fizera marchar na frente dos homens em parte para que ela se sentisse envergonhada: X e seus amigos seriam dizimados, e ela mesma estava liderando o exército.

O túnel apertou-se ainda mais, até que a rocha quase raspou os braços de Zoe. As tochas nas paredes ficavam mais raras, como uma espécie de flor que morria. Logo caminhavam quase na escuridão. Depois do que Zoe supôs ser meia hora, a passagem chegou ao topo de uma escada de pedra. Era impossível dizer a que profundidade chegavam os degraus. Zoe pôs o pé no primeiro, mas estava cansada demais para continuar.

Dervish passou por ela e voou — voou mesmo — escadaria abaixo. A barra de seu manto disparou atrás dele e depois desapareceu, como a língua de uma cobra.

— São apenas ESCADAS, Zoe Bissell — gritou ele lá debaixo. — Tenho que explicar como funcionam?

Zoe respirou fundo. O oxigênio tinha evaporado, ou fazendo o que quer que o oxigênio fazia, conforme o túnel ficava mais apertado.

Uma ideia lhe ocorreu.

Ocorreu a ela porque estava muito exausta, porque não conseguia dar mais um passo. Foi uma ideia pequena, mas que poderia ajudar X e seus amigos na luta. Tinha certeza de que Dervish não teria pensado nisso.

Havia uma tocha em um candelabro na parede. A luz incidia sobre o primeiro punhado de degraus. Zoe assentiu para si mesma e desceu.

Cento e vinte e dois degraus desciam em espiral como um saca-rolhas. No momento em que Zoe chegou ao fim, suas canelas estavam formigando com a dor, mas sua mente estava desperta.

— Vamos continuar andando — disse ela a Dervish. — A menos que você esteja cansado.

Uma porta cortada na rocha levou Zoe e os outros ao andar térreo de uma enorme estrutura de celas. Andares e mais andares estendiam-se tão alto acima dela que formavam um borrão. A vastidão do espaço era chocante, especialmente depois da estreiteza do túnel.

Na frente de Zoe, uma dúzia de rios cortava o solo rochoso, de um jeito tão uniforme quanto as linhas de um relógio, depois desaguavam em uma caverna circular no centro. Da própria caverna surgiu a visão mais impressionante de todas: uma estátua de pedra de um rosto gritando em agonia. A cabeça, de um homem, era careca e colossal. Estava inclinada para trás, sua boca aberta horrivelmente larga. Zoe podia ver os dentes, a língua, o céu da boca. Rachaduras na pedra cinza corriam pelo rosto e pescoço como cicatrizes. A estátua não parecia arte — parecia um grito de dor. Quando Zoe olhou para as celas de novo, imaginou alguém uivando dentro de cada uma.

As celas eram piores do que qualquer coisa que X já havia descrito. Eram essencialmente caixões de ferro preto enfileirados. Não havia grades para deixar entrar a luz, apenas pequenas aberturas ovais na altura dos olhos. Aqui e ali, os prisioneiros balançavam os dedos para fora dos buracos dos olhos para sentir o ar. Ou talvez pensassem que poderiam de alguma forma atrair a luz para si mesmos.

Centenas — provavelmente milhares — de almas notaram a chegada de Dervish e dos guardas. Começaram a bater no interior de suas portas, como se dissessem... Como se dissessem *o quê*? Zoe não tinha certeza. Talvez, apenas: *Nós existimos!* Ocorreu-lhe que o nome do lugar, Onde os Rios Terminam, era um eufemismo. Parecia um lugar onde tudo terminava. Foi seu primeiro vislumbre verdadeiro da Terrabaixa — a escala do lugar, a crueldade.

— Como é que não há ninguém além de prisioneiros aqui? — perguntou ela a Dervish.

Ela estava pensando no modelo da Terrabaixa que X havia feito na neve. Ele havia usado as estatuetas de orc de Jonah para representar os guardas da colmeia onde ele vivia, os tiranossauros para os senhores.

— Ah, não há necessidade de vigilantes aqui — disse Dervish. — Nunca deixamos essas almas saírem de suas caixas. Alguns estão de pé há dois mil anos. — Quando Zoe empalideceu, ele acrescentou: — Você nos acha cruéis, não é? — Ele apontou para o horrível Homem que Grita e sorriu. — Mas nós fizemos uma estátua para eles!

Um guarda, que não estava com o esquadrão de Dervish, entrou correndo pela porta. Ele era corpulento — sua barriga balançava na frente dele enquanto corria, mas ele tinha uma cabeça tão desproporcionalmente pequena que Zoe se perguntou por um segundo se teria sido encolhida por uma bruxa. Como arma, carregava uma lâmpada quebrada.

Ele aproximou-se de Dervish de um jeito obsequioso.

— Chefe, se me permite? — perguntou ele. — Em relação a X e a Regente e aos outros, se me permite? Estão chegando, senhor. Vão entrar por aquele túnel ali, é o que eu acho — ele apontou com a lâmpada na direção de uma arcada curvada —, e eu não errei nadica de nada até agora, errei?

O guarda esperou, obediente como um cachorro, por sua recompensa. Seu rosto enrugou-se quando Dervish se virou sem lhe agradecer.

— É hora de montar nossa ratoeira! — disse Dervish a Zoe. — Chegou o momento! Ah, não fique carrancuda, garotinha, você terá o papel PRINCIPAL... você fará o papel do queijo!

Ele ordenou que cinco guardas ficassem na passarela acima do arco para que pudessem atacar X e os outros quando entrassem naquela prisão. Dividiu o restante do esquadrão em dois grupos, dizendo aos homens que se agachassem nos rios mais próximos. Esses guardas atacariam "o inimigo" de ambos os lados e os esmagariam em uma espécie de torno.

A adrenalina disparou no sangue de Zoe. Sabia que deveria tentar argumentar com Dervish, mas também sabia que era inútil. Tudo o que ela conseguiu pensar foi:

— Você não precisa machucá-los.

— E VOCÊ não precisava ter vindo para a Terrabaixa para me ver fazer isso — retrucou Dervish.

Ele cutucou Zoe em direção ao centro da arena. Ela entendeu: queria que fosse a primeira coisa que X visse ao entrar naquela estrutura. Quando Zoe tropeçou, Dervish a agarrou e a empurrou para a frente.

— Eu avisei que o amor sempre termina em tragédia, não avisei? Essa foi a sabedoria que conquistei depois de uma vida inteira, e eu a concedi de graça! Tudo o que nosso coração consegue fazer é nos magoar quando somos jovens e nos matar quando somos velhos.

Eles aproximaram-se do imenso desfiladeiro circular com o Homem que Grita. Os rios despencavam sobre ele.

— Você quer saber a verdadeira, a ÚNICA diferença entre mim e Regente? — perguntou Dervish. — Quando Regente testemunhou a morte de todo o amor e a esperança, ele ficou arrasado. Quando eu testemunhei a mesma coisa, isso me libertou para sempre.

Zoe sentiu a mão de Dervish na parte inferior de suas costas, enquanto ele a empurrava para seu lugar na armadilha.

— Eu me pergunto — disse ele — o que fará com você.

vinte e um

A MEIO CAMINHO DO centro da prisão, Dervish parou e virou Zoe para que ela ficasse de frente para o arco. Deslizou a mão ao redor de seu pescoço. Zoe descobriu que não conseguia emitir nenhum som agora, nem mesmo um suspiro. Dervish não queria que ela avisasse X sobre a emboscada.

Ele estava radiante.

Ela era a isca.

Os guardas nos rios estavam tão agachados que Zoe só conseguia ver uma fileira de chapéus e capacetes, como vegetais começando a crescer. No caminho acima do arco, o restante do esquadrão passava o tempo trocando armas — uma chave-inglesa por um chicote, um martelo por um pino de boliche. Árvore, que estava entre eles, parecia com medo. Todos os outros sussurravam de um jeito ensandecido, entusiasmados com a luta que se aproximava.

Seria um massacre.

O plano que surgiu para Zoe no túnel começou a parecer muito pequeno e insuficiente. Ela não sabia se chegaria perto o bastante de Regente para sussurrar, ou mesmo se ele concordaria com isso.

Zoe observou o arco em busca de X. Ela estava assustada, exausta, oprimida, mas superou tudo para acessar sua fúria — contra Dervish, contra os guardas, contra as celas desumanas que subiam sem parar em espiral. Raiva era do que precisava agora. Era energia. Podia trabalhar com ela.

De repente, uma tocha iluminou o túnel. E duas vozes.

Nenhuma era a de X. A julgar pelos sotaques, deviam ser a criada e o guarda ucraniano.

Dervish sinalizou para os homens acima do arco. Levantaram as armas e brigaram por uma posição. Zoe sabia que, primeiro, venceriam X, e, pior, apenas para impressionar Dervish. Até Árvore seria forçado a participar.

Zoe contorceu-se nas mãos de Dervish e sentiu os dedos esqueléticos dele apertarem seu pescoço.

Viu o Ucraniano e Chorosa saírem do túnel. O guarda usava um agasalho Adidas vermelho. A criada segurava seu gato aninhado no ombro.

— Quer saber a verdade verdadeira? — o Ucraniano estava dizendo. — Todos os gatos prefeririam ser cachorros. Não discuta, só vai parecer boba.

Chorosa riu.

— Vesúvio e eu estamos ignorando você — retrucou ela.

Olhavam para o chão enquanto saíam do túnel. Foi uma agonia esperar que erguessem a cabeça.

E, então, fizeram isso.

Eles congelaram. Se Zoe pudesse gritar, teria berrado: *Corram!* Mas Dervish não permitiu que ela virasse a cabeça. Seus homens esperaram por seu sinal.

Chorosa correu de volta pelo caminho de onde vieram — para alcançar Regente e X, Zoe imaginou.

O Ucraniano continuou onde estava. Afastou as pernas e olhou para Dervish, como se estivesse tentando intimidá-lo.

— Que pessoinha delirante! — comentou Dervish.

Regente correu por trás e entrou na prisão. Ele viu Zoe e parou.

Dervish estava claramente esperando que X se mostrasse. Os homens na plataforma inclinaram-se para a frente, famintos.

Por fim, X saiu do túnel, com Chorosa logo atrás. Zoe viu-o proteger os olhos da luz repentina. Viu-o contemplar a enorme torre de celas. Viu-o reconhecer Dervish.

Ela viu seus olhos pousarem sobre ela.

Ele deu um passo para trás, em estado de choque.

Então, ele se moveu em direção a Zoe — com cautela a princípio, como se ainda não acreditasse no que via. Regente estendeu a mão para detê-lo, mas X o afastou.

— Dervish, o que você fez? — questionou X.

— Eu não fiz nada... ela ME seguiu! — respondeu Dervish.

— Mentiroso! — rosnou X.

Sua voz estava mais fraca do que Zoe jamais ouvira, e seu rosto estava coberto de hematomas de que ela não se lembrava. Nunca tinha visto X quando ele era... humano. Sem ser mais forte que todo mundo. Comum.

— Mentiroso? — disse Dervish. — Eu? Desse jeito você me ofende!

X tirou o casaco e o deixou cair ao se aproximar. Sua camisa sempre estivera assim, tão suja e rasgada? Ele sempre tremia enquanto caminhava? Zoe temia por ele de uma forma que nunca havia sentido.

— Diga-me que não é você? — ele falou para ela. — Diga-me que isso é algum jogo maluco de Dervish?

Dervish agarrou o pescoço de Zoe com mais força.

Ela tentou avisar X com os olhos, mas descobriu que não conseguia nem os mover de um lado para o outro. Tudo o que conseguia comunicar por eles foi: *Sou eu. Desculpe. Sou eu.*

Ela ficou envergonhada, mas, mesmo quando X avançou, ela conseguia ver que ele a perdoava. Demorou meio segundo. Talvez menos. Sua expressão apenas mudou. Suavizada. Ela o amava por isso. Ele era tão mais gentil do que ela. Sempre parecera tão cansado assim? Seu rosto sempre fora tão magro assim?

Regente e os outros seguiram X para protegê-lo. Zoe ficou comovida com a lealdade deles. Chorosa e o Ucraniano poderiam ter fugido.

— AGORA! — gritou Dervish.

Seus homens pularam do arco, como animais saltando de árvores. Pousaram ruidosamente, grunhindo com o impacto.

X e seus amigos viraram-se.

O restante dos homens de Dervish saiu dos rios. O esquadrão avançou para cima de X e os outros de três lados, cada homem soltando algum tipo de grito de guerra. Mil prisioneiros bateram em suas portas. Os baques fizeram os ossos de Zoe vibrarem.

EMBORA X NÃO TIVESSE poderes, Zoe percebeu que sabia lutar. Observou quando deu uma cabeçada em um guarda e roubou seu porrete. Mas meia dúzia de homens o atacou no mesmo instante. Estavam atrás dele, do prêmio.

Mesmo enquanto estava sitiado, os olhos de X continuavam voltando para Zoe.

Ela ouviu-o gritar para Regente:

— Não consigo chegar até ela.

Ela ouviu Regente gritar de volta:

— *Eu* consigo.

O senhor deixou o combate corpo a corpo e avançou em direção a Dervish e Zoe. Quando um dos homens do outro senhor tentou bloqueá-lo, Regente estendeu o braço e golpeou o pescoço do homem. O guarda voou para trás, cuspindo sangue.

Zoe sentiu um lampejo de esperança quando Regente se aproximou: ele daria uma surra em Dervish. Realmente arregaçou as mangas para lutar, o que ela só tinha visto em filme.

Talvez nem precisassem do plano de Zoe.

Mas sem Regente com que se preocupar, os homens de Dervish atacaram com mais violência. Um guarda golpeou com o cabo de um machado na altura do rosto de Chorosa. Ela se esquivou, levou o golpe no ombro e caiu. Três outros puxaram X para baixo e pegaram o porrete de volta. Apenas Árvore se recusou a lutar. Chorosa havia enxotado seu gato para um lugar seguro, e Árvore ficou ao lado do animal agora, pronto para defendê-lo.

Zoe procurou o Ucraniano.

Pelo menos ele *tinha* uma arma.

Mas não: um dos homens de Dervish arrancou o taco de beisebol do guarda e bateu com o cabo em sua boca. O Ucraniano caiu no chão, uivando e segurando um colar de prata que usava.

X lutou para sair do emaranhado de corpos e correu para ajudá-lo. Zoe lembrou-se dele falando sobre um guarda russo. Só podia ser esse. Ela se lembrou de X dizendo que, às vezes, ele era ridículo, mas que era um amigo — que era engraçado e nunca cruel, que usava agasalhos de várias cores diferentes, que tinha uma queda por Arrancadora que durava décadas.

Zoe aprovava qualquer um que gostasse de Arrancadora.

Antes que X pudesse chegar ao amigo, o guarda de Dervish arrastou o Ucraniano até o rio pelo colar e o jogou lá dentro. A água arrastou-o em direção à beira do desfiladeiro. Dervish riu com aprovação e, com um estalar de dedos, colocou fogo no rio.

As chamas dispararam como chafarizes.

Zoe conseguiu ouvir o amigo de X gritar em sua língua nativa quando a correnteza o puxou para longe.

* * *

Por fim, Dervish soltou Zoe e a empurrou para a frente com um chute.

— Você serviu ao seu propósito, garotinha — disse ele.

Zoe cambaleou em direção a Regente e implorou a ele que voltasse e ajudasse X e Chorosa.

— Esqueça o Dervish. Venha comigo — pediu ela.

— Quando você se tornou minha comandante? — questionou Regente.

— No momento em que pensei em um plano — respondeu Zoe.

Ela passou por ele, rezando para que a seguisse.

Ele o fez.

Indignado, Dervish gritou para Regente:

— Pelo amor de Deus, você é um SENHOR! Pelo menos FINJA que merece o colar de ouro! Deixe os insetos lutarem entre si!

Regente não respondeu.

Três guardas estavam esmurrando X, que mal conseguia ficar de pé. Estava apenas recebendo os golpes.

Zoe olhou para Regente. Era hora de ver o que achava do plano dela.

— Dê a X os poderes dele — disse ela. — Não pense, apenas faça isso.

Regente parecia chocado.

— Nunca foi permitido a nenhum prisioneiro esse tipo de força aqui na Terrabaixa — retrucou ele. — Nem mesmo a um caçador de recompensas.

— Você está pensando — comentou Zoe — e, enquanto pensa, eles estão dando uma surra em X.

Os guardas agora estavam segurando X para poderem golpeá-lo.

— Vou fazer isso — disse Regente.

— Obrigada — agradeceu Zoe.

Ela olhou para Chorosa, que tentava ajudar X, tentando rastejar até ele. Os homens de Dervish a golpeavam e chutavam, mas ela insistia. Era algo horrível de assistir.

— E dê também a ela alguns poderes — pediu Zoe. — Não estou brincando. Não olhe para mim desse jeito.

Zoe curvou-se, colocou as mãos nos joelhos e respirou fundo pela primeira vez desde que Dervish a soltou.

— E eu quero um pouco também.

vinte e dois

Regente estendeu a mão sobre o rosto de Zoe.

Ela sentiu as maçãs do rosto inflamarem.

O calor lhe desceu pelo pescoço, percorrendo um caminho por ossos e músculos e veias, qualquer coisa que pudesse encontrar. Foi assustador. Também incrível. Zoe sentiu como se estivesse sendo devorada pelo fogo.

— É... é para ser assim? — ela perguntou.

Regente parecia não a ouvir. Não, não foi isso — ela não tinha realmente falado em voz alta.

O calor afogou seus outros sentidos. Ela sentiu a pele ficar vermelha, os pensamentos se misturaram, as chamas crepitando nos rios, os prisioneiros batendo em suas portas... Ela não sabia dizer se os ruídos eram reais ou não, se aconteciam dentro ou fora dela.

Ela mexeu os dedos para provar a si mesma que ainda eram dela, que ainda estava presente em seu corpo.

Sim, ela ainda estava no controle.

Ou talvez não tivesse realmente dobrado os dedos?

O calor pareceu envolvê-la por séculos, mas, quando desapareceu, ela descobriu que nem um segundo havia se passado: Regente ainda estava afastando a mão do rosto dela.

À medida que a pele de Zoe esfriava, o calor foi substituído por uma espécie de euforia. Sentiu-se dourada. Invencível. Suas pernas, seus braços, seus punhos — tudo pulsava com poder.

Ela olhou ao redor da arena, os sentidos em alta velocidade. Aquele fogo no rio: ela podia sentir as minúsculas flutuações na temperatura das chamas. A estátua gritando: ela conseguia ver dentro dos poços escuros de suas pupilas.

— Precisamos testar seus poderes para ver se eles se enraizaram — disse Regente.

— Ah, pode acreditar que sim — confirmou Zoe.

De repente, ela adorou pronunciar aquelas palavras! Conseguia sentir a boca e a língua moldando-as. Palavras!

— *Precisamos* testar seus poderes — repetiu Regente com mais insistência.

Zoe não conseguia parar de sorrir.

Ela deu um soco na cara dele.

Eles correram de volta para a luta, Zoe apenas alguns passos atrás de Regente. Estava quase tão rápida quanto ele agora. Sentiu como se houvesse estrelas em seu sangue.

X estava caído aos pés dos guardas. O guarda inglês chutava-o ferozmente na cabeça, como se guardasse um rancor pessoal. Os outros homens gritavam em incentivo.

O inglês ouviu alguma coisa, e, quando se virou, Zoe já estava voando para cima dele. Abriu para ela um sorriso condescendente.

Que erro.

Por mais protetora que se sentisse com X no mundo, Zoe se sentia cem vezes mais protetora com ele agora. Talvez fosse porque tinha visto o lugar doentio onde ele foi forçado a crescer. Talvez fosse apenas porque os poderes que Regente lhe dera estavam amplificando seus sentimentos como amplificavam todos os outros estímulos.

Ela abaixou a cabeça e atacou o inglês como um jogador de futebol americano. Não tinha planejado aquilo, não sabia que aconteceria até acontecer. Seus músculos moviam-se mais rápido que sua mente.

O inglês caiu de costas, com Zoe em cima dele. Ele ficou surpreso, mas, na frente dos outros homens, ele disse:

— Esperando um beijo, querida?

Outro erro.

Zoe levantou-se e arrancou o cadarço de uma das botas dele, a mão como uma garra. Tirou a bota do pé do homem. Por baixo, havia uma meia amarelada e suja, cheia de buracos pelos quais os dedos do guarda apareciam.

Zoe bateu na cabeça do inglês com a bota, assim como ele havia batido em X. A onda de emoção foi tão forte que ela o atingiu três vezes antes de perceber que o que estava fazendo era errado. Mesmo assim, não conseguiu convencer seu braço a parar.

Com o canto do olho, viu Chorona erguendo um homem acima da cabeça e jogando-o no chão. Os homens de Dervish ficaram tão chocados com o desenrolar dos acontecimentos que pararam de lutar. Olharam para Dervish, esperando que ele também lhes desse poderes. Mas ele não confiava naqueles homens nem se importava com o que acontecia com eles. Eram apenas soldados de plástico para ele, como os bonequinhos de Jonah.

Zoe sentiu alguém encostar em seu ombro. Agarrou a bota do inglês com ainda mais força e a girou com raiva.

Mas era X.

Ele deve ter percebido que ela estava tremendo. Ele a envolveu com os braços. Sentir seu corpo era como cair em uma cama macia.

— Eu não consegui me conter — disse ela. — Não consegui parar.

— É sempre assim — explicou X com gentileza. — Toma conta de você por completo.

Zoe viu que a sola da bota do inglês estava escorregadia e vermelha de sangue. Com nojo de si mesma, arremessou o mais longe que pôde o calçado, que bateu na porta de uma cela três andares acima.

Os homens de Dervish recuaram em direção ao túnel embaixo do arco. Agora que estavam em desvantagem, haviam perdido toda a vontade de lutar.

Zoe viu Chorosa agarrar um dos guardas antes que ele pudesse fugir.

— *Você* — disse Chorosa — não vai sair daqui em pé, não depois do que fez com meu amigo.

Foi o guarda que jogou o Ucraniano no rio.

— *Não*, Chorosa — disse Zoe. — Isso vai fazer você se sentir pior, não melhor.

— Eu uma vez matei um cirurgião que ia machucar a mãe de X — contou Chorosa para ela. — Nunca me senti mal por isso e juro que também não vou me sentir mal por esse daqui. — Ela hesitou. — A propósito, estou muito feliz em conhecê-la. Me chame de Rosa.

Rosa empurrou o guarda na direção de um dos rios de fogo. Dervish moveu-se para detê-la, mas Regente voou até ele para segurá-lo.

À beira do rio, Rosa parou para pegar algo que brilhava no chão. Era o colar de prata que pertencera ao seu amigo. Devia ter quebrado antes de ele entrar na água. A visão de Zoe estava tão aguçada agora que ela podia ler a inscrição no colar, de onde estava: MAMA.

Zoe observou Rosa derrubar o guarda de Dervish. Observou o guarda se encolher, tentando se proteger tanto de Rosa quanto do fogo no rio.

Ele disse que sentia pelo russo. Sentia *muito* pelo russo.

Rosa assentiu com a cabeça, embora Zoe achasse que ela não estivesse ouvindo. Todos, até Dervish, esperavam que ela jogasse o homem nas chamas. Em vez disso, Rosa apenas pisou em uma de suas mãos, quebrando todos os ossos. Considerando a situação, Zoe achou que foi misericordioso.

Rosa deslizou o taco de beisebol na água, como uma oferenda. Enquanto se afastava do homem, gritou para trás:

— Ele era ucraniano.

Zoe percebeu que Dervish havia enfraquecido. Seu colar de ouro havia deixado em seu pescoço um vermelho profundo e manchado. Ele contorceu-se e sibilou aos homens que não recuassem, mas Regente o conteve com o que parecia ser pouco esforço. Disse ao esquadrão que eles poderiam voltar para suas colmeias sem medo de represálias.

— Esqueçam cada palavra de Dervish que já entrou por seus ouvidos — disse ele. — Sua mente está corrompida pela doença.

Estranhamente, os guardas não quiseram mais sair. Zoe entendeu: estavam gostando da humilhação do senhor.

Dervish cuspiu algumas palavras em desgosto:

— Por mais que eu o desprze, Regente — disse ele —, nunca pensei que você realmente se juntaria à patética rebelião de X contra a Terrabaixa... que você colocaria em risco a PRÓPRIA liberdade por tal criatura.

X surpreendeu Zoe ao responder por Regente:

— Esta não é uma rebelião contra a Terrabaixa, Dervish — ele disse. — Você não enxergou ainda? É apenas uma rebelião contra *você*. A Terrabaixa sempre existirá, pois sempre haverá homens vis que merecem condenação. Mas eu... — Nesse instante, X virou-se para Zoe; ela sabia o que ele diria a seguir e aprovou completamente. — Eu não sou um deles.

X aproximou-se de Dervish.

— Diga-me em qual dessas celas está minha mãe — disse ele. — Diga-me *agora*.

Todos olharam para os odiosos caixões pretos. Eram compactados de forma tão densa quanto um favo de mel.

— Eu NUNCA vou te dizer — retrucou Dervish. — Vai ter que inspecionar CADA UM DESSES ABENÇOADOS.

X tentou atacar Dervish, mas Zoe o segurou. Surpreendeu-se — e se emocionou — ao ver que estava tão forte quanto ele agora.

— Sua mãe não está aqui — disse ela. — Me ouça: ela não está aqui. Mas ele disse que está por perto.

— Por favor, solte meu braço — pediu X.

Ele ainda estava furioso com Dervish, Zoe conseguia sentir isso.

— Eu vou te soltar, mas você vai ficar calmo? — perguntou.

— Não, é muito provável que não — respondeu X.

Ela largou-o de qualquer maneira. Ele deu um passo, pisando no pé de Dervish.

— *Onde* você colocou minha mãe? — perguntou ele. — Eu vou libertá-la, e então ela vai me libertar.

Dervish, mesmo se contorcendo de dor por causa do colar de ouro, achou aquilo engraçado.

— Duvido muito — disse. — Por um lado, só eu sei onde está sua mãe, e apenas eu saberei PARA SEMPRE. Por outro lado, ela está no escuro faz tanto tempo que ficaria surpreso se ela ainda fosse... Como colocar isso com tato? Fosse reconhecida como um ser humano.

— Onde ela *está*? — gritou X. — Ela sofreu o bastante nas mãos do marido quando estava viva. Não vou deixá-la sofrer nem mais um momento aqui.

Dervish soltou outra risada abafada.

— Repito: NUNCA vou contar.

Mas ele disse algo que Zoe sabia ser genuíno, e, pela segunda vez desde que chegara à Terrabaixa, sentiu uma pontada de empatia por ele.

— Por que sua mãe precisa ter um filho que a ama? Eu nunca tive!

Ninguém disse nada. O impasse tinha um silêncio particular. Então, uma voz — trêmula, mas alta — chamou-os.

Zoe reconheceu-a, mas não conseguiu identificá-la.

A voz disse:

— *Eu* sei onde está sua mãe, X. Eu fui o guarda que Dervish levou com ele.

Era Árvore.

vinte e três

Zoe e X ficaram parados no desfiladeiro redondo no centro da prisão. A cabeça gritando erguia-se diante deles. O pescoço, que era todo músculos e veias, desaparecia na água a cerca de cinquenta metros de profundidade.

— Esta é a parte em que caímos de um penhasco juntos — disse Zoe.

Ela verificou se X estava sorrindo. Não estava.

— Foi referência a um filme — insistiu ela.

— A que filme? — perguntou X.

— Você conhece *algum* filme? — quis saber Zoe.

— Não — respondeu X.

Zoe apertou sua mão com carinho. Os prisioneiros deviam estar observando de suas celas porque começaram a bater de novo. Zoe não tinha certeza se queriam incentivar os dois a pular — ou se estavam alertando para que não o fizessem.

— Você sabe cair? — ela perguntou a X.

— Tem algum truque para isso? — ele questionou. — Meu plano era dar um passo à frente.

— Não sei dizer se você está tentando ser engraçado. Mantenha as mãos ao lado do corpo, tudo bem? Pode cobrir a boca, mas não tampe o nariz ou vai quebrá-lo ao cair na água. — Ela hesitou. — Você estava tentando ser engraçado?

— Um pouco.

Eles olharam para o desfiladeiro. Os rios derramavam-se para dentro dele, como se estivessem caindo para a morte. O chiado da água era estranhamente tranquilizante, como se as correntezas também quisessem puxá-los.

— Esta jornada que empreenderemos — questionou X — é suicida?

— Dallas diria que sim — respondeu Zoe. — Val diria que sim. Arrancadora diria: "E daí?"

— E você, o que diz?

— Digo que vamos conhecer sua mãe.

X soltou o ar vagarosamente.

— Você faz parecer que conhecê-la será uma tarefa fácil.

— Você está nervoso?

— Estou.

Árvore dissera a eles que a mãe de X estava presa em um buraco no desfiladeiro chamado Caverna das Espadas. Quando o guarda falou isso, Dervish se irritou, se separou de Regente e ergueu a mão. O cinto da túnica de Árvore deslizou por seu corpo e começou a estrangulá-lo. Até mesmo Regente levara alguns momentos para arrancá-lo.

— Escute... — disse Zoe.

— Você não precisa me dizer que não temos que fazer isso — interrompeu X.

— Eu não ia dizer isso. Temos que fazer isso, sem dúvida. Ela está em uma caverna. Eu sou espeleóloga. Acho que talvez seja por isso que estou aqui. — Um pensamento lhe ocorreu. — Você tem medo de se decepcionar?

— Com a minha mãe? — perguntou X. — Não. Espere até ouvir a história que Rosa me contou. Minha mãe é leal, gentil e corajosa. Não pode ser coincidência eu ter me sentido tão atraído por você.

Zoe dispensou o elogio com um aceno de mão.

— Arrancadora também é tudo isso — disse ela. — Batedor também, só que ele bebeu uma tonelada de cerveja. — Ela hesitou. — Então, se você não tem medo de sua mãe ser uma decepção para você, do que você tem medo?

X considerou a questão. Uma névoa fria erguia-se da água, como uma nuvem vindo para engoli-los.

— Que *eu* seja uma decepção *para ela* — respondeu.

— Cala a boca — ralhou Zoe.

— Estou falando sério. Quando estou com *você*, sinto que... sinto que tenho algum valor. Outras vezes, me pergunto se já fiz algo que não fosse violento ou egoísta. Arrastei quinze almas para a Terrabaixa e, às vezes, gostei de ver seu sofrimento.

— Pare.

— Coloquei Rosa em perigo. Coloquei Regente e meu amigo Ameixa em perigo. Coloquei você em perigo. Coloquei um gato em perigo! Vi o Ucraniano ser puxado para um rio em chamas. Se eu não te amasse tanto, não saberia para que serve minha vida. Quando estiver diante de minha mãe, o que posso dizer a ela que não me envergonhe? — Ele fez uma pausa. — Peço desculpas pelo solilóquio. Não espero que responda.

— Ah, mas eu vou responder. Você pode dizer a sua mãe que seu coração sobreviveu a este lugar. Você deixou Jonah muito feliz quando perdemos nosso pai e *nada* conseguia fazê-lo sorrir. Você me beijou como eu sempre esperei secretamente ser beijada. — Ela parou por um segundo. — Sua mãe vai ficar tão orgulhosa de você que nunca vai parar de chorar. Confie em mim. Eu sei como são as mães.

X sorriu de um jeito que dizia que ele acreditava nela.

— Obrigado. Seu solilóquio foi superior ao meu.

— Foi muito bom, não vou mentir.

— E realmente beijei você daquele jeito, não foi?

— Não fique convencido.

O que nenhum dos dois disse foi que, mesmo que Zoe saísse viva da Terrabaixa, não havia motivo para pensar que ele a acompanharia. Zoe lembrou-se de como era ficar em seu quarto estranho na casa de Rufus com pôsteres rasgados e troféus quebrados. Lembrou-se de como era sentir falta de X — e se preocupar com ele —, o tanto que isso a derrubava, a fazia murchar. Em pé, perto dele agora, ela tentou registrar cada sensação. Sua pele tinha um cheiro *todo* dele.

— Preciso te perguntar uma coisa — disse Zoe. — Quando você diz que vai resgatar sua mãe, quer dizer apenas da Caverna das Espadas? Não acha que pode tirá-la completamente da Terrabaixa, acha?

— De verdade? — perguntou X. — O que mais quero, mais ferozmente, é que você deixe este lugar miserável. Então, minha mãe. E, então... Se eu não tiver esgotado todos os meus desejos? Eu mesmo irei com prazer.

Zoe queria que X tivesse tudo o que ele esperava, mas temia que ele estivesse pedindo demais.

Olhou para ver se ele estava pronto para pular.

— Mantenha os joelhos dobrados quando cair — disse ela.

Eles despencaram, cortaram a superfície de água gelada e continuaram caindo. Zoe esperou pelo choque, mas ele nunca veio. Seu corpo agora estava imune ao frio. Ela chegou a dez metros de profundidade antes de pararem de descer. Normalmente, teria se esforçado para voltar à superfície, mas seus pulmões não doíam. Ela não estava desesperada para respirar. Abriu os olhos e conseguiu ver tudo em alta definição. Os ombros e o torso da estátua estavam à sua frente, como um navio naufragado. As pernas desapareciam na escuridão.

X esperou por ela na superfície. Por causa de todos os rios que desaguavam ali, a água era extremamente agitada — um caldeirão.

Mas o caos não assustou Zoe. Energizou-a. Ela gesticulou para que X a seguisse, e eles nadaram ao longo da circunferência do desfiladeiro, entrando e saindo das cachoeiras em busca da Caverna das Espadas. Árvore não sabia exatamente onde estava ou como era — quando ele e Dervish levaram a mãe de X, Árvore ficou esperando na beira do desfiladeiro. A água era tão fria que, sem poderes, ele teria se afogado em minutos.

Zoe presumiu que o nome Caverna das Espadas tinha algo a ver com estalactites ou estalagmites. A voz de seu pai, que sempre vinha a ela quando ela estava em uma caverna, agora borbulhava em sua cabeça: "O nome também pode se referir a formações de gelo, Zo. Não se esqueça de todas as coisas legais que nosso amigo gelo pode fazer!" Zoe odiava que seu pai ainda pudesse se esgueirar para dentro de seus pensamentos. Imaginou-se empurrando-o para fora de uma casa, xingando-o, batendo a porta nos dedos dele.

Havia dezenas de fissuras na rocha ao longo da linha d'água. Qualquer uma delas poderia ter levado a cavernas. Zoe e X revezaram-se, rastejando até as maiores e procurando por algo, qualquer coisa, que se parecesse com espadas. Zoe não sabia a extensão de seus poderes, mas descobriu que, quando precisava de uma habilidade específica, ela aparecia, como se virasse realidade assim que ela desejasse. Nunca sentiu nada tão estranho, legal e estimulante quanto a sensação de luz saindo da palma de suas mãos.

Por uma hora, não encontraram nada. Então, quando Zoe passou por trás de uma das últimas cachoeiras, encontrou uma abertura oval na rocha. Havia uma marca de mão embaixo dela. Só podia ser um sinal.

Zoe nadou de volta para X. Pensou em como os poderes que Regente deu a eles os protegiam de tudo *ao redor*. Desejou que houvesse algo que pudesse proteger X de tudo dentro dele também: o medo, a dor.

X entrou na água, esperando.

Ela mostrou a ele a impressão da palma da mão na rocha.

A julgar pelo tamanho e pela maneira elegante como os dedos se afinavam, era a mão de uma mulher — e era feita de sangue.

O TÚNEL TINHA APENAS um metro e meio de largura e um teto baixo e irregular. X não queria deixar Zoe entrar primeiro. Discutiram. X observou que, se ele estivesse atrás dela e ficasse preso, ela não conseguiria sair. Zoe argumentou gentilmente — tudo bem, talvez não tão gentilmente — que ela sabia como explorar cavernas e ele não, e terminou com: "Chupa, X."

Enquanto conversavam, um vento saiu da abertura na rocha como um hálito frio, seguido pelos sons inconfundíveis de algo se aproximando. Quando Zoe descobriu o que era, não havia tempo para palavras. Ela puxou X para submergir com ela enquanto uma torrente de água e detritos disparavam da parede.

X não havia percebido o que estava chegando.

— *Quem* vai primeiro? — perguntou Zoe, quando emergiram de novo.

— Talvez você devesse ir — respondeu X.

Descobriram que a água jorrava do túnel a cada cinco minutos, arremessando terra e rocha como chumbo grosso. Zoe iluminou a passagem com as mãos e olhou para dentro. Teria que rastejar em linha reta por uns cento e cinquenta metros. Ela nunca havia feito isso por mais de vinte. Não havia como ela e X entrarem e saírem entre as rajadas de água, e eles não tinham cordas, nem brocas, nem parafusos, nem M*rdas para Sobrevivência para se ancorarem. Teriam que se encolher contra as paredes quando a corrente viesse e esperar que ela não os expulsasse do túnel.

Ela não disse nada disso. Era óbvio pelo rosto de X que ele já sabia.

Zoe entrou no túnel de barriga para baixo. A água era lamacenta e escorregadia, o que, na verdade, seria uma vantagem: seria mais fácil deslizar. A primeira vez em que se lançou para a frente, se esqueceu de levar em consideração sua nova força e disparou quinze metros sem parar. Atrás dela, X, que estava aprendendo inconscientemente partes de seu vocabulário, gritou em um dialeto misturado:

— Sério? É assim mesmo que vai rolar?

Ela sorriu para si e diminuiu a velocidade.

A princípio, Zoe olhou adiante, movendo-se rapidamente, mas com cuidado, ouvindo o vento revelador e o rufar assustador da água. Mas, então, a voz de seu pai retornou. Ela o empurrou porta afora, mas ele entrou por uma janela: "Zoe, você está em um túnel no maldito manto de *quatro bilhões de anos* da Terra! *Não* vai mesmo olhar para as paredes? *Não* vai nem dar uma olhada no lugar? O que está fazendo é épico, garota! Ponce de León só descobriu a Flórida!"

Zoe empurrou o pai para fora da janela e a fechou com força.

Mas ele estava certo.

Ela parou por um segundo e permitiu que um tanto do maravilhamento voltasse. Sim, o ar estava azedo com o cheiro de ovo podre (ela mesma nomeou o gás, para que seu pai não o fizesse: sulfeto de hidrogênio). Sim, seus olhos ardiam por causa da areia do túnel. Sim, suas roupas estavam ficando esfarrapadas. Mas, graças aos dons que Regente lhe dera, estava deslizando pela calcita áspera como se não fosse nada. Estava dando voltas em torno de estalactites, estalagmites e espeleogens como se seu corpo fosse líquido. (O pai de Zoe preferia, para os filamentos pegajosos de bactérias que pingavam do teto, o termo "espeleocaca".) Zoe lembrou-se de como adorava explorar cavernas. E X estava com ela. De vez em quando, ele colocava a mão na perna dela para que ela soubesse que ele estava logo atrás. Isso fez com que Zoe se lembrasse de sua mãe salvando-a quando o banco de neve caiu.

Pela primeira vez, ela realmente olhou ao redor. O teto do túnel brilhava com cristais de gesso. As paredes estavam incrustadas com fósseis de criaturas marinhas. Um parecia uma pequena árvore de Natal, outro uma lula com dentes humanos, outro um camarão mutante, outro um urso com oito pernas. Zoe correu os dedos ao longo de suas espinhas, sobre suas pernas, focinhos e tentáculos. Nunca tinha visto nenhum deles. Provavelmente nenhuma pessoa viva jamais vira.

Ela estava hipnotizada.

Não percebeu que o vento havia voltado.

Zoe só teve tempo de encostar a palma das mãos nas paredes e se preparar.

Ela nunca tinha sido atropelada por um carro uivando em uma rodovia.

Agora, sabia como era.

No instante em que a água a atingiu, não conseguiu respirar. Não conseguiu enxergar. A onda empurrou sua cabeça para cima e para trás, como se alguém tivesse puxado seu cabelo.

Ela não conhecia os limites de seus poderes, não sabia o que poderia aguentar. Um medo muito específico passou por sua mente: a água quebraria seu pescoço.

Zoe impulsionou a cabeça para baixo novamente, surpresa por ter força, e fez ainda mais pressão contra as paredes.

Um novo medo: a água arrancaria seus braços.

E quanto tempo ela conseguiria ficar sem respirar? Por que não havia testado seus novos pulmões antes? Rocha e sedimentos resvalaram por ela. Algo maior — uma estalactite, talvez? — se desprendeu do teto e passou a toda velocidade. Por que ela perdeu tempo com os fósseis? Por que ouviu seu pai?

A última gota de água passou por eles e saiu do túnel.

A luz reapareceu. Ar.

Ela sentiu a mão de X novamente. Ele nunca a tinha largado.

Sessenta metros à frente, o túnel subia abruptamente. Zoe queria chegar lá e ver o que havia lá em cima antes da próxima enchente. Moveu-se mais rápido. De vez em quando, um pedaço saliente de rocha, afiado como arame farpado, agarrava sua camisa e a rasgava, mas a dor nunca chegava a seu cérebro. O que quer que tivesse acontecido com seu corpo, poderia ser curado mais tarde.

Faltam quarenta e cinco metros até o túnel subir.

Ela imaginou a mãe de X encorajando-os.

Mas e se a mulher tivesse perdido a cabeça, como dizia Dervish? E se fosse selvagem, perturbada?

Uma velha história veio a Zoe. Uma que trazia esperança.

Eram cerca de seis famílias judias que se esconderam dos nazistas por dezoito meses em uma caverna subterrânea chamada Gruta do Padre. Zoe tinha feito um trabalho para a escola sobre eles uma vez. Metade das crianças reviraram os olhos porque *é claro* que Zoe Bissell descobriria uma maneira de falar de cavernas, mesmo em História Mundial.

Faltam trinta metros.

As famílias viveram na escuridão enquanto os alemães marchavam sobre suas cabeças. Cavaram banheiros e chuveiros. Procuravam comida no campo à noite. Quase todos sobreviveram, mesmo quando aldeões sádicos bloquearam a entrada da caverna com terra para que sufocassem.

Faltam quinze metros.

Uma das pessoas na Gruta do Padre era uma garota cujo nome Zoe adorava: Pepkala Blitzer. Tinha quatro anos. Quando as famílias finalmente saíram da caverna, depois de um ano e meio, Pepkala protegeu os olhos e pediu à mãe que, por favor, apagasse a vela brilhante.

Era o sol.

Zoe obteve um B+ no trabalho. O professor disse que ela falara muito sobre a caverna.

Pouco antes de o túnel virar para cima, havia um buraco gigante no chão da passagem. A rocha, enfraquecida pela água, devia ter cedido.

Atrás dela, X disse:

— Farei uma ponte com meu corpo para que você possa atravessar.

— Não — disse Zoe —, *eu* vou fazer a ponte.

— Um dia eu ainda vou ganhar uma discussão.

Ela sorriu, embora ele não pudesse enxergá-la.

— Não comigo — disse ela.

Zoe imaginou que tivessem talvez três minutos antes que a água voltasse. Ela pressionou a palma das mãos nas paredes e se inclinou sobre o buraco.

Abaixo dela, havia uma queda de quinze metros.

Ela estava se sentindo menos invencível agora. Por um segundo, pensou ter sentido o vento chegando. Não, estava imaginando.

Avançou devagar com as mãos. Suas pernas se apertaram enquanto ela se estendia sobre o vazio.

Quando chegou o mais longe que pôde, moveu as mãos lentamente para baixo das paredes e em direção à extremidade do buraco. Sentiu uma onda de medo, mas, então, seus ossos se prenderam no lugar.

X deslizou sobre suas costas. O corpo dela se manteve firme.

QUANDO CHEGARAM AO LOCAL onde o túnel subia como um poço, Zoe viu que havia uma pequena enseada à direita, onde poderiam esperar a próxima enchente, se precisassem. Zoe subiu o poço. Era mais apertado que o túnel. Teve que contorcer o corpo e untar os braços com lama para se erguer. Por fim, subiu até a câmara lá em cima.

Era impressionante. Cristais brancos como a neve cobriam o chão em montes na altura da cintura. Pareciam o tesouro de um dragão ou flores — crisântemos feitos de gelo. Havia cristais maiores também. Enormes. Tinham aproximadamente o formato de uma lâmina — daí o nome Caverna das Espadas —, mas, para Zoe, elas pareciam mais com árvores derrubadas. Os cristais inclinavam-se em todas as direções. Alguns estendiam-se até o teto, como se o estivessem sustentando.

Zoe ficou tão surpresa com a beleza dos cristais que levou um momento para ver os corpos acorrentados a eles.

Havia uma porção de prisioneiros.

Todas as cabeças estavam cobertas com capuzes pretos.

A mãe de X estava ali em algum lugar.

Zoe gritou para X lá embaixo, bem quando ele estava alcançando a rampa estreita para segui-la. Partiu seu coração dizer a ele que nunca passaria. Ela teria que encontrar a mãe dele sozinha.

X recusou-se a acreditar.

Ele começou a subir, contorcendo o corpo.

Zoe sentiu o vento soprar de uma abertura na rocha acima de sua cabeça. Ela conseguiu ouvir o poder de acumulação de água por trás dele.

— *Saia* do buraco ou vai ficar preso e se afogar — disse ela.

— Não — retrucou ele. — Eu vou com você.

Ele socou a parede para alargar o poço. A rocha se despedaçou.

— Pare! — disse Zoe. — Vai fazer tudo desmoronar! Vou encontrar sua mãe. Apenas me diga como ela é.

As primeiras gotas de água caíram.

— Ela terá a aparência de trinta e cinco anos, embora tenha quase um século — disse X. — E, de acordo com Rosa, ela se parece... Ela se parece comigo.

— Tudo bem — disse Zoe. — Isso é tudo de que preciso.

Os prisioneiros eram deixados de pé, com os braços puxados para trás e acorrentados ao redor dos cristais. Zoe movia-se entre eles o mais silenciosamente que conseguia. Suas cabeças encapuzadas estavam abaixadas. Não emitiam nenhum som. Se Zoe não tivesse visto o peito deles se movendo, não saberia se estavam respirando. Apenas dois eram mulheres.

Pensou em quanto a mãe dela estava longe. Imaginou ela e Jonah no chão da sala, implorando a Uhura que comesse. A dor da saudade foi tão repentina e aguda que Zoe precisou forçar a família a entrar na caixa "não abra" em seu cérebro. Não quiseram ir.

A primeira mulher usava um vestido de linho verde-claro, de aparência medieval, bordado com pérolas, embora a maioria tivesse caído ou sido roubada.

— Sou uma amiga — sussurrou Zoe.

Ela foi tirar o capuz da mulher para poder ver seu rosto, mas suas mãos tremiam. Ela se acalmou e tentou novamente. O cabelo branco prateado da mulher caía abaixo dos ombros. Estava na casa dos setenta.

Não era a mãe de X.

A mulher tinha um rosto macio e redondo e olhos azul-acinzentados, que imediatamente fechou contra a luz. Havia uma razão para ela não ter falado: havia uma grande pedra cinza presa entre seus lábios.

Zoe gostaria de ter libertado a mulher — queria libertar todos eles —, mas não fazia ideia de quais seriam as repercussões se o fizesse. Tocou nos cabelos da mulher por impulso. Não conseguia imaginar por que alguém como ela havia sido enviada para a Terrabaixa. Sem abrir os olhos, a mulher inclinou a cabeça e esfregou o rosto na mão de Zoe, como um gato.

Zoe estava quase chorando quando se afastou. Em parte porque sentia falta da própria mãe, mas principalmente porque havia apenas mais uma mulher na Caverna das Espadas.

Zoe não tinha dúvidas de que era ela: conseguiu ver as mãos pálidas nas algemas e os cabelos pretos escorrendo de seu capuz.

Quando Zoe se aproximou, varreu os cristais do chão para o lado, abrindo uma clareira onde pudesse ficar de pé.

— Está tudo bem — disse ela à mulher, como se estivesse acalmando um cavalo assustado. — Vou ser gentil.

Ela puxou o capuz.

Viu um rosto tão parecido com o de X que, por um segundo, não conseguiu respirar.

vinte e quatro

Zoe tirou a pedra da boca da mulher. Estava toda arranhada e marcada: marcas de dente.

A mulher tossiu, respirou fundo, estremeceu com a luz.

— Seu nome é Versalhes? — perguntou Zoe.

Ela teve que falar mais alto do que queria porque a água estava caindo de novo.

A mulher olhou para Zoe, mas seus olhos não pareciam focar. Ela não respondeu. Zoe se perguntou se ela conseguiria.

Mesmo depois de vinte anos com capuz e correntes, a mulher era incrivelmente bonita — mais bonita que Arrancadora. Mais bonita que X, até. Parecia um retrato pintado para lisonjear uma rainha. Tinha o mesmo cabelo de X, as mesmas sobrancelhas escuras e questionadoras, os mesmos olhos quase pretos. Suas roupas eram simples. Funcionais. Usava um vestido puído em xadrez azul e branco e botas resistentes. Zoe esperava algo mais chique de uma senhora, mas talvez, como Regente, a mulher se recusasse a roubar dos fracos.

Seus lábios estavam rachados. Zoe tirou o suéter fino, que ainda estava encharcado da última enchente. Enxugou o rosto da mulher.

A mulher puxou-o para trás, desconfiada. Zoe lembrou a si mesma que os prisioneiros aqui não viam outro ser humano havia anos — e que o último havia sido Dervish, que mal se qualificava como tal.

Ela precisava mostrar à mulher que não era uma ameaça. Circulou por trás da coluna de cristal e, sem nem mesmo se perguntar se conseguiria, quebrou as correntes. Sentiu o ferro se desfazendo em suas mãos. A mulher escorreu para o chão, esfregando os pulsos e olhando para as mãos como se nunca as tivesse visto. Acenou com a cabeça, mostrando gratidão a Zoe, em seguida olhou para os pés, que ainda estavam amarrados.

Zoe arrebentou aquelas correntes também.

Ela pegou o suéter úmido de novo. Esfriou o rosto da mulher com ele, em seguida o pressionou contra os lábios secos.

Zoe repetiu a pergunta:

— Seu nome é Versalhes?

A voz da mulher saiu rouca.

— Não.

Zoe caiu no chão. Alguns dos outros prisioneiros ouviram vozes e estavam se mexendo. Talvez a mulher tivesse sofrido demais para lembrar o próprio nome? Ou talvez Zoe estivesse com a mulher errada? Pensou em X no túnel, esperando. Havia prometido a ele que poderia fazer isso.

— Tem certeza? — perguntou ela.

Era uma pergunta ridícula, mas a única em que ela conseguia pensar.

A mulher gesticulou para o suéter molhado novamente, apertou-o contra o rosto e suspirou nele.

— Versalhes — ela disse devagar — é apenas como me chamam. Não é meu nome. Meu *nome*... é Sylvie.

Zoe avançou para abraçá-la.

Sylvie ficou chocada, mas, depois de um segundo, Zoe pôde senti-la relaxar no abraço e retribuir.

— Faz muito tempo que não tenho uma conversa — disse Sylvie —, mas não me lembrava de que eram assim.

— Desculpe — disse Zoe. — Estamos procurando por você faz muito tempo.

Sylvie esfregou a garganta.

— Quem são "nós"? — perguntou ela.

— Estou... estou tentando pensar em um jeito de contar para você — disse Zoe.

— Meus olhos estão fracos por usar o capuz — explicou Sylvie —, mas você me parece muito jovem. Apenas uma garota.

— Tenho dezessete anos — contou Zoe.

— Não é possível. A Terrabaixa nunca aceita almas dessa idade.

— Só estou de visita.

Sylvie balançou a cabeça em descrença.

— Meu Deus, você tem uma boa história para contar, não é? — comentou ela, começando a dobrar o suéter. — O jeito que quebrou as correntes... achei que era um senhor. Agora, não sei o que pensar.

Depois de uma vida inteira falando coisas sem pensar, Zoe realmente não sabia como começar.

Sylvie devolveu o suéter.

— Obrigada — disse ela. — Por que está me procurando? Por que quebrou minhas correntes?

— Porque vou tirar você daqui — respondeu Zoe.

Sylvie olhou para ela com cautela.

— É alguma piada de Dervish.

— Não — disse Zoe.

— Sabe por que fui trazida para cá? — quis saber Sylvie. — Sabe qual foi o meu "crime"?

— Você teve um bebê.

— Isso mesmo. Um menino. Você sabia que era um menino?
— Sabia.
— Dei à luz quase um século depois de morrer. Não foi nada simples, caso você esteja se perguntando.

Seu sorriso desapareceu. As lembranças pareciam estar se acumulando.

— Dei um nome ao meu filho antes que eles o levassem embora, um nome só para mim. Só para eu poder lembrar que ele era real. Não poderiam me impedir de fazer *isso*, os desgraçados.

— Qual nome você deu a ele?

Sylvie se afastou de suas lembranças e encarou Zoe, como se tivesse acabado de perceber que ela estava ali.

— Você nem me falou *seu* nome — disse.
— Meu nome é Zoe Bissell.
— E os senhores sabem que você está me libertando?
— Mais ou menos. Não sou muito boa em pedir permissão.
— Também nunca fui. Tome cuidado. Foi *assim* que parei aqui.
— Sempre sou cuidadosa. Bem, semicuidadosa.
— Se tivermos só "mais ou menos" a permissão dos senhores — disse Sylvie —, como vamos sair daqui?
— Vamos simplesmente sair andando — respondeu Zoe. — Na verdade, vamos engatinhar, nadar, escalar e depois andar. Está disposta?

Ela levantou-se e estendeu a mão para Sylvie.

— Provavelmente não — disse Sylvie. — Mas, felizmente, sou teimosa e qualquer cela será o paraíso comparada a esta. — Ela tomou a mão de Zoe e se levantou também. — Você tem que me dizer por que veio até mim. Por favor. *Quem* é você?

Zoe respondeu da forma mais simples que pôde:

— Eu conheço seu filho.
— Meu filho? Meu bebê sobreviveu?
— Sobreviveu — respondeu Zoe. — Ele é lindo. — Ela hesitou. — E eu estou apaixonada por ele.

Sylvie encaixou o rosto entre as mãos.

— Tudo isso é demais para mim. Jure novamente que isso não é uma piada de Dervish.

— Juro.

— Quantos anos tem meu bebê agora? — perguntou Sylvie.

— Vinte.

— *Vinte!* Quero vê-lo... conhecê-lo.

— Você está prestes a fazer isso.

— Agora?

— Agora *mesmo*.

Zoe esperava que ela estivesse em êxtase, mas o rosto de Sylvie ficou sombrio.

— Ele está aqui na Terrabaixa? Eles o mantiveram prisioneiro? Um garotinho?

Mais uma vez, Zoe respondeu de forma direta porque não havia como proteger Sylvie da verdade:

— Mantiveram. Desculpe. Estou aqui tentando levá-lo embora.

Sylvie trincou os dentes de raiva e segurou o braço de Zoe.

— Bem, agora você tem ajuda.

Elas caminharam em direção ao poço. Os cristais trituravam-se sob seus pés e brilhavam levemente, como neve.

— Meu filho, ele também te ama? — perguntou Sylvie.

— Ama. Acredita nisso?

— Acredito.

Chegaram ao poço no momento em que a enchente terminara. Ainda havia umidade no ar. Olharam para baixo e viram, em um vislumbre, o topo da cabeça de X.

Sylvie hesitou e deu alguns passos para trás.

— Meu Deus — disse ela. — Ali está ele.

— Não fique nervosa — tranquilizou Zoe. — Ele não vai decepcioná-la.

— Mas ele está esperando uma senhora, uma força da natureza, uma vingadora. E se ele ficar decepcionado *comigo*?

— Foi o que ele disse sobre você — disse Zoe, sorrindo. — Sem dúvida você é a mãe dele. Vai me dizer o nome que você deu a ele?

— Claro, mas ele sobreviveu sem a minha ajuda. Ele merece ser chamado do que quiser.

Zoe ajoelhou-se perto do poço, preparando-se para ajudar Sylvie a descer. Por acidente, chutou alguns cristais para dentro buraco.

— Você o ajudou, sim — disse Zoe. — Saber que você estava em algum lugar, saber quão forte você era, saber que o amava... Isso fez toda a diferença.

Sylvie massageou um pouco a bochecha para corá-las.

— Obrigada por me dizer isso — disse ela. — Você é uma garota muito gentil. Eu lhe dei o nome de Xavier.

parte quatro

ASCENSÃO

vinte e cinco

X ESPEROU NO FUNDO do poço, em agonia. Seu estômago parecia um trapo molhado sendo torcido.

Um punhado de cristais caiu e pousou a seus pés. Ele olhou para cima assim que o rosto de Zoe apareceu.

Ela estava chorando.

Devia ter falhado.

Sentiu toda a esperança esvair-se de seu corpo.

— Não conseguiu encontrá-la? — gritou ele. — Está tudo bem. Eu juro. Não se preocupe.

Zoe fez que não com a cabeça.

— Eu a encontrei — respondeu ela.

E desapareceu de vista. X ouviu murmúrios e um farfalhar de roupas. Uma mulher de botas e um longo vestido azul e branco desceu em sua direção.

Sua mãe.

Depois de uma vida inteira de espera, ele não se sentia pronto. Teve que enfiar as mãos nos bolsos da calça porque tremiam.

Zoe guiou a mãe dele pelo poço, apontando onde era seguro apoiar os pés. X ouviu Zoe dizer:

— Você está indo bem.

E:

— Você está bem?

A primeira palavra que ouviu sua mãe dizer foi *sim*.

Sua mãe estava de costas para ele, então ele não conseguia vê-la, o que fez seu estômago revirar. Ao se aproximar do chão, ela estendeu a mão para se apoiar. X pegou-a. Era quente e parecia forte. Ela desceu ao chão do túnel. Virou a cabeça. Seu rosto saiu da escuridão, como a lua por trás das nuvens.

— É realmente você? — perguntou ela.

X assentiu, com medo de falar. Não queria chorar na frente dela.

Ele tirou o embrulho de papel-alumínio de seu casaco e o colocou delicadamente nas mãos dela, como um presente. Ela parecia confusa. Ela o abriu devagar, como se o embrulhinho pudesse se desintegrar. X observou seus olhos se arregalarem: a coleira de Vesúvio, o pente, o caco de porcelana... Os olhos da mãe brilharam com as lágrimas. Começou a tocar tudo com suavidade, com reverência. Quando chegou à broca quebrada, seu dedo pairou sobre ela com incerteza.

— Fui casada com um homem chamado Fernley — disse ela. — Tenho medo de contar o que fiz com ele.

— Eu ouvi toda a sua história — revelou X. — Você fez apenas o que era necessário.

Sua mãe olhou para ele.

— A maneira como você fala...

— Sim — disse X. — Vou explicar assim que eu estiver em plenas faculdades mentais. Agora mesmo estou me sentindo tomado por emoções.

— Eu também. Posso abraçá-lo? É muito cedo?

— Tenho medo de chorar.

Era bom não fingir ser mais forte do que ele era.

— Vá em frente e chore — disse Sylvie. — Sua mãe está dizendo que não tem problema.

Ela pôs os braços ao redor dele, e X — embora ele soubesse que não era possível — reconheceu a sensação de alguma forma. Sentiu como se já a tivesse abraçado. Sua mãe começou a chorar primeiro. Quando X a sentiu tremer, desabou também.

— Você veio atrás de mim — disse a mãe dele. — Você me encontrou.

— Eu queria que você soubesse disso... que estou bem — disse X. — Que eu sobrevivi. Que sempre pensei em você.

— Estou sem palavras. Não acredito que estou olhando para você.

— Como eu posso chamá-la? — perguntou X.

— Do que você quiser. Sylvie. Mãe. *Você* aí. Tudo menos Versalhes. Faz muito tempo que não sou essa pessoa. E como devo te chamar? Como Zoe chama você?

Zoe havia descido. Ela ficou atrás deles.

— Eu o chamo de X — disse ela.

Sylvie virou-se para ela, atordoada.

— Sério? — perguntou ela.

— É — respondeu Zoe.

— Por que é tão surpreendente? — quis saber X.

— Quando você nasceu — disse Zoe —, ela lhe deu o nome de Xavier.

X sorriu pela primeira vez.

Lá em cima, a água rugia, então os três mergulharam na enseada seca e se sentaram. X iluminou o espaço com um movimento da mão. Zoe aparentemente sentiu que havia deixado a enseada clara *demais*, porque a escureceu alguns graus com um movimento de mão.

— Os olhos dela estão sensíveis — explicou.

X não conseguia parar de olhar para a mãe. Em toda a sua vida, só se olhou em um único espelho: o do banheiro dos Bissell, que Zoe pintou de roxo e Jonah decorou com adesivos de insetos. Ainda assim,

X se reconheceu no rosto de Sylvie. Fez com que se sentisse menos sozinho. Fez se sentir correspondido. Fez algo dentro dele — algo que sempre pareceu um pouco deslocado — se encaixar no lugar.

Sylvie olhava para ele ainda mais intensamente, como se isso fosse possível. Ela tomou a mão dele.

— Antes de dizermos mais alguma coisa, deixe que eu te peça desculpas?

— Por quê?

— Você realmente não sabe?

— Juro que não.

— Por fazer você nascer na Terrabaixa — disse Sylvie. — Por dar a você uma vida que não era vida. Por não ficar com você, por não o proteger, por deixá-lo à mercê de... — ela gesticulou para as paredes sombrias — ... tudo isso. Acho que falhei de todas as maneiras que uma mãe podia falhar.

— Não, Sylvie. Não! — Era a primeira vez que ele dizia o nome dela. — Você não teve escolha. Quanto ao que aconteceu comigo, não estou... não estou *arrasado*. Encontrei Zoe. Agora, encontrei você. Não tenho vergonha da minha vida, nem um pouco, e não a trocaria por nada.

— Minha nossa, você é gentil — disse Sylvie.

— Não — disse X. — Na verdade, eu...

Zoe cutucou-o com o pé.

— Pare de ser modesto. Você é gentil.

X sorriu.

— Você tem razão — ele disse a sua mãe. — Sou *incrivelmente* gentil.

Sylvie riu.

— Vocês dois são bonitinhos juntos — disse ela.

Zoe cutucou-o de novo.

— Somos *incrivelmente* bonitinhos juntos — afirmou X. — Nunca ninguém foi tão bonitinho assim.

X desejou que nunca tivessem que deixar a enseada. Não sabia o que os esperava na prisão, e tudo o que ele queria ou precisava estava ali.

— Quando você nasceu, eu exigi segurá-lo por um momento... Você sabia disso? — perguntou Sylvie.

Ela estava com a folha de papel-alumínio aberta no colo. Estava rolando o botão de pedra-de-sangue na palma da mão.

— Não — disse X.

— Fiquei surpresa quando Dervish concordou — disse Sylvie. — Ele provavelmente sabia que assim seria mais difícil entregar você. Realmente queria me torturar de qualquer maneira que pudesse. — Ela fez uma pausa, lembrando. — Beijei sua moleira primeiro, acho. Em seguida, a barriga e os dedos dos pés. Posso ter errado a ordem. Fiz cócegas em seus dedos. Alisei o rodamoinho no seu cabelo. Mesmo agora, me lembro do seu peso em meus braços... e me lembro de como meus braços ficaram vazios quando você se foi. Quando Dervish prendeu meus pulsos, não resisti porque, depois de perder você, eu... eu não queria segurar mais nada. — Sylvie estava chorando de novo. — Desculpa. Não sou uma pessoa chorona. Normalmente, não. — Ela apertou os olhos com a ponta dos dedos e suspirou. — Dervish e um guarda me trouxeram para cá...

— Eu o chamo de Árvore — comentou Zoe.

— Ah, ele deve gostar — disse Sylvie. — Geralmente o chamam de Graveto.

— Ele nos disse onde você estava — explicou Zoe. — Foi meio que foda quando fez isso.

— Sempre gostei dele — disse Sylvie. — Um cabelo tão engraçado. Dervish ferveu de raiva com ele o caminho todo até aqui, mas Árvore continuou sussurrando coisas gentis como: "Você sempre será a mãe do bebê." E havia outra fala dele em que pensei por anos, porque era muito doce. Como era? Ah, lembrei: "Seu filho é lindo. Eu tenho cinco irmãos, e todos eles são tão feios quanto eu."

Sylvie esfregou os pulsos nos pontos em que as algemas haviam ferido a pele.

— Há muito que quero dizer, mas ainda estou me sentindo confusa — confessou ela ao X. — Impeça-me se eu divagar?

— Não — disse X.

Sua mãe olhou para ele com carinho — era incrível como cada olhar dela o aquecia — e continuou:

— Na verdade, Dervish cantarolou enquanto me acorrentava ao cristal... e cantou enquanto enfiava a pedra na minha boca. Então, colocou o capuz na minha cabeça. No minuto em que se foi, sofri tanto por você que nem me importei onde estava. Por fim, me convenci de que os senhores o libertariam. De que você tinha uma família em algum lugar. Imaginei você no mundo real, brincando na neve com seu chapéu e suas botas de menino. Eram como histórias de ninar que eu contava a mim mesma. — Sylvie ficou em silêncio por um momento. — Fico enojada por terem mantido uma criança prisioneira. Passei tanto tempo tentando me livrar da minha fúria neste lugar. Minha nossa, como ela volta rápido.

— Encontrei uma espécie de família — disse X. — Fui treinado para ser um caçador de recompensas por uma mulher chamada Arrancadora. Era a mais rara das pessoas, embora eu não ache que ela acreditasse nisso. Falo do jeito que falo por causa dela.

— Eu adoraria conhecê-la — disse Sylvie. — Para agradecê-la.

— Arrancadora se foi — disse X. — Foi levada. Não sei para onde.

— Sinto muito — disse Sylvie.

X tentou não pensar na saudade que sentia de Arrancadora. Ela ocupava um espaço tão particular em sua vida que não conseguia imaginar alguém para substituí-la. Aliás, quem poderia substituir Batedor com seus doces, suas gírias bobas, sua lealdade quase inacreditável? Quem poderia substituir o Ucraniano com seus engraçados acessos de indignação? Ou Ameixa, com suas mãos delicadas? Finalmente, sentado ali com sua mãe, X foi pego de surpresa por quantas pessoas perdeu no caminho até encontrá-la.

Não disse essas coisas em voz alta, sem querer diminuir o momento. Em vez disso, falou:

— Regente tem sido como um pai para mim.

Os olhos de Sylvie brilharam.

— *Regente*. Eu sabia que ele te protegeria! Eu deveria ter perguntado... Não acredito que não perguntei... Você sabe quem é seu pai?

— Seu nome, não muito mais — disse X.

— Conheci Timothy em Montana — disse Sylvie. — Depois que fui nomeada senhora, costumava fugir da Terrabaixa para caminhar nas montanhas em que cresci. Não havia ninguém para me impedir.

— E quanto ao Poder Superior? — quis saber X.

— Ah, o Poder Superior não é uma grande presença, é? Você precisa fazer algo muito afrontoso para chamar sua atenção — disse Sylvie. — Encontrei Timothy na trilha para um lugar chamado lago Avalanche. Ele colheu flores para mim. Não, espera, eu colhi flores para ele... Sim, foi isso mesmo. Ele colocou uma atrás da orelha e outra entre os dentes, e fez uma dança espanhola engraçada para mim, batendo palmas sobre a cabeça e tudo o mais. Depois de me casar com Fernley, que era tão repulsivo, eu nem sabia que *existiam* homens como Timothy... homens carinhosos e cheios de vida. — Ela se virou para Zoe. — E *lindos* — disse ela. — Não havia uma planta ou árvore que Timothy não pudesse identificar... ou um animal que não respeitasse. Acabamos caminhando na mata muito tempo sem trocar uma palavra.

Sylvie sorriu e olhou para o botão de pedra-de-sangue na palma da mão.

— E, então, fizemos *algumas outras* coisas sem falar — disse ela. — Timothy não sabia o que eu era. Eu o visitei de vez em quando ao longo de algumas semanas. Então, percebi que o estava colocando em perigo, que estava sendo egoísta. E se outro senhor descobrisse o que eu estava fazendo? Então, me obriguei a parar de ir. Foi extremamente difícil.

Sylvie recolocou o botão no papel-alumínio.

— Fiquei chocada quando descobri que estava grávida — explicou ela. — Não fazia nenhum sentido biológico. Quer dizer, eu estava *morta*. Talvez fosse porque eu era uma senhora? Ou porque ele era um mortal? Estou apenas supondo. Quando percebi que Timothy e eu havíamos *feito* algo juntos, algo que eu podia sentir crescendo dentro de mim, quis tanto contar a ele que foi paralisante. Eu me forcei a não fazer isso. Nunca mais o vi.

Como se quisesse descartar o fim da história, Sylvie virou-se para Zoe e disse:

— Montana é linda. Você já esteve lá?

— Eu moro lá — respondeu Zoe.

— É mesmo? — questionou Sylvie. — Que dia estranho, *tão estranho* é este. — Ela pôs a mão sobre a de X. — Agora, me fale sobre você. Eu não fiz nada além de falar. Fizeram de você um caçador de recompensas, você disse?

— Eu devia ter recusado? — perguntou X. Ele estava com medo da resposta. — Muitas vezes pensei assim por causa da forma como a violência entra no sangue. No entanto, eu tinha apenas dez anos quando meu treinamento começou, e tudo que eu sabia era que algo estava finalmente acontecendo comigo.

— Você fez bem em dizer que sim, claro que fez — disse Sylvie. — Olhe para mim. Pessoas como você e sua amiga Arrancadora, pessoas com consciência, *deviam* ser caçadores de recompensas. São os únicos que deviam ser senhores também. Qualquer um que apenas anseie pelo poder deveria se envergonhar. Sabe por que confiei em Regente desde o começo? Porque, toda vez que ele tinha que machucar alguém, levava uma eternidade para se perdoar.

— Aliás, não sou mais caçador de recompensas — disse X. — Fui proibido de deixar a Terrabaixa. Eu me apaixonei por Zoe e me tornei... não confiável.

— Minha nossa, sua história é tão parecida com a minha. Dervish deve ter enlouquecido!

— Não sou o favorito dele — revelou X.

— Ele nos odeia — disse Zoe. — *Odeia*.

— Então você está fazendo algo certo — afirmou Sylvie. — É importante ser odiado pelas pessoas certas. — As sobrancelhas dela franziram-se. — Zoe, eu ainda não entendo como você chegou aqui.

— Eu segui Dervish por um portal. Simplesmente pulei dentro dele. Talvez não tenha sido minha melhor decisão, mas... eu amo seu filho. Temia por ele e pensei que poderia ajudá-lo a encontrá-la. Quis tentar. — Ela hesitou. — Além disso, ele e seus amigos estão sempre aparecendo na minha casa sem avisar.

— Se eu não soubesse das coisas, acharia que você estava louca — disse Sylvie. — Mas foi isso que disseram sobre mim.

Sylvie levantou-se na enseada. Tirou algo da folha de papel-alumínio para guardar para si — ela o transferiu para o bolso tão rapidamente que X não conseguiu ver o que era — e, então, devolveu o pacote para ele.

— Estou pronta para enfrentar o que quer que tenhamos de enfrentar, se vocês concordarem — disse ela. — Quem está esperando por nós lá em cima?

— Regente, Dervish... e uma multidão com intenções variadas — respondeu X. — Ah, e Chorosa também.

— Chorosa? Sério? — disse Sylvie. — Aliás, o nome verdadeiro dela é Mariette. Sei que não devo dizer isso, mas é ridículo que a chamem de Chorosa. Ela é a pessoa menos chorosa que já conheci! Espancou um médico até a morte com uma broca, pelo amor de Deus. — Ela hesitou. — Ela ainda está com Vesúvio?

— Está — respondeu X.

— Quando Dervish e Regente vieram para levar nossas almas, Mariette pegou Suvi para protegê-lo, e então não teve coragem de deixá-lo ir. Ela te contou isso?

— Não — disse X.

— Eu a observei tentando colocá-lo no chão enquanto nos empurravam em direção ao portal — contou Sylvie. — Ela simplesmente *não conseguiu*. Ela o amava demais. Então, ele veio conosco. Acho que era o que ele pediria para fazer, se pudesse falar. Ele a amava tanto.

Antes de deixarem a enseada, Sylvie abraçou X e Zoe, um de cada vez. X sentiu uma força em sua mãe, uma determinação que não existia antes.

— Obrigada por me salvar — disse Sylvie. — Agora, é minha vez de salvar vocês.

X sentiu Zoe bater nele com o quadril.

— Quero que você venha conosco — disse ele à mãe. — Para o... para o mundo.

— Você é muito bonzinho — disse Sylvie. — Mas nunca vão me deixar sair da Terrabaixa. Eu matei uma pessoa, por mais repulsiva que fosse. Vai ser o suficiente, muito mais que o suficiente, se eu nunca tiver que voltar para a Caverna das Espadas.

— Você não vai. Regente nunca permitiria — asseverou X.

— Então, você me salvou de cem mil... *de cem milhões*... de dias passados com um capuz sobre os olhos e uma pedra na boca — disse Sylvie. — Exijo que você tenha tanto orgulho de si mesmo quanto eu tenho de você.

— Vou tentar.

— Muito bem — disse Sylvie. — Agora, vamos nos concentrar em vocês dois. Assim que chegarmos à prisão, você pode me ver falar de um jeito, ou me comportar de um jeito que... será menos do que educado. Peço desculpas de antemão. Mas, se Dervish pensa que vou deixar meu filho, *ou* a garota que ele ama, ficarem presos por mais um segundo, ele precisa ser apresentado novamente à Versalhes.

vinte e seis

A VIAGEM PELO TÚNEL foi torturante. Zoe rastejou na frente para que pudesse fazer uma ponte com seu corpo para Sylvie quando chegassem aonde a pedra havia caído. X seguiu atrás para tentar proteger a mãe das enchentes. Sylvie não parecia ter medo, mas não tinha poderes nem resiliência sobre-humana. X sentiu como se estivesse transportando uma vidraça.

Enquanto avançava de barriga para baixo, pensou em como seria ser livre. Era egoísta, mas não podia evitar. Infelizmente, também não conseguiu impedir o pensamento que vinha a seguir: e se a Terrabaixa nunca o deixasse ir embora? Imaginou um guarda empurrando-o para dentro da boca escura de uma cela. Imaginou as barras se fechando como dentes. Seria suficiente saber que Zoe e sua mãe o amavam — e que o amavam não porque *não* soubessem o que havia em seu coração, mas porque sabiam? A resposta veio até ele com força.

Não, não seria o suficiente.

Ele precisava ter Zoe. Ele precisava ser livre.

Quando chegaram ao último trecho do túnel, onde as criaturas marinhas fossilizadas piscavam à luz, X teve seu primeiro vislumbre real do desfiladeiro à frente. O pequeno mar ao redor da estátua agora estava totalmente imóvel. Até a cachoeira que se derramava na frente da entrada do túnel havia parado — *realmente* parado, como se alguém tivesse pressionado o botão "pausar". X podia ver as gotas de água pairando no ar.

Zoe gritou para trás.

— Lá vamos nós.

Ele observou-a sair do túnel e depois ajudar sua mãe a entrar na água. Deslizou para a frente até se juntar a elas.

— Esta é a parte em que digo que temos companhia — disse Zoe.

X levantou a cabeça. Havia senhores na borda do desfiladeiro, não apenas Regente e Dervish, mas uma centena deles, todos olhando para baixo. Deviam ter vindo de uma dúzia de colmeias vizinhas.

A notícia havia corrido.

Os três boiavam como rolhas na água.

— Sei que não parecemos muito fortes — disse Sylvie. — Mas vamos conseguir.

X viu que a mãe tremia de frio. Ergueu-a para fora da água e a carregou pela parede do desfiladeiro. Quando olhou para Zoe, ela havia sumido. Tinha nadado em outra direção.

— Espere — gritou ela. — Acho que vi um amigo.

X examinou a água. Havia um corpo, vestido de vermelho, flutuando de costas perto da base da estátua.

O Ucraniano. Seu rosto estava coberto de cinzas.

Mas estava se mexendo.

X observou Zoe erguer o guarda por cima do ombro e começar a escalar o desfiladeiro abaixo dele e de Sylvie. Sua força era linda de se ver.

— Pensei que você estivesse morto — disse Zoe ao Ucraniano.

— *Já* estava morto — respondeu ele com rispidez. — Por favor, preste atenção. — Ele semicerrou os olhos para Sylvie. — Você é a mama, certo?

— Sou — respondeu Sylvie.

— Seu garoto estava muito preocupado com você — disse o guarda. — O que era irritante, para ser sincero.

X ESCALOU NA DIREÇÃO de Regente, ignorando os outros senhores. Subiu rápido para mostrar sua força. Não se intimidaria. Zoe iria para casa, e sua mãe nunca mais voltaria para a Caverna das Espadas ou para qualquer lugar parecido.

Sylvie abraçou Regente no instante em que saíram do desfiladeiro. Seu vestido de algodão estava tão amassado quanto um pano torcido. Suas botas eram comuns. Mas, na maneira como se comportava, ela era mais realeza do que qualquer um dos senhores. Eles pareciam saber disso também. Abriram espaço para ela e Regente e observavam-na com ar de admiração. X conseguia ouvir Dervish resmungando no meio da multidão, mas os outros senhores o seguravam. Um bom sinal.

— Olá, velho amigo — disse Sylvie a Regente. — As coisas ficaram tediosas sem mim?

Regente abriu para ela um sorriso raro e desarmado.

— Não, não — respondeu Regente. — Juntou-se a nós um jovem travesso, tão parecido com você que era como se você nunca tivesse ido embora. Vejo que você o conheceu.

— Meu filho tem um bom coração, não é? Ele foi atrás de mim.

— Ele tem um coração *muito* bom. Puxou à mãe dele.

UM GRITO CORTOU O AR:

— Chega!

Dervish havia se soltado.

X e Regente avançaram para proteger Sylvie.

Dervish moveu-se mais rápido.

Seus olhos estavam enlouquecidos. O colar de ouro havia se cravado em seu pescoço. Ele lançou-se contra a mãe de X e a arrastou para o lado do desfiladeiro.

X mergulhou atrás deles. Ao cair, com o canto dos olhos, viu outros dois mergulhando com ele.

Regente. Zoe.

Dervish agarrou o pescoço de Sylvie e a segurava debaixo d'água, deixando-a subir de vez em quando só para vê-la gritar.

X e Regente nadaram até ele de um lado, Zoe do outro.

— APROXIMEM-SE DE MIM — berrou Dervish —, e eu a SEGURAREI até que seus pulmões COLAPSEM! Talvez não consiga matá-la, mas posso transformar o cérebro dela em PUDIM!

X olhou para Regente para que pudessem coordenar um ataque, mas Regente estava olhando para os senhores. Parecia estar esperando por um sinal.

— Viu como eles OLHAM? — rosnou Dervish. — Você se convenceu de que eles se importavam, mas por que deveriam?

Ele mergulhou Sylvie de novo. As pernas dela chutavam loucamente.

Só então veio um grito do topo do cânion. Rosa abriu caminho pela multidão com Vesúvio nos braços. Ela estava assistindo a tudo.

X pensou na história da broca, de como Fernley e o cirurgião tentaram tornar a mãe dócil, complacente. Dervish estava tentando fazer a mesma coisa.

Regente gritou para os senhores:

— Acabarei com o reinado de Dervish com minhas próprias mãos, se estivermos de acordo. Me mostrem um sinal!

De todos os silêncios que X já ouviu, o que se seguiu foi o mais profundo.

Foi Zoe quem finalmente o quebrou:

— Regente! É hora de *parar* de pedir permissão!

Ela avançou pela água em direção a Dervish, mas, mesmo com dor, os poderes dele eram maiores que os dela. Ele a golpeou com a mão livre, e ela se chocou contra a parede do desfiladeiro.

— Como podem apenas *assistir*? — gritou X para os senhores. — *Nada* os toca?

Mais uma vez, não deram nenhuma resposta. O silêncio dobrou, triplicou, até que parecia haver mais dele no mundo que ar.

— Como a apatia deles me alimenta! — disse Dervish. — Talvez até sejam APLAUSOS!

Mas, então, um a um, os senhores pularam na água.

Havia cinco deles, depois dez, depois vinte. Nadaram atrás de X e Regente e — como um exército, como uma onda — se aproximaram de Dervish.

O medo cobriu o rosto dele. Empurrou Sylvie para a água e puxou-a para fora novamente. Fez isso cada vez mais rápido, com uma espécie de insanidade. A água agitava-se. O corpo de Sylvie estava amolecido como o de uma boneca.

Na quarta vez que ele a puxou, ela voltou à vida. Havia algo escondido em sua mão. Ela cortou o rosto dele com o objeto.

Era o caco da jarra de porcelana com que Fernley a havia espancado.

Uma fenda sangrenta abriu-se no rosto de Dervish. Chocado, ele soltou Sylvie e apertou a bochecha para curá-la.

Sylvie nadou em direção a Zoe, mas estava cansada demais para alcançá-la. Zoe percorreu a distância em um instante. X observou enquanto a garota a ajudava e subia com ela em direção à segurança, em direção a Rosa.

A ferida no rosto de Dervish desapareceu sob seu toque, mas o colar de ouro queimou ainda mais. Ele lutou para afastá-lo de sua pele, assim como a Condessa havia feito.

X olhou para Regente, uma pergunta em seus olhos.

Regente entendeu, assentiu com a cabeça.

X avançou até onde Dervish se debatia na água.

— Deixe-me ajudá-lo — disse ele.

Ele pegou o colar de ouro e o arrancou do pescoço de Dervish.

vinte e sete

X ENTREGOU O COLAR quebrado a Regente, que o enrolou no braço e arrastou Dervish pelo desfiladeiro como um cadáver. Os outros senhores seguiram-no. X ficou para trás por um momento, observando-os subir em massa pela parede. Com suas cores vibrantes e as joias, pareciam uma raça antiga de criaturas que finalmente abandonavam o mar.

No chão da prisão, os senhores formaram um círculo ao redor de Dervish e debateram seu destino. X não conseguia ver o próprio Dervish, mas o ouvia gemer como um animal. Não, não era justo: X nunca tinha ouvido um animal chorar assim. Até Vesúvio, quando a Condessa o tirou de Rosa e o aprisionou em uma caixa, protestou menos.

X foi até Regente. Precisava saber o que aconteceria a seguir. Havia aceitado que sua mãe permaneceria presa na Terrabaixa para sempre, mas e quanto a Zoe? E quanto a ele?

Regente afastou-se do círculo, irritado com a interrupção. X teve um vislumbre de Dervish em meio aos outros senhores, embora seus corpos fossem largos como árvores. Ele tinha parado de gritar.

Sentou-se no chão em estado de choque, balançando para a frente e para trás como uma criança apavorada.

— O que foi? — perguntou Regente. — Fale.

Confuso, X falou apenas cinco palavras.

— O que será de nós?

A expressão de Regente arrefeceu.

— Zoe será libertada. Quanto a você, não posso afirmar que sei. Nem mesmo determinamos o que acontecerá com Dervish. Há alguns aqui que acreditam que o colar de ouro deveria ser devolvido a ele.

— Isso seria loucura — disse X.

— Nisso concordamos, você e eu — explicou Regente. — Agora, vá. Não desperdice seu tempo imaginando o que está por vir. Dê a Zoe e Sylvie toda a sua atenção. Uma delas, não sei qual, você nunca mais verá.

Regente virou as costas e, mais uma vez, o círculo se transformou em uma parede através da qual nenhuma luz brilhava.

Perto dali, o inglês e os outros guardas faziam apostas sobre o que os senhores decidiriam — jogando alegremente anéis, chapéus e armas em uma pilha no chão.

X não suportava assistir.

Seus olhos encontraram os de Zoe e os dos outros, que estavam sentados perto de um dos rios. Rosa estava cuidando dos ferimentos de Sylvie e do Ucraniano. Vesúvio subia em cima de todos de um jeito autoritário, procurando um cantinho para aninhar-se. Por fim, se sentou no colo de Sylvie, lembrando-se dela mesmo depois de vinte anos. Os dois bateram cabeça de brincadeira. X viu Árvore observando ansiosamente à distância, como se a afeição de todos, um pelo outro, fosse um fogo no qual ele desejasse poder se aquecer.

X aproximou-se de Zoe e sussurrou a ela que o seguisse.

Ele a conduziu por baixo do arco, longe dos guardas e dos senhores, longe do Homem que Grita, que parecia saber tudo, ver tudo, sentir tudo. Encostou Zoe contra a parede do túnel e a beijou. Ao fazê-lo, ela soltou um suspiro em sua boca — de alívio — que o fez estremecer.

Zoe sorriu, pousou a mão no peito de X e o empurrou contra a parede oposta. X quase saiu do chão enquanto voava para trás. Havia esquecido que ela também tinha poderes. Ia começar a falar, mas Zoe caminhou em direção a ele e o beijou duas vezes — uma vez suavemente e com os lábios frios entreabertos, e outra com tanta força que parecia querer encontrar uma maneira de entrar em seu corpo.

— De qual beijo você gostou mais? — perguntou ela.

Atordoado, X disse apenas:

— Sim.

Ela mergulhou as mãos logo abaixo da cintura dele e segurou seus quadris. Ele sentiu cada ponta dos dedos em sua pele.

— Posso contar um segredo? — perguntou ela.

— Por favor.

— Eu gosto desses poderes. Meio que quero ficar com eles.

— Acho que não será possível.

— E se eu prometer usá-los apenas para pequenas coisas, como ajudar as pessoas a abrir potes?

X riu.

— Você está de bom humor. Eu não esperava algo assim.

Ela o beijou, descendo até o pescoço. Seu corpo parecia um pavio aceso.

— Vou levar você para casa comigo. Vou te mostrar tudo... tudo de bom, tudo que o mundo tem.

— Estou rezando para que sim — disse X.

Zoe ouviu a incerteza em sua voz. Ela se afastou.

— Você não acredita que vai sair daqui?

— Quero tanto isso que mal consigo acreditar.

Vozes surgiram da prisão, arruinando o momento. X e Zoe deixaram o túnel de mãos dadas. Os senhores haviam se separado.

Todos na prisão aproximaram-se de Dervish. Ele não se incomodou em ficar de pé, mas parecia mais recomposto agora. Olhou para todos eles do chão.

Regente dirigiu-se à multidão improvável.

— É obra do próprio Dervish que estejamos reunidos nos recônditos da Terrabaixa, onde a lei e a moralidade são apenas fantasmas — disse ele. — Portanto, é sua culpa que não tenha o benefício de um verdadeiro julgamento nem direito à reparação.

— Blá-blá-blá! — disse Dervish. — Minha punição é ficar entediado até a morte?

Regente ignorou-o.

— Entristece-me e me enoja anunciar que os senhores não estão de acordo sobre Dervish ou o destino deste colar de ouro — disse ele. — Ouviremos argumentos a favor e contra ele. Mas primeiro acho justo que mais duas vítimas de Dervish tenham permissão para testemunhar nesse processo. Eu as chamo aqui agora.

X e Zoe trocaram um olhar confuso.

Regente ergueu o braço e apontou para duas celas no segundo andar da prisão. A porta de uma cela se abriu, depois a outra. Os gemidos metálicos desceram, pairando. X ficou congelado, esperando para ver quem sairia da primeira cela.

Era uma mulher. Muitos dos outros não a reconheceram porque ela estava usando um vestido novo.

Arrancadora desceu como se tivesse acabado de ser anunciada em um baile.

X ficou surpreso ao vê-la novamente. Pensou que a tinha perdido para sempre.

Batedor materializou-se da segunda cela, sonolento. A camisa roxa de caubói que X lhe dera estava enfiada na calça jeans de forma desleixada. Espantado por ter permissão para deixar a cela, Batedor olhou para a multidão e gritou:

— Serião? É do balacobaco!

— Ele é um cara legal — Zoe sussurrou para X. — Mas devia estar na Terrabaixa apenas por crimes contra gírias.

Quando Arrancadora e Batedor chegaram à arena, avistaram Zoe e pararam. X acenou com as mãos, tentando comunicar que estava tudo bem, que ela estava bem. Ao lado dele, Zoe bateu no peito com o punho, como quem diz: "Estou viva."

X apontou para onde Dervish estava sentado, esmagado e diminuído. Arrancadora e Batedor o viram então. Outro choque. Arrancadora avançou na direção de Dervish, carrancuda. Não dava para ver seus pés sob o vestido, então ela parecia deslizar pelo ar.

— Você NÃO PODE me machucar, sua harpia — gritou Dervish quando viu Arrancadora avançando para cima dele. — Estou indefeso e tenho TODOS OS DIREITOS de um cidadão da Terrabaixa!

Arrancadora virou-se para Regente como se pedisse esclarecimentos. Regente deu de ombros com indiferença, como quem diz: "Faça o que quiser."

Mesmo sem poderes, Arrancadora não teve problemas para erguer o corpo frágil de Dervish. Ela o socou na boca três vezes seguidas. Quando ele caiu, ela juntou as mãos e bateu com ambas na cabeça dele ao mesmo tempo, como um martelo batendo na bigorna.

— GOSTOU disso? — sibilou Dervish quando conseguiu falar.

— Acho que você sabe que gostei — disse Arrancadora.

Regente chamou a multidão de volta à ordem. Ele os informou que Dervish teria permissão para falar, mas que primeiro ouviriam alguém cuja vida ele havia decidido destruir.

Sylvie deu um passo à frente. Parecia forte para X. Resoluta.

X chamou a atenção de Arrancadora.

Com um olhar orgulhoso, ele disse a ela: "Essa é minha mãe."

— Quando eu era uma senhora, quando era "Versalhes", nunca entendia por que o Poder Superior fechava os olhos durante nossos momentos mais difíceis — começou Sylvie. — Por que permitir que

Dervish causasse estragos por tanto tempo? Por que não acabar com isso antes? Seria porque o Poder Superior sentia nojo de nós e nos dava por perdidos? — Ela hesitou. — Tive vinte anos para pensar sobre essas questões quando meu filho foi tirado de mim e Dervish me acorrentou na Caverna das Espadas.

Sylvie parou de novo, e X temeu que ela não fosse capaz de continuar, que as lembranças de ter perdido o filho fossem demais. Sentiu uma onda de pânico, não apenas porque era sua mãe, mas porque era a única que se interpunha entre Dervish e a liberdade.

— Querem saber o que percebi depois de vinte anos? — disse Sylvie por fim.

X suspirou aliviado. Zoe passou o braço em volta da cintura dele.

— Percebi que, quando eu estava viva, perguntávamos o mesmo tipo de coisa sobre Deus — continuou Sylvie. — Talvez as pessoas do seu tempo também perguntem. Por que existe maldade no mundo? Por que existe sofrimento? Sabemos que há um método para os caminhos de Deus, mesmo que nem sempre possamos adivinhá-lo. Então talvez haja um método para os caminhos do Poder Superior também. Talvez, como aqueles pobres tolos do mundo, devêssemos encontrar o caminho a seguir… para definirmos para nós mesmos o que é certo e o que é errado. E temos uma vantagem aqui, não é? Todos nós fomos condenados por sermos assassinos, egoístas e desumanos. Certamente isso é um sinal de que devemos tentar algo diferente?

Zoe inclinou-se para X e sussurrou:

— Eu tive que fazer um discurso no velório dos Wallace. Não foi tão bom.

— Dervish *nunca* tentará ser diferente — continuou Sylvie. — Continuará a esculpir seu ódio a si próprio em uma arma e continuará a atacar os prisioneiros da Terrabaixa com ela até que o último relógio do universo pare. Quando for a vez de ele falar, tenho certeza de que vai dizer a mesma coisa. Dervish deve ser detido para sempre. Os senhores e os guardas não devem espancar prisioneiros ou se envolver em qualquer uma das traições que Dervish tanto aprecia. Por quê? Porque o verdadeiro castigo aqui é psíquico, não físico. É fazer uma alma condenada sentar-se na escuridão e contemplar seus pecados até que suas entranhas fervam de arrependimento. Não há dor pior que essa. Todos vocês sabem disso porque todos sentiram isso. Provavelmente ainda sentem.

Sylvie apontou para a estátua de pedra que gritava de terror.

— Esse é o rosto de uma alma sendo dilacerada pela culpa — continuou ela. — Não é o rosto de uma alma sendo espancada só porque algum senhor enlouquecido acha divertido. Se vocês tiverem alguma dúvida sobre o que fazer com Dervish, ou, aliás, com Zoe e meu filho, pensem no fato de que o Poder Superior permitiu que Zoe viesse aqui e desafiasse Dervish. Pensem no fato de que o Poder Superior permitiu que meu filho arrancasse o colar de ouro do pescoço de Dervish. Vocês não deveriam precisar de mais provas para fazer o que é certo. Lembrem-se de que o poder que nos governa está acordado... e vigilante.

Sylvie assentiu com a cabeça para indicar que tinha terminado. Houve um silêncio, durante o qual X pôde ouvir o sussurro dos rios.

Então, começaram os aplausos.

Começou com Regente, Arrancadora e Batedor, mas se espalhou rapidamente. Logo, Árvore e os guardas também batiam palmas — todos, menos o inglês.

X olhou para os senhores. Um ou dois ainda estavam impassíveis, sem saber o que fazer com Dervish. *Como* poderiam estar assim? O que seria necessário?

Quando os aplausos cessaram, Regente disse a Dervish que poderia falar se quisesse, mas que ninguém ficaria decepcionado se ele decidisse não se pronunciar.

— Eu falarei — disse Dervish. — Claro que sim.

Ele levantou-se, abrindo bem os pés em uma tentativa de parecer estar no comando.

— A prostituta que chamamos de Versalhes está correta precisamente em um aspecto: não me arrependerei nem implorarei por misericórdia — disse Dervish. — Em vez disso, vou expor sua idiotice uma última vez. Vocês acham que, ao me dispensar, vocês salvarão a Terrabaixa? A Terrabaixa ME CRIOU.

Ele caminhou em direção aos outros senhores.

— Vocês pensaram que tinham domado a Condessa, mas, de acordo com meus espiões, ela já desembainhou a faca e começou a descascar uma certa Ameixa. — Dervish virou-se para X e esperou que a dor aparecesse em seus olhos. — E é ASSIM QUE DEVE SER, seus vermes. Estamos aqui para punir os pecadores, não para cultivar malditas MARGARIDAS! Façam o que quiserem comigo. Vocês amoleceram por causa desses dois — ele apontou com desgosto para X e depois para Zoe —, e eu não tenho medo de vocês.

X examinou as fileiras dos senhores. Certamente tinham visto Dervish como o câncer que era? Até o inglês estava carrancudo agora, e mexia em sua lâmpada como se nunca tivesse se devotado a Dervish. Zoe puxou X para mais perto. Ele estava tão tenso que cravou as unhas na mão.

Os senhores não se reuniram para debater desta vez. Regente só precisava fitar seus olhos para saber seus pensamentos. X teve a impressão de que ele se deteve por mais tempo naqueles que haviam discordado anteriormente.

Por fim, Regente voltou-se para Dervish.

— Entristece-me que você nos ache fracos. Talvez possamos convencê-lo do contrário.

Ele acenou com a cabeça para um dos senhores.

— *Levem-no* — disse ele.

O senhor ergueu Dervish no ar pelo pescoço, como uma águia-pesqueira agarrada a um peixe.

Voou até a estátua do homem que gritava e jogou Dervish em sua boca escancarada. Dervish tentou se arrastar para fora, mas, antes que conseguisse, o senhor fez um movimento rápido, como se jogasse um fósforo lá dentro.

A boca explodiu em chamas azuis. O grito de Dervish foi como o gemer de um parafuso torcido.

O senhor selou a boca da estátua com outro gesto.

Dervish foi engolido por inteiro.

Depois que ele se foi, a própria Terrabaixa pareceu respirar novamente. X sentiu como se uma sirene com que todos estivessem acostumados tivesse silenciado de repente. Observou enquanto seus amigos corriam uns para os outros, enquanto os senhores começavam a conversar, enquanto os guardas acertavam as apostas que haviam feito entregando armas e anéis.

O alívio de X com a queda de Dervish foi minado apenas pelo medo de que todos tivessem se esquecido dele e de Zoe. Os senhores nem sequer haviam decidido o que seria de sua mãe.

Ele encontrou Regente no meio da multidão e o interrompeu uma segunda vez. Regente não esperou para ouvir as perguntas de X. Em vez disso, deu a ele um olhar gentil e disse:

— Você terá todas as suas respostas em breve. Por enquanto, regozije-se. A vitória sobre Dervish é sua mais do que de qualquer outra pessoa.

— Minha? — perguntou X. — Eu não fiz nada.

— Por que *nunca* consegue ver o bem que faz? — retrucou Regente. — Dervish não conseguia suportar o quanto você amava Zoe e sua mãe quando ninguém jamais o amou. Tentou puni-lo por isso. Tornou-se uma obsessão. Por fim, os outros senhores, e até mesmo o Poder Superior, o enxergaram pelo horror que ele era e sempre foi.

X agradeceu a Regente, então se virou e olhou para seus amigos com melancolia, como se estivesse em um trem, e eles estivessem desaparecendo à distância. Ele olhou para Sylvie, Arrancadora, Batedor, o Ucraniano, Rosa. E Zoe, claro. Como passou a se importar com tantas pessoas? Tinha sido tudo obra de Zoe? Ela abriu-o de alguma forma — quebrou uma parede que o estava bloqueando? Não, não era bem isso. Ela não derrubou a parede, o persuadiu a sair de trás dela. Ela convenceu-o de que não havia nada em seu coração para se envergonhar, que era bom ser *visto*.

X observou enquanto Batedor cumprimentava o Ucraniano.

— Cara — disse Batedor. Vendo Rosa, ele acrescentou: — Cara e garota aleatória! Caracoles... e um gato!

Batedor estava agitado por ter ficado tanto tempo na cela.

— Sou alérgico, na verdade — disse ele. — Espere, as alergias ainda atacam quando se está morto? Não pode ser, certo? Como seria? Posso brincar com o carinha?

Até essa conversa enterneceu X de alguma forma. Ele virou-se de novo e viu algo que desencadeou uma avalanche de sentimentos em seu peito: Arrancadora estava se aproximando timidamente de sua mãe.

Ele se apressou para apresentá-las.

— Arrancadora, esta é...

Ela ergueu a mão para silenciá-lo.

— Eu sei muito bem quem ela é — disse ela. — Senhora, é uma honra. De verdade. Quase sinto que deveria me ajoelhar diante da senhora.

— E eu sinto que deveria me ajoelhar diante de *você* — disse Sylvie. — Você criou meu filho como se fosse seu. Não consigo pensar em um ato mais nobre.

— Suponho que poderíamos nos revezar nos ajoelhando uma diante da outra? — disse Arrancadora.

Em vez disso, se abraçaram.

— A propósito, que vestido lindo — comentou Sylvie.

— Muito obrigada — disse Arrancadora. — Eu roubei.

Zoe veio para ficar ao lado de X. Parecia saber o que ele estava sentindo enquanto todos se encontravam ou se reencontravam, enquanto os fios díspares de sua vida se entrelaçavam.

Depois de um momento, ela o cutucou.

Arrancadora foi cumprimentar o Ucraniano.

X temia que ela dissesse algo ácido ou desdenhoso. Nunca tinha levado o guarda, ou seus sentimentos por ela, a sério. X desejou ter tido a chance de dizer a Arrancadora como o Ucraniano havia se comportado de forma nobre. Seja como for, Arrancadora acenou com a cabeça educadamente e até colocou a mão no ombro do guarda para que ele soubesse que ela estava feliz em vê-lo.

— Olá, sr. Guarda — disse ela.

— Olá, *Arrancadôrra* — retribuiu ele.

— Você foi ferido — disse ela, e tocou seu rosto suavemente. — Lamento muito por ver isso.

— Sim, verdade — confirmou o Ucraniano. — Tive uma experiência desagradável ao defender bravamente X, ok? Mas, em meu tempo de agonia, muitas coisas se tornam claras como cristal.

O Ucraniano fez uma pausa para apresentar Arrancadora a Rosa, então a expressão do guarda ficou séria, e ele começou o que parecia ser um discurso ensaiado.

— Estou amando você faz muitos anos, *Arrancadôrra* — começou. — Acho que você sabe, não é?

O corpo de Arrancadora encolheu-se tanto que as alças de seu vestido se ergueram de seus ombros.

— Poderíamos talvez discutir isso mais tarde? — perguntou ela. — Ou não discutir? Não discutir me caberia *muito* bem.

— Não, agora está bom — disse o Ucraniano. — Agora é importante.

Rosa, parecendo desconfortável, tentou se afastar, mas o guarda gesticulou para que ela ficasse, aparentemente para dar apoio moral.

— Espero um tempo longo e solitário por você, *Arrancadôrra*, durante o qual você se comporta como louca veemente e canta muitas coisas que acho que não são de verdade — disse ele. — Digo a você agora que cansei de esperar. Meu amor por você está morto para sempre.

X podia ver Arrancadora tentando mascarar seu alívio.

— Eu entendo — disse ela. — Só posso culpar a mim mesma.

— Está correta — disse o Ucraniano. — Agora, eu lhes digo uma segunda coisa, e pode ser doloroso a seus ouvidos: tenho um grande novo amor, e é Rosa.

Assustada, Rosa arregalou os olhos.

— Você não pode estar falando sério.

— É verdade, pessoa que gosta de gatos — disse o Ucraniano. — Meu coração está agora em suas mãos. Eu prometo a você que é bem vermelho e grande.

SÓ ENTÃO, REGENTE CHAMOU a atenção de todos, e um silêncio caiu sobre a arena.

— Nossas pendências aqui ainda não terminaram — disse ele.

Ele ergueu o que havia sido o colar dourado de Dervish e o partiu em dois. Para X, quase parecia um rito religioso. Regente enfiou metade do colar em um bolso do manto. A outra metade, segurou como um presente que estava prestes a dar.

— Precisamos de um novo senhor para preencher a lacuna que Dervish deixa para trás — disse ele. — Indiquei alguém que tem alguma experiência na área e o nome dela foi muito bem recebido.

Ele olhou para Sylvie.

— Um passo à frente, por favor, velha amiga — disse ele.

Sylvie cruzou o terreno com agilidade. X ficou impressionado com a rapidez com que ela se recuperou da caverna, como — mesmo com seu vestido de algodão e botas — ela parecia emitir luz.

— Aqui estou, velho amigo — disse ela.

Regente levantou o fragmento do colar de ouro.

— Pedimos-lhe o favor de servir mais uma vez. Você nos daria esta honra?

— Sim — disse ela —, se fizer algo por mim em troca.

Regente sorriu com carinho.

— A maioria das pessoas considera um grande privilégio ser uma senhora — disse ele.

— Então, pode perguntar à maioria das pessoas — disse Sylvie, sorrindo de volta. — Eu, no entanto, estou ciente de que ser um senhor muda a pessoa, e nem sempre para melhor, então não vou aceitar sem garantias. Está pronto para ouvir meus termos?

— Há quanto tempo a conheço? — perguntou Regente. — Estou perfeitamente ciente do que você quer e farei isso com prazer.

— Preciso ouvir você prometer — insistiu Sylvie.

— Vamos libertar Zoe da Terrabaixa imediatamente — disse Regente —, com a advertência óbvia de que ela nunca fale de nada que tenha testemunhado aqui.

Aliviado como estava por Zoe, X ficou alarmado por não ter ouvido seu nome. Seu coração parecia uma moeda girando.

Ele olhou para Sylvie e viu, com alívio, que ela ainda estava esperando — que ainda não estava satisfeita.

Regente continuou:

— Sim, sim, vamos libertar seu filho também. Acredito que ele se chama Xavier? Nunca devia ter passado uma hora sequer na Terrabaixa. Suspeito que o Poder Superior não sabia o que fazer com uma alma tão rara.

Antes que X pudesse processar as palavras, ouviu Zoe começar a chorar.

Regente apoiou o fragmento de ouro no pescoço de Sylvie. X observou, paralisado, enquanto a corrente crescia ao seu redor, como uma videira, e se tornava um colar inteiro.

Os senhores começaram a bater a palma das mãos nas pernas. Levou um momento para X perceber que era uma espécie de aplauso, e outro para perceber que não era apenas para sua mãe, mas para Zoe e para ele.

Ainda havia o segundo fragmento de ouro no bolso de Regente.

Regente removeu-o e o estendeu para todos verem.

— Dervish nos fez uma cortesia em sua diatribe final — comentou ele. — Ele nos lembrou de que devemos remover a Condessa do poder também. Parece que precisamos de um segundo novo senhor. Deve ser alguém inspirador o suficiente para obliterar completamente a memória da Condessa, para simbolizar tudo que ela *não era*.

Sylvie começou a interromper.

Regente deteve-a com outro olhar carinhoso.

— Não tema, velha amiga... estamos de acordo neste assunto também.

Regente examinou a multidão com os olhos.

— Arrancadora, um passo à frente, por favor.

vinte e oito

Mais uma vez, X ficou olhando para a casa verde com telhado de metal vermelho da casa de Rufus.

Zoe tinha ido falar com sua mãe.

Era tarde. Já estava escuro. O gramado era mais grama que neve, mas encharcado. O portal que X abrira na rua para si e para Arrancadora tinha sido preenchido. X podia ver onde costumava ser porque o asfalto era mais preto que a estrada. A imagem parecia confirmar que ele nunca mais voltaria para a Terrabaixa. O caminho estava perdido — e graças aos céus.

Ele estava esperando, talvez, já fazia vinte minutos. Da casa, ele ouviu choro, gritos. Mas, pelo menos, parte do choro parecia amoroso. Conciliatório. Isso lhe deu esperança. Não queria ser a causa de ainda mais infelicidade na família de Zoe. Iria embora se fosse preciso, mesmo não tendo ideia de onde dormiria. Aonde as pessoas iam quando não tinham aonde ir?

X vestia apenas uma camisa rasgada, calças manchadas de lama e botas estraçalhadas. Havia deixado o sobretudo na Terrabaixa, não lembrava onde. Mas estava tudo bem. Pelo menos tinha o pacote de papel-alumínio com tudo, exceto o pedaço de porcelana, que sua mãe pediu para guardar depois de usá-lo para ferir Dervish: o fragmento guardava duas memórias para ela agora, duas camadas de lembranças. X também tinha a carta que Zoe havia escrito para ele no passado. Enfiou a mão em um bolso e apertou a folha para se tranquilizar, depois enfiou a mão no outro para sentir o saco plástico que continha a carta. Faziam ele se sentir pleno.

No fim, foi a mãe dele quem o libertou da Terrabaixa, e Regente quem libertou Zoe. Sylvie pressionou a palma da mão embaixo dos olhos de X, como era o costume sempre que um senhor enviava uma alma ao mundo. A mão dela estava mais fria que a de Regente, e a dor que zumbia sob sua pele não era nada comparada à dor do adeus.

X olhou para sua mãe nos segundos finais, desejando dizer uma centena de coisas, mas incapaz de desemaranhá-las. Depois de ficar com ela por uma hora, ele a estava perdendo. O que Zoe disse quando ele lhe falou que a perda parecia ser o jeito do mundo? *Então eu não gosto do jeito do mundo. Gostaria de falar com o gerente, por favor.* Algum dia, ele pediria a ela que explicasse essa coisa de gerente.

Na verdade, X queria ficar mais tempo na Terrabaixa — apenas o tempo suficiente para conversar com sua mãe, para ouvir mais sobre a história de seu pai. Sylvie sabia o que ele estava pensando. Conseguia ouvir seus pensamentos, assim como ele e Zoe podiam ouvir um do outro às vezes. Ela balançou a cabeça negativamente. Queria que o filho vivesse e não arriscaria esperar. Disse a X que o amava muito, muito. E, então, deu o mundo para o filho — e o filho para o mundo. X não perguntou se ela poderia visitá-lo algumas vezes, se algum dia caminharia com ele pelas montanhas. Sylvie também não disse nada sobre isso. Nenhum dos dois fingiu saber o futuro.

A PORTA DA FRENTE de Rufus se abriu com um rangido. Jonah desceu correndo os degraus e atravessou o gramado. Ele abraçou X com força pela cintura.

Estava chorando.

— Você vai *ficar* — disse ele.

— Vou? — perguntou X, suas esperanças aumentando.

— Sim, porque *eu* falei.

— Ah. Obrigado, Jonah. Mas devemos respeitar a decisão de sua mãe, seja ela qual for. Prometa-me.

— Tudo bem. Eu prometo quase totalmente.

— Só quase totalmente?

— Sim, mas isso é muito. Eu ia dizer *meio que*.

Jonah soltou X e limpou o nariz na manga de sua blusa azul-marinho, coberta de pelos de cachorro. Um pouco de pelo grudou no rosto. X pensou, com uma pontada de dor, em Uhura e imaginou se ela havia sobrevivido. Ele não teve coragem de perguntar.

— Se minha mãe não deixar você ficar aqui, você e eu podemos arranjar uma casa *pra gente* — disse Jonah. — Você fica encarregado de cozinhar, e eu atendo à porta. Essas são as principais tarefas.

X sorriu e bagunçou o cabelo do menino.

— Por que todo mundo está sempre bagunçando meu cabelo? — disse Jonah. — Meu cabelo *já é* bagunçado.

X balançou os próprios cabelos desgrenhados.

— O meu também — disse ele. — É ainda mais desordenado que o seu, temo eu.

— Tudo bem — aquiesceu Jonah. — Nossa casa não vai ser uma casa de pentear cabelos. — Ele fez uma pausa. — Zoe falou que você não tem mais magia.

— É verdade. Sou inteiramente... Confesso não conhecer a palavra. Desmagiado? Inmágico?

— Acho que é *normal* — respondeu Jonah.

— Isso — disse X. — Sou apenas normal agora.

— Está triste por isso? — quis saber Jonah.

— Não, eu gosto — respondeu X. — Sinto que meu corpo, meu sangue, tudo, é meu finalmente. Não sei se isso faz sentido?

— Não faz, é estranho.

Jonah enxugou os olhos na mesma parte da blusa em que limpou o nariz. Algo pareceu lhe ocorrer.

— Ei, adivinhe quem fez um *grande* truque de mágica — disse. — Espera, não precisa adivinhar… fui eu.

— De verdade? — questionou X. — Conte-me.

Jonah abriu um sorriso gigante.

— Vou te mostrar.

Subiu correndo os degraus, abriu a porta e gritou lá dentro:

— Venha cá. Fala sério. Lá vamos nós. Você consegue, garota.

Uhura saiu cambaleando.

Ainda estava abaixo do peso e letárgica, mas era possível ver que estava mais saudável. Reconheceu X e caminhou heroicamente em direção a ele. X a encontrou no meio do caminho e a pegou no colo. Seu pelo estava brilhando de novo. Ela parecia… substancial. A cachorrinha lhe deu uma lambida no pescoço.

— A língua dela é áspera, né? — disse Jonah.

— Sim — disse X.

— Fiz ela melhorar — explicou Jonah. — Bum! E adivinha quem está *muito* feliz agora?

X sabia, mas fingiu que não.

Jonah correu de volta para a porta. Mesmo antes de abri-la completamente, Spock saiu correndo e disparou em círculos pelo gramado.

Zoe e sua mãe saíram alguns minutos depois. O céu da tarde estava passando do azul para o preto. X conseguiu ver as montanhas ao longe, suas silhuetas cobertas de árvores. Zoe ainda tinha um corte na bochecha, bem como hematomas leves nas maçãs do rosto, de quando Regente a mandou para fora da Terrabaixa — eram uma cópia pálida das que X tinha desde os dezesseis anos. Zoe caminhou atrás da mãe com os olhos baixos. Sua mãe parecia exausta e irritada, como se estivesse tentando suprimir a fúria.

— Ops — disse Jonah.

X abraçou Uhura com mais força.

— Lembre-se da nossa promessa — disse ele a Jonah.

— Nossa *quase totalmente* promessa — insistiu Jonah.

A mãe de Zoe olhou X de cima a baixo. Seus olhos pousaram nos cortes recentes em sua testa, as cicatrizes nas costas das mãos. Sua raiva pareceu dissipar-se infinitesimalmente.

— Zoe me contou algumas coisas — começou ela. — Não acho que ela me contou tudo. Mas decidi confiar nela. Apenas me diga que *ninguém* virá atrás de você *nunca* mais. Você precisa me dizer isso, para eu poder acreditar.

— Estou livre — declarou X. — Nem acredito, mas é verdade.

— Eles não o querem mais — disse Jonah —, porque ele é apenas normal agora. Olha... — Ele pisou no pé de X, fazendo X gritar. — Viu?

— Fala sério, o que deu em você, Jonah? — perguntou Zoe.

— O quê? — disse Jonah. — Estou ajudando!

— Tudo bem, escute — disse a mãe de Zoe. — Vou ter que contar a Rufus quem você realmente é. Não consigo nem *imaginar* como isso vai ser. Se ele não pirar...

— Ele não vai pirar — garantiu Zoe. — Ele faria qualquer coisa por você. Além disso, meu Deus, Rufus é a pessoa mais de boas do planeta.

— Se Rufus não pirar — continuou a mãe de Zoe —, você pode ficar no galpão, e ele vai dormir na sala com Jonah. Por duas semanas. É isso. Então, Zoe, Jonah e eu vamos nos mudar para a antiga casa dos Wallace, e você vai embora, não me importa para onde.

— Obrigado — disse X. — Eu mal sei como...

— Pode parar — disse a mãe de Zoe. — Não estou fazendo isso porque gosto de você. Até onde você sabe agora, só gosto de você um *pouquinho*, bem *pouquinhozinho*. Entendeu? Estou fazendo isso porque amo minha filha.

X assentiu com a cabeça. Uhura lambeu seu pescoço de novo.

— Mamãe não está brava de verdade — disse Jonah. — Essa é a voz de fingimento dela.

— Não é, não — retrucou ela. — Esta é a minha voz brava *de verdade*.

— Não é, nada — disse Jonah.

— Verdade, é pelo menos vinte por cento fingimento — concordou Zoe.

A mãe revirou os olhos, então puxou Zoe e Jonah para perto e lhes deu um abraço apertado.

Ela falou gentilmente com X pela primeira vez:

— Zoe disse que você conheceu sua mãe.

— Sim — confirmou X.

— Fico feliz. Posso perguntar como foi? Uhura, pare de lambê-lo.

— Tudo bem, senti falta da companhia de Uhura. Conhecer minha mãe... — O que ele poderia dizer? — Conhecer minha mãe me fez sentir algo que só senti com Zoe: um pouco mais inteiro.

A mãe de Zoe lançou para ele um olhar avaliador.

— Bem, eu gosto disso.

Ela pareceu notar pela primeira vez como as roupas de X estavam imundas. Ele olhou, constrangido, para os pés.

— Sei que você está acostumado a se lavar nos rios — começou ela. — Mas está na hora de experimentar um chuveiro.

X SEGUIU ZOE ATÉ o pequeno banheiro revestido de madeira de Rufus e observou enquanto ela abria a torneira. Havia um pedaço de plástico transparente pendurado na banheira rosa lascada. Estava coberto de manchas irregulares de cor e de palavras que X não conseguia ler.

— Não quero nem saber há quanto tempo Rufus tem essa cortina de chuveiro — disse Zoe. Ela se virou para X. Ela deve ter visto como ele estava olhando fixamente para ela. — É um mapa-múndi — disse ela. — Nunca tinha visto um?

Constrangido, X disse apenas:

— Onde estamos?

— Aqui — disse Zoe, apontando. — E aqui é Massachusetts, onde pegamos aquele barco laranja. É no Oceano Atlântico. Viu?

— Mostre-me mais — pediu X.

— Aqui fica o Texas, onde você capturou Stan no salão de cabeleireiro — continuou ela. — Aqui é a Colúmbia Britânica, onde encontramos meu pai. Aqui é Portugal, onde o pai de Regente fazia vinho. Aqui é a Ucrânia. O que mais? Aqui é Londres, onde Arrancadora morava quando... quando ela era viva. — Ela hesitou. — Por enquanto, é o suficiente. Gosta da água mais ou menos quente?

— Não tenho certeza.

— Tudo bem — disse Zoe. — Bem, me fala se estiver muito quente ou muito frio.

X pôs a mão embaixo do chuveiro.

— Não está nem muito quente nem muito frio — disse ele. — Está perfeito.

— Você parece a Cachinhos Dourados — disse Zoe. — Cachinhos Dourados é...

— Eu sei quem é Cachinhos Dourados — interrompeu X.

Zoe beijou-o.

— Tudo bem, então.

Ela borrifou algo no vapor.

— Eucalipto — disse ela. — Minha mãe adora.

Zoe identificou os frascos que pareciam soldados ao longo da borda da banheira e sugeriu a X que usasse o sabonete de sua mãe (que era verde pera e salpicado de pétalas de flores) em vez do de Rufus (que, na verdade, eram várias pequenas fatias de sabonete grudadas).

— Obrigado pelas explicações — disse X. — Acho que tenho todas as informações de que preciso.

— Tudo bem — disse Zoe. — Só tome cuidado na banheira... é escorregadia. Seria zoado se você sobrevivesse à Terrabaixa só para quebrar a cabeça no banheiro de Rufus.

— Não vou quebrar a cabeça. Você tem minha palavra.

— Estou falando sério — retrucou Zoe. — Você não é mais um super-herói.

X fechou a porta atrás dela, mas ela a abriu de novo.

— Quer ouvir música? Posso botar música para você, mas se dançar, pode cair.

— Acho que não preciso de música. Nem de dança.

— Tudo bem — disse ela. — Só pra saber. Fique à vontade.

Quando teve certeza de que Zoe não tinha mais perguntas, X tirou a roupa e entrou — com cuidado — na banheira. A água ardeu ao escorrer pelos hematomas no peito e nas costas, mas, aos poucos, seus músculos relaxaram. Tudo se soltou, tudo se acalmou. Ele ensaboou-se até sentir como se estivesse coberto de espuma do mar — provavelmente havia exagerado —, então observou a sujeira da Terrabaixa escorrer por suas pernas e ir para o ralo, afastando-se para sempre. Ergueu o rosto para a água. Deixou que batesse em suas pálpebras e bochechas. Lavou o cabelo, mas deve ter exagerado também, porque descobriu que podia fazer as mechas dele ficarem espetadas para cima, como os raios em um desenho do sol. Quando se sentiu limpo, X descobriu que não estava pronto para deixar o conforto do chuveiro.

Pensou em como era improvável, profunda e absurdamente sortudo por estar livre.

Ele virou-se para a cortina do chuveiro, esfregou o vapor condensado com a mão e tentou memorizar um pouco do mundo.

X ENCONTROU ROUPAS LIMPAS de Rufus dobradas em uma pilha do lado de fora da porta do banheiro, e a família Bissell em volta da mesa da cozinha, esperando por ele. Quando perguntou quanto tempo havia passado no chuveiro, todos riram, mas de uma maneira calorosa, e não maldosa.

— Uma hora e meia — respondeu Zoe.

Sua mãe tinha cuidado dos cortes e escoriações de Zoe nesse meio tempo. Ela mandou X tirar a camisa e sentar-se, para que pudesse fazer o mesmo por ele. Quando ele hesitou, ela insistiu:

— Está tudo bem. Estudei medicina por três semestres.

X tirou a camisa. Viu a mãe de Zoe olhar para as tatuagens que subiam por seus braços e para os danos que seu corpo havia sofrido durante vinte anos na Terrabaixa. Temia que fosse demais para ela. Ele temia que ela fosse expulsá-lo, no fim das contas.

Em vez disso, o lamentável estado da pele de X pareceu aumentar sua compaixão. Ela abriu uma caixa de metal sobre a mesa, tirou um tubo de pomada e espremeu um pouco na palma da mão.

— Tudo bem — disse ela —, vamos dar um jeito em você.

MAIS TARDE, X ESTAVA deitado na espreguiçadeira de plástico no galpão no quintal, com Zoe encolhida sobre ele.

O galpão era decrépito e se inclinava tanto para a esquerda que parecia estar prestes a cair. Ferramentas pendiam da parede acima da bancada. Zoe havia dito seus nomes a X, mas ele já havia esquecido todos eles. Estava emocionado por estar entre os vivos, mas assustado com os dez milhões de coisas que não sabia. Certa vez, Zoe disse que não conseguia compreender o tamanho da Terrabaixa. X não conseguia compreender quão grande era a liberdade. Ele pensou no pequeno barco laranja no vasto mar escuro.

— Quero ser útil de alguma forma — disse ele.

Zoe acariciou o músculo que percorria a parte de trás do braço dele.

— Ah, eu vou usar você, sem dúvida nenhuma.

— Estou falando sério, Zoe. Eu quero ser mais do que um toco de árvore que você precisa arrastar atrás de você. Do contrário, um dia você vai acordar e se perguntar o que deu na sua cabeça pra me salvar.

Zoe suspirou.

— Que o mundo acabe antes que pense assim, bom senhor — ela disse. — Que o mundo acabe.

— *Antes que* não significa *nunca* — disse X. — E aí mora outro problema. Pelo que sei, devo mudar a maneira como falo, a maneira como me visto, a maneira como me movo.

— Por favor, não mude a maneira como você se move — disse Zoe. — Olha, vou te mostrar alguns vídeos do YouTube e você vai começar a pegar as coisas. É o que aconteceria em um filme. Você assiste ao YouTube enquanto vou para a escola e, depois de dois dias, vai estar jogando Mario Kart. — Ela o beijou. — Por favor, não se preocupe. Vou explicar tudo aos poucos para você, e vai ser como se *eu* estivesse vendo tudo pela primeira vez também. É assim com Jonah, e eu adoro. Aquele garoto ainda está maravilhado com iogurte.

— O que é iogurte? — perguntou X.

— Viu! — disse Zoe. — Vai ser incrível. Existem tantos iogurtes bons.

Adormeceram sem querer e acordaram quando Rufus bateu à porta. O galpão estava escuro, exceto pelos aquecedores, que emitiam uma luz laranja. Demorou alguns segundos para X lembrar onde estava.

Zoe sentou-se grogue em seu colo.

— Entre — ela disse.

— De boas se eu botar uma luz no galpão? — perguntou Rufus.

— Claro — respondeu Zoe.

Rufus puxou uma corda. Uma lâmpada nua ganhou vida e balançou para a frente e para trás. X semicerrou os olhos para Rufus, que segurava uma garrafa de água, uma escova de dentes nova e um par de chinelos estilo mocassim.

— Umas coisas para você — ele disse. — Nada épico. Eu não sabia ao certo do que você precisava.

X lembrou-se dos olhos brilhantes de Rufus e de sua densa barba ruiva, que parecia travar uma campanha para tomar conta de seu rosto. Mas ficou surpreso com quão hesitante ele estava agora. Rufus deixou as coisas na bancada e fez menção de ir embora. Só então o óbvio ocorreu a X: Rufus talvez não gostasse da ideia de um caçador de recompensas do inferno dormindo em seu galpão. O fato de X ser na verdade um *ex-caçador* de recompensas do inferno... Quem sabe isso tornaria as coisas mais fáceis?

X levantou-se para apertar a mão dele. Odiava a ideia de ter deixado Rufus desconfortável em sua própria casa.

— Obrigado por me abrigar — disse X. — E obrigado por essas roupas que estou usando. Estou envergonhado por precisar de tantas coisas. Não tenho nada além do meu nome, e até mesmo *isso* Zoe teve que me dar.

— Está tudo bem, cara — disse Rufus, quase olhando para ele, mas não totalmente. — Nenhum de nós tem *nada* de qualquer jeito, sabe? Por quanto tempo você usou aquela camisa surrada e outras coisas?

— Por anos — disse X.

— Eita — disse Zoe.

— Sim, ouvindo em voz alta, parece desagradável — disse X.

— Sem julgamentos — disse Rufus. — Ainda tenho meias do colégio. Bem, *uma* meia.

Rufus tentou sair de novo, mas X o impediu.

— A mãe de Zoe contou-lhe minha história, creio eu?

— Ah, sim. Sim, sim, sim. — Ele imitou sua cabeça explodindo. — O meu negócio é ir no fluxo. Mas, tenho que admitir, estou meio surpreso com o rumo que o fluxo está tomando.

— Mas você acredita na minha história, por mais fantástica que seja? — perguntou X.

— Sim, boto fé — disse Rufus. — Mesmo. Quer dizer, Zoe vai te dizer, eu acredito em algumas merdas bem estranhas de qualquer jeito. Acredito que as árvores falam, umas com as outras e conosco. Acho que alguns livros do dr. Seuss são reais. Acho que, na verdade, eles são de não ficção. Não todos eles, mas alguns.

— O que as árvores dizem? — quis saber X.

Rufus riu.

— Ainda estou tentando descobrir — disse ele. Ele olhou diretamente para X finalmente, então pegou os chinelos da bancada. — Experimente esses aqui. Vamos ver se cabem.

Os chinelos eram forrados de pele — e tão confortáveis que pareciam aquecer o corpo de X inteiro.

— Nunca mais vou tirá-los — disse ele.

— Irado — disse Rufus. — São seus.

X percebeu que Rufus queria dizer mais alguma coisa. Gostaria de ser tão bom em deixar as pessoas à vontade quanto Zoe.

— O negócio é o seguinte — disse Rufus por fim. — Não posso permitir que Zoe ou a família dela se machuquem. Se tudo isso for *Horton e o mundo dos quem!* e estivermos protegendo alguém em quem ninguém mais acredita ou se importa, excelente. Estou dentro *total*. Mas se for *O gato do chapéu* e você simplesmente destruir a vida de todo mundo...

— O gato do chapéu *volta* e conserta tudo — sugeriu Zoe.

— Eu sei, eu sei — disse Rufus. — Mas essa parte é inventada. Tiveram que adicioná-la no final porque é um livro infantil.

— Sinto muito — disse X. — Não estou acompanhando essa conversa. O gato tem um chapéu?

— Só quero dizer que me preocupo com esta família — insistiu Rufus. — Zoe, eu sei que você acha que eu tenho uma queda pela sua mãe.

— Eu nunca, nunca falei isso — disse Zoe. — Tudo bem, agora, pensando melhor, já falei muito isso.

— Beleza — disse Rufus. — Consigo entender porque você pensaria isso. Mas também me preocupo com você e Jonah. Eu sou como X... eu realmente não tenho família. Por isso não posso permitir que nenhuma coisa negativa aconteça com vocês. Acabaria comigo, cara. Eu ficaria arrasado.

— Vai ficar tudo bem — garantiu Zoe.

— Ficará — confirmou X. — Sei que é a coisa mais difícil de acreditar, mas é verdade. Ver qualquer um deles ferido também me quebraria.

No silêncio que se seguiu, um dos aquecedores se apagou. Rufus chutou a lateral dele. As bobinas fizeram *tóim* e voltaram à vida.

— Eu sei que sim — disse Rufus a X. — Dá pra ver que você é um cara sério. Tudo bem, estou dentro. Vamos em frente, seja lá aonde for. — Ele apertou a mão de X de novo. — Precisam de mais alguma coisa?

X não conseguia pensar em nada, mas Zoe disse:

— Na verdade, sim.

Ela entregou o celular para Rufus.

— Olhe para esta escultura de urso e me fale se foi você quem fez.

Rufus coçou a barba — era tão espessa que a ponta dos dedos desaparecia nela — e examinou a foto.

— Sim, é uma das minhas — afirmou ele. — Essa foi boa. Me lembro do cara que comprou também. Trabalha com ursos no parque, certo? Sabe uma tonelada de troços. Tim alguma coisa?

— Timothy — disse Zoe. — Ward.

— Ele também era um cara sério — comentou Rufus. — Quietão. Um pouco estranho. Mas gostei dele, com certeza.

X sentiu algo acender-se em seu coração.

— O que você está olhando? — perguntou ele, embora já soubesse.

Zoe estendeu o telefone para ele. Brilhava na palma de sua mão.

— Uma foto do seu pai.

vinte e nove

O DIA SEGUINTE ERA um sábado, azul e brilhante. X tomou banho de novo — levou apenas quarenta e cinco minutos desta vez —, então ele e Zoe dirigiram até o Parque Nacional Glacier para conhecer Timothy Ward.

X viu Zoe apoiando o cotovelo na janela aberta, então fez o mesmo. O sol aquecia sua pele. O vento soprava dentro de sua manga, fazendo-a bater como uma vela.

Regente havia avisado a eles que não contassem a Timothy Ward que X era seu filho. X sabia que ele estava certo. Não queria colocar seu pai em perigo contando a ele sobre a Terrabaixa. Também não queria perturbar a vida do homem — já havia perturbado muitas vidas — nem fazê-lo se sentir em dívida. E se perder Sylvie tivesse partido o coração de Timothy no passado? Contar a ele por que ela desapareceu, por que nunca mais voltou — isso só o destruiria novamente.

Foi Rufus quem pensou em um pretexto para X conhecer seu pai. Rufus não estava entusiasmado em enganar Timothy — ele acreditava que as mentiras eram uma espécie de poluição do ar, como tabagismo passivo —, mas essas eram circunstâncias que até ele admitia que eram "superestranhas". Começou a enviar mensagens imediatamente.

Rufus para Timothy: *E aí, cara. Tem um jovem que está pensando em mim para fazer um urso para ele. Será que ele e a namorada podem dar uma conferida no seu? É um dos meus favoritos. Sei que a solidão é seu negócio, mas será que você toparia uma visita?*

Timothy para Rufus: *Olá, Rufus. Tudo bem, claro — meu urso e eu gostaríamos de companhia. Amanhã às 16h seria bom para vocês? Ainda estou no lago Lillian. Vai dizer a eles onde fica?*

Rufus para Timothy: *Sim. Beleza. Abraço.*

Agora, enquanto passavam por Columbia Falls a caminho do Glacier, os nervos de X começaram a se atiçar. Sabia que era bobagem. O caminho até seu pai não era tão atribulado quanto o caminho até sua mãe: não haveria combate, nem túneis, nem mares subterrâneos. Ainda assim, teria que ficar frente a frente com o homem que ajudou a dar-lhe a vida e fingir estar interessado em um urso de madeira. Desde que conheceu Zoe, esconder seus sentimentos passou a parecer estúpido e fútil, como tentar controlar a água.

— Quer praticar conversação? — perguntou Zoe em meio ao silêncio.

— Praticar conversação? — questionou X. — Minhas habilidades são tão deficientes assim?

— Quer dizer, falar com uma vibe mais do século XXI — explicou Zoe.

— Nem, tanto faz, estou de boa — disse X.

— Ótimo! — disse Zoe.

— Certo. Consigo bater um papo da hora — disse X.

— Tudo bem, talvez um pouco menos — alertou Zoe.

X perguntou a Zoe se poderia ver a foto de Timothy Ward de novo. Ela abriu-a no celular, e ele olhou para a imagem enquanto ela dirigia. Gostava da aparência do pai: cabelo preto encaracolado, ombros largos, expressão tímida. Não conseguia parar de olhar para a foto. Zoe mostrou para ele qual botão apertar quando a tela ficasse preta.

No Glacier, uma senhora de sessenta anos na bilheteria abriu um largo sorriso para eles e disse:

— Como vocês estão hoje?

X amou a simplicidade descomplicada em sua voz. Amou a simplicidade da interação. Antes, esperavam que ele matasse quase todo mundo que encontrasse.

Enquanto Zoe pegava seu passe para o parque e sua carteira de motorista, X se inclinou para a frente em seu assento para falar com a mulher.

— Estamos de boas — disse ele. — E você?

A mulher riu.

— Eu também estou de boas.

— Suave — disse X.

Zoe abafou uma risada. A mulher devolveu sua identificação.

— Tenham um dia muito de boas! — ela disse.

Zoe continuou, e eles cruzaram um riacho brilhante. O nervosismo de X deu lugar à empolgação. A imensidão das árvores e montanhas — a permanência delas — nunca o impressionara tanto antes, provavelmente porque sempre estivera empenhado em alguma tarefa terrível para os senhores. Olhou para elas com espanto agora.

Foi ali que seus pais haviam se conhecido.

Zoe desligou o rádio — por respeito ao que estava prestes a acontecer, ao que parecia. Nos minutos seguintes, o único som era a voz de uma mulher sem corpo em seu telefone.

— *Em três quilômetros, vire à direita em direção ao lago Lillian.*

— *Em um quilômetro e meio, vire à direita...*

— *Em cinquenta metros...*

Ocorreu a X que, não muito tempo atrás, estavam em outra floresta, indo em direção a um lago para encontrar outro pai.

O pai de Zoe.

Era uma lembrança terrível — Zoe gritou até ficar rouca com o pai quando o encontraram —, mas aquilo se esgueirou para dentro da cabeça de X antes que ele percebesse o que era. Era como se tivesse cerrado o punho em torno de arame farpado.

— Tudo bem? — perguntou Zoe.

— Na verdade, estou pensando no seu pai — respondeu X.

Zoe tirou a mão do volante e acariciou a nuca dele.

— Eu não — disse ela.

— VOCÊ CHEGOU AO *seu destino.*

X ficou surpreso com a casa de seu pai — não era o que ele esperava, embora não pudesse dizer o que esperava.

Era uma casa na árvore. Tinha uma sacada que a circundava, e as janelas eram tão gigantescas que parecia mais vidro que madeira. Ficava entre abetos, mas não exatamente sobre um. X realmente não poderia dizer, de longe, o que segurava a casa. Parecia pairar acima do solo, como se tivesse acabado de decolar.

X e Zoe saíram do carro, atônitos. Em vez de degraus ou uma escada, havia um caminho curvo de tábuas de madeira que subia devagar do chão da floresta até a porta da frente. O caminho era margeado por corrimãos esculpidos e pendurados com velhas lanternas de ferro. X e Zoe estavam no meio do caminho quando o pai de X abriu a porta da frente, acenou sem falar e então voltou de um jeito nervoso para dentro de casa.

O interior era uma única sala enorme. O pequeno espaço da parede que não era dominado por janelas era ocupado por prateleiras, de modo que a única coisa que você via — além de árvores, montanhas e luz do sol — eram livros. Havia apenas duas decorações em toda a casa. Uma delas era uma moldura com flores pálidas e felpudas apertadas dentro de um vidro. A outra era a escultura de Rufus. X achou que Rufus só fazia ursos caricaturais felizes que acenavam e seguravam cartazes, mas ele esculpiu este como se estivesse dormindo. Ficava perto da lareira, emanando paz.

Timothy trouxe uma travessa abarrotada de comida — três tipos de biscoitos, três queijos, uvas verdes e roxas e várias carnes fatiadas, além de chocolate amargo em uma embalagem dourada. No minuto em que o colocou na mesa baixa de madeira, pareceu perceber que era demais.

— Não recebemos muitos convidados, o urso e eu, então não sei muito como medir as porções — disse ele. — Não precisam comer tudo.

X não tinha certeza do que dizer.

Zoe disse:

— Ah, nós *vamos* comer tudo. Eu sou uma draga.

Timothy parecia diferente do que estava na fotografia, embora ela tivesse apenas alguns anos. X perguntou-se por que não havia ocorrido a ele antes: seu pai, ao contrário de sua mãe, era mortal. Estava envelhecendo. Sylvie, presa no âmbar da Terrabaixa, permaneceu com trinta e cinco anos. Timothy havia chegado aos cinquenta. Seu cabelo encaracolado estava ficando grisalho nas têmporas, e ele tinha uma barriguinha, o que X achava reconfortante. Lembrou-lhe de Ameixa.

X não achava que se parecia com o pai — talvez as mãos —, mas ele se parecia tanto com Sylvie que provavelmente devia ter previsto isso também. X lembrou-se da mãe dizendo que Timothy era cheio de vida quando o conheceu, que punha uma flor nos dentes e dançava. *Aquele* Timothy parecia ter desaparecido. Parecia tímido agora, como se não tivesse certeza de como proceder, como se estivesse mais à vontade com animais selvagens do que com pessoas. A incerteza nele ecoava em X.

X passou a vida inteira querendo dizer mais do que sabia como dizer.

— Nunca tinha visto uma casa como esta — disse ele, lembrando-se de falar com uma "vibe do século XXI".

— Sério — disse Zoe. — O senhor é um lorde élfico?

— Eu gostaria — disse Timothy calmamente. — E obrigado. Pensei muito nesta casa. Talvez demais. A verdade é que eu...

X e Zoe inclinaram-se para a frente, mas Timothy decidiu não terminar a frase. Ele olhou para a bandeja. O silêncio expandiu-se de uma forma desajeitada, como uma nuvem que acabaria por preencher a sala.

X precisava saber o que Timothy estava prestes a dizer. Zoe deve ter ficado curiosa também, ou teria deixado escapar algo aleatório para fazer a conversa avançar. Quinze segundos passaram-se. O silêncio tocava as paredes e o teto. X estava prestes a desistir e perguntar algo sem sentido sobre a escultura, quando Timothy ergueu os olhos e disse de repente:

— A verdade é que eu a construí para uma mulher.

X NUNCA CONSIDEROU A possibilidade de Timothy ter se apaixonado por outra pessoa depois que Sylvie desapareceu — que ele tenha se casado, talvez mais de uma vez, tido filhos, aventuras, uma vida. Ele preparou-se para ouvir o nome de outra mulher. Então, enquanto Timothy contava sua história, X sentiu uma onda de alívio, de gratidão. Talvez fosse egoísta, mas era o que ele sentia. Seu pai nunca amou ninguém além de sua mãe.

— Eu tinha trinta e dois anos — disse Timothy. — Feliz para caramba. Já obcecado por ursos, carcajus, onças-pardas, todos os carnívoros. Eu simplesmente adorava estar ao ar livre. Não entrava em casa nem para salvar minha vida. Qualquer tipo de construção parecia uma... uma cela, eu acho.

Ao ouvir a palavra "cela", X pôde sentir Zoe se esforçando para não olhar para ele.

— Eu estava trabalhando para o parque faz dois ou três anos — continuou Timothy. — Eu tinha acabado de inventar... precisa ser meio nerd para se importar com essas coisas... mas tinha acabado de inventar uma nova maneira de coletar amostras de DNA de ursos-pardos para podermos rastrear melhor a população. Recebi muitos elogios por isso. Cartas de biólogos da vida selvagem de todos os lugares. A propósito, pode pular o queijo e ir direto para o chocolate, se quiser. Não há uma tonelada de regras da casa por aqui.

— Obrigado — disse X.

De qualquer forma, a ideia de que você comia em uma determinada ordem não fazia sentido para ele.

— O urso-pardo parecia o ponto alto da minha vida — comentou Timothy. — Comprei um terno para comemorar, não um terno, mas uma espécie de saco de dormir que a gente usa. Quase como um traje espacial? Sempre achei os sacos de dormir constrangedores. Como se eu fosse uma larva ou algo assim. De qualquer forma, eu tive um dia de folga. Era dois de setembro. Eu me lembro por causa do que aconteceu. Caminhei até o lago Avalanche e conheci essa mulher, Sylvie. E, de repente, o urso-pardo não era mais o ponto alto da minha vida. Não chegava nem perto.

Timothy ficou em silêncio.

— Acabei de perceber que nem sei os nomes de vocês — disse ele.

Zoe disse a ele o dela.

Quando foi a vez de X, ele disse Xavier.

— E quantos anos vocês têm? — perguntou Timothy. — É uma pergunta grosseira?

— De jeito nenhum — tranquilizou Zoe. — Eu tenho dezessete anos.

— Vinte — disse X.

No segundo em que a resposta saiu de sua boca, ele se perguntou se devia ter mentido. Era loucura se preocupar que Timothy tivesse notado o quanto ele se parecia com Sylvie, e que a matemática simples o levaria à verdade?

— O senhor não terminou sua história, certo? — disse X rapidamente.

— Ah, acho que já incomodei vocês o suficiente — disse Timothy.

— Não, não — falou X. Ele sorriu. — Por favor, incomode-nos um pouco mais.

Zoe virou-se para ele e ergueu as sobrancelhas, impressionada com a piadinha dele. Sinceramente, era algo que ela mesma poderia ter dito.

— As pessoas da idade de vocês nem acreditam em amor à primeira vista, não é? — perguntou Timothy.

Agora Zoe veio em auxílio de X.

Ela levantou a mão.

— Acreditamos, *sim* — disse ela.

— Eu não ouvi Sylvie vindo atrás de mim na trilha e, geralmente, fico bem alerta — continuou Timothy. — Ela meio que apareceu. Estava com um vestido azul e branco, o que me fez pensar: Ora, quem anda de vestido desse jeito? Mas ela passou direto por mim. Estávamos perto do desfiladeiro. Conhecem? Esperei para ver se ela me olharia. E ela olhou. Lançou-me um olhar como se dissesse: "Acha que consegue acompanhar?" Era tudo de que eu precisava. Eu era muito arrogante naquela época.

"Continuamos nos cruzando na trilha, tentando impressionar um ao outro. Por fim, percebi que ela estava apenas brincando comigo. Era dez vezes mais disposta que eu para caminhar. Uma força imensa. Em minha defesa, era tão bonita que eu estava tropeçando em raízes de árvores e outras coisas. Fiquei muito apaixonado por ela. Isso apagou todo o resto. Se você tivesse me parado bem no meio da trilha e me perguntado: 'Sabe que dia é hoje, Tim? Sabe onde você está?' Talvez eu tivesse dito: 'Na América do Norte?'"

Timothy fez uma pausa. X temia que ele parasse por completo, mas a história tinha um ritmo próprio agora.

— Ela voltou quatro vezes naquele mês — disse Timothy. — Sempre com o mesmo vestido. Só de vê-la caminhar em minha direção por entre as árvores era emocionante. Quando ela sorria... Quer dizer, era como se o corpo dela fosse feito de luz. Provavelmente parece idiota isso que eu disse.

— Não — disse X com suavidade.

— Mais tarde, descobri que passamos cerca de sessenta e cinco horas juntos — disse Timothy. Ele olhou para eles timidamente. — Gosto de contar coisas. De qualquer forma, aposto que passamos sessenta e duas dessas horas apenas caminhando pelas trilhas e conversando. Eu disse coisas que nunca tinha dito. Para ninguém. Nem para mim mesmo. Coisas dolorosas. Coisas alegres. Me sinto um idiota falando isso porque sou cientista, ou seja, você está olhando para um cara com doutorado em biologia, mas o jeito que ela me ouviu, as coisas que ela disse, toda a aura dela... Ela me curou de várias maneiras. Consertou alguns dos parafusos soltos na minha cabeça, sabe? Não sei se faz sentido. Ela nunca me contou muita coisa, em termos específicos, o que foi frustrante, mas também completamente tentador. Por exemplo, me pergunte qual era o sobrenome dela.

— Qual era o sobrenome dela? — perguntou X.

— Não faço ideia — respondeu Timothy.

X se deu conta de que também não sabia.

— Ela era de Montana, mas de onde exatamente? — disse Timothy. — Não faço ideia. Mais tarde, percebi que parte do que ela me *contou* sobre si mesma não batia totalmente em termos de uma linha do tempo. Mas estar com ela... Eu nunca senti nada parecido. Eu nem sabia que uma sensação dessas era *possível*. Ela colheu algumas plantas para mim em algum momento, e eu fiz uma dança espanhola boba para ela. Vocês precisam entender: eu não *era* o tipo de cara que dançava. Foi até esse ponto que ela me puxou para fora de mim mesmo. — Timothy fez uma pausa. — Olha, eu preciso parar aqui. O resto da história não tem graça. É perturbador até para mim, e já se passaram algumas décadas.

— Ela colheu plantas para o senhor? — questionou X. — Não foram flores?

Sylvie disse para eles que tinham sido flores. Ele precisava saber quais eram. Precisava saber tudo o que pudesse.

— Sim, capim-urso — disse Timothy. — Tecnicamente, é uma planta. Você quer ouvir dois fatos interessantes sobre capim-urso? Não é capim e os ursos não a comem. Não tenho certeza por que os botânicos deram esse nome. Esse, hum, esse é o capim-urso que ela colheu lá.

O quadro com as flores brancas.

Agora X entendia por que era uma das únicas decorações da casa.

— São as mesmas... Desculpe, as plantas que ela deu para o senhor? — perguntou ele. — O senhor guardou-as todo esse tempo?

— Guardei, sim — confirmou Timothy. — Se ela tivesse cuspido uma semente de melancia, eu teria guardado. Devem estar pensando que eu sou louco. Tudo bem.

— Não — disse X. — Não estou pensando nisso. — Ele temia que não devesse dizer o que estava prestes a dizer. — Estou pensando que o que Sylvie fez pelo senhor... Tirou o senhor de si mesmo? É exatamente o que Zoe fez por mim. Na verdade, ela me salvou muitas vezes.

Timothy parecia comovido com aquilo.

— Você só encontra uma pessoa assim na vida, acho — disse ele. — Mantenha-a por perto.

X presumiu que Zoe ficaria incomodada com o elogio, que ela já estaria formulando uma piada.

Em vez disso, Zoe disse algo gentil a Timothy:

— Tenho certeza de que o senhor tirou Sylvie dela mesma também. Tenho certeza de que consertou os parafusos dela. Na verdade, tenho certeza de que o senhor fez isso. Funciona nos dois sentidos, ou não funciona.

— Quero acreditar nisso — disse Timothy. Ele se levantou, como se para enfatizar seu ceticismo. — Mas não acredito. Não posso.

— Confia em mim? — perguntou Zoe.

X sabia quanto mais ela queria contar a Timothy. Ansiava por contar tudo também.

Timothy, apenas para se ocupar naquele momento constrangedor, abaixou-se para pegar um guardanapo de papel que havia caído no chão.

— Então por que ela não ficou? — perguntou ele. — Por que estou sozinho há vinte anos?

Quando X e Zoe se prepararam para ir embora, Timothy pediu a eles — de forma desajeitada, o que fez com que parecesse ainda mais genuíno — que voltassem algum dia e o ajudassem a terminar a comida. Eles prometeram que voltariam. Mas a verdade é que X não sabia se poderia estar tão perto de seu pai de novo sem anunciar: "Sou seu filho." Só dar um abraço de despedida em Timothy já tinha sido difícil — dois objetos semelhantes se reconhecendo quando tinham que se separar.

Todos haviam se esquecido de falar sobre a escultura de Rufus.

Lá fora, o sol estava baixo o suficiente para brilhar através das janelas e fazer a casa reluzir. X virou-se quando ele e Zoe estavam na metade da passarela curva. A casa parecia diferente para ele agora. Timothy disse a eles que começou a construí-la logo depois que Sylvie desapareceu, pensando que ela voltaria, pensando que viveriam juntos. Ele manteve a fantasia mesmo depois de um ano, dois anos, três. Metade dos livros da casa, ele disse, eram coisas que comprou porque achava que Sylvie gostaria: um livro sobre como as montanhas são formadas; um livro sobre uma mulher, conhecida apenas como Agente 355, que espionava para George Washington; um livro sobre exploradores em uma expedição infernal à Antártica para estudar ovos de pinguim.

Claro, Sylvie nunca viu os livros — ou a casa da árvore.

Timothy disse que pensava, de vez em quando, em vender o lugar, mas não achava que a casa faria sentido para ninguém além da mulher para a qual foi construída. A imagem com que X ficou de seu pai era a de um homem extremamente bondoso, extremamente triste. X imaginou-o parado em um cais, observando o mundo inteiro se afastar.

X e Zoe passaram pelas velhas lanternas de ferro, ainda não acesas, enquanto desciam para o carro. Zoe disse a X que foi corajoso da parte dele procurar seu pai.

— Corajoso? — disse X. — Você saltou dentro de um portal brilhante para o inferno. Eu *só* comi uvas.

Zoe riu.

— Não tenho medo de nenhum portal.

Ela os levou para casa, seguindo o rio até saírem do parque. X observou a correnteza — a maneira como ela batia nas rochas, depois parecia se recompor e seguir em frente.

— *Mais completo* é uma expressão? — perguntou a Zoe.

— Mais completo? Como você a usaria?

— A cada dia, eu me sinto um pouco mais completo — respondeu X.

— Acho que funciona — disse Zoe. Ela beijou a palma da própria mão enquanto dirigia, então estendeu-a para apertá-la na bochecha de X. — Eu gostei do seu pai, de verdade mesmo.

— Assim como eu — disse X. — Mas ele é tão parecido comigo que talvez não consiga enxergá-lo com clareza.

— Com você? — disse Zoe. — Acha mesmo?

— Acho que ele é tão parecido comigo que poderia *ser* eu — respondeu X.

— Tipo, você tem as mãos dele — concordou Zoe. — E vocês dois são tímidos. Mas ele parece tão, não sei, acabado? Devastado?

— É exatamente isso — disse X. — Foi o que mais me impressionou também. Acho que não fui claro. Ele sou eu... se eu tivesse perdido você.

trinta

Para Zoe, era mais difícil se acostumar com a felicidade do que com qualquer outra coisa — mais difícil de confiar. Quando não conseguia dormir, olhava pela janela para o galpão em que X estava morando. Gostava de ver o brilho dos aquecedores passando embaixo da porta. Era uma das únicas coisas que a acalmavam. X estava lá. Estava seguro. Estavam todos seguros. Ninguém estava a caminho. Ninguém estava partindo. Às vezes, apenas ver o galpão não era suficiente, então Zoe atravessava o quintal encharcado de Rufus com os tênis desamarrados. Abria a porta do galpão e olhava para X enquanto ele dormia. Havia comprado para ele um dos sacos de dormir "vestíveis" que Timothy havia mencionado — para que ele não se sentisse constrangido. Isso o fazia parecer um astronauta, o que a fazia morrer de rir. Zoe ficava parada no escuro, olhando para ele. Era uma coisa embaraçosa de se fazer. Zoe sabia disso e não ligava. Certa noite, ela foi até lá umas três vezes.

Quanto a X, ele parecia ansiar por dormir. Quase acumulava sono como um dragão acumula ouro. Nem o ranger da porta do galpão quando Zoe entrava e saía o acordava. O sono — e a comida e o sol —

já o estavam curando. Suas bochechas estavam rosadas. As contusões embaixo dos olhos haviam desaparecido, como se seu corpo soubesse que ele nunca caçaria outra alma.

Quando Zoe foi para a escola, X e Rufus trabalharam em algum projeto secreto de Rufus. Zoe não conseguiu obter nenhum detalhe de nenhum deles, nem mesmo de Jonah, que às vezes ajudava. Quando Zoe e Jonah chegavam da escola, Zoe sempre ouvia X e Rufus rindo no galpão. Jonah corria para se juntar a eles e caía na gargalhada antes mesmo de saber qual era a graça. Ouvir todos rirem: isso também a acalmava.

O sonho de Zoe, que ela não pronunciava em voz alta, era que Rufus deixasse X ficar depois que a família se mudasse para a casa de Bert e Betty no lago. Que X e Rufus se tornassem colegas de quarto. Rufus só aceitaria se a mãe de Zoe aprovasse, e a mãe dela não havia se adaptado ao fato de X estar em suas vidas. Mais de uma vez, quando Zoe voltou para casa depois de ver se X estava bem, ela viu sua mãe parada à janela sem dormir, como se o galpão fosse uma nave espacial que acabara de pousar. Para Zoe, X era um astronauta. Para sua mãe, era um alienígena.

Todo mundo parecia mais feliz com X por perto — mais completo, para usar a expressão dele. Zoe rezou para que sua mãe enxergasse isso. X era educado, gracioso, gentil. Perguntava o que poderia fazer para ajudar com tanta frequência que a mãe dela e Rufus começaram a inventar tarefas, como trocar as lâmpadas e limpar o interior da lava-louças.

X também estava mais relaxado que nunca. Falava mais como alguém do século XXI agora, e um jeitinho bobo e cativante começou a vir à tona. X começou a usar uma mochila — uma velha que Jonah lhe dera, com uma espada pixelizada do *Minecraft* —, embora, na verdade, não tivesse nada para colocar nela. Zoe sorria sempre que o via com sua mochila vazia. O tempo todo oferecia-se para carregar coisas para as pessoas, só para ter uma desculpa para abrir o zíper.

Os dias passavam. Os Bissell começaram a fazer as malas para a mudança. Uma cidade de caixas cresceu na sala de estar, seguida por subúrbios nos quartos de Zoe e da mãe. Para Zoe, as caixas eram um lembrete de que X poderia muito em breve não ter onde morar. Sentia uma pressão que aumentava a cada dia, como se as caixas estivessem sendo colocadas uma a uma em cima dela. Rufus também franziu a testa ao ver as coisas, embora Zoe soubesse que era por um motivo diferente: apenas começara a sentir que tinha uma família e logo ela partiria.

Durante o café da manhã, na sexta-feira, a mãe de Zoe deu a todos um sinal de que estava se afeiçoando a X. Foi um gesto pequeno, mas inconfundível. Todos na mesa pararam de falar quando ela fez isso: ela colocou um punhado de vitaminas no guardanapo de X.

Um comprimido de B_{12}, um de D_3 e um de vitamina C.

Precisava se importar com ele pelo menos um pouco para fazer esse gesto.

— Puta merda — disse Jonah.

X nunca havia tomado um comprimido. Todos gritaram, depois riram, quando ele colocou todos na boca e começou a mastigar.

NAQUELA NOITE, HOUVE UMA virada ainda maior.

X finalmente conheceu Dallas e Val.

Zoe tinha adiado a semana toda. Val ainda estava furiosa por ela ter ido para a Terrabaixa, e Zoe precisava que ela se acalmasse para não levitar do chão de raiva quando conhecesse X. Por fim, Dallas sugeriu que ele preparasse o jantar para todos no House of Huns após o fechamento. Era uma boa oferta, especialmente se Dallas ainda tivesse sentimentos complicados por ela. Zoe aceitou o jantar imediatamente, embora a comida "huna" a assustasse. Uma vez teve um pesadelo sobre se afogar em uma banheira cheia de gosma marrom.

A House of Huns estava vazia, exceto por Dallas, que bateu o gongo e gritou "Furg! Grrrr! Furg!" quando Zoe e X entraram. Ainda estava vestindo seu uniforme de trabalho e segurando uma lança com ponta de borracha. O chapéu de pele pontudo ficava logo acima das sobrancelhas. As tiras de couro cruzavam seu peito nu. Zoe se perguntou se Dallas havia arquitetado todo esse jantar apenas para que X pudesse ver como ele estava sarado. Em vez de irritá-la, achou bonitinho. Dallas nunca, jamais deixaria de ser ele mesmo. Ela nem queria isso.

X deu um passo à frente para apertar a mão de Dallas, sem saber que Dallas considerava a churrasqueira um lugar sagrado e nunca saía do personagem quando estava perto dela.

Dallas grunhiu. Cutucou a mão de X levemente com a lança.

— Krot! — ele disse.

— Tudo bem, agora está bizarro — disse Zoe.

— Não, não — interveio X. — Dallas, você é a própria personificação de um huno. Conheci um na Terrabaixa... ele viveu no Mar de Azov... e sinto como se ele estivesse diante de mim agora.

Ao ouvir isso, Dallas abriu um sorriso descarado e quase se lançou para apertar a mão de X.

— Obrigado, mano! As pessoas não percebem quão pensado é meu personagem. O cara que eu interpreto? Mundzuc? Ele é complicado.

— Seu trabalho deu frutos — disse X.

— Arrasei! — disse Dallas. — É *tão* legal ouvir isso. — Ele fez uma pausa. — Talvez possa soar estranho, mas estou feliz que você não esteja mais no inferno. Que merda mais injusta.

— Obrigado — disse X. — Devo minha liberdade e tudo mais a Zoe.

— Zoe é a melhor, né? — disse Dallas. — Ela arrasa muito.

— Tudo bem, já está bom — disse Zoe. — O que está rolando entre você e a Mingyu? Ela aceitou sair com você?

— Ainda está revisando as listas que dei para ela — disse Dallas.

— A coisa dos favoritos de todos os tempos?

— Isso. Coloquei coisas lá que ela nunca tinha ouvido falar... das quais fiquei meio orgulhoso, sinceramente. Ela conhecia todas as músicas porque conhece *todas as músicas* de verdade. Mas agora está lendo os livros e assistindo aos programas de TV e outras coisas. Não vai me dar um sim ou não até terminar. Ela chama isso de "fase de pesquisa". Diz que muitas pessoas pulam a fase de pesquisa antes de ficarem com alguém e depois se arrependem.

— Você não acha que tudo isso é meio chato? — perguntou Zoe.

— Está me zoando? Eu acho incrível! — disse Dallas. Ajustou uma tira de couro que aparentemente estava irritando um mamilo. — Acho foda. Essa garota *não* está de brincadeira.

— Então, estou feliz por você, Mundzuc — disse Zoe. — Estou falando sério. X e eu vamos pegar uma mesa, ok?

Dallas agarrou a lança e voltou ao personagem.

— Furg zot zot! — ele disse. — Ai, espere, desculpe... eu esqueci de perguntar o que vocês querem beber.

Enquanto se dirigiam até uma mesa perto da janela, Zoe agradeceu a X por ser gentil com Dallas sobre sua fantasia.

— Não acredito que você conheceu um huno — disse ela.

— Não conheci — disse ele com tranquilidade. — É que eu gostei de Dallas de imediato, e ele parecia estar se esforçando muito.

— E o Mar de Azov?

— Não existe Mar de Azov, pelo que eu saiba — disse X. — Precisamos dar uma olhada na cortina do chuveiro.

Na mesa, X colocou sua mochila cuidadosamente na cadeira ao lado dele. Zoe sorriu. Tinha certeza de que estava vazia. Pouco depois, Dallas trouxe suas bebidas ("*Furg*, água gelada! *Furg*, refrigerante!), então voltou para a grelha como um huno, pisando firme.

— Eu estava pensando em uma coisa que Timothy falou — disse Zoe.

— É? — perguntou X.

— Ele disse que conheceu sua mãe em setembro — respondeu Zoe —, e que só a encontrou durante um mês.

— Eu me lembro. Mas o que isso significa?

— O que isso *significa* — disse Zoe — é que vamos dar uma festa de aniversário para você neste verão. Você nasceu em julho.

X parecia não saber o que dizer.

— Julho — falou ele, por fim. — Gostei.

— Vou comprar uma tonelada de presentes para você.

— E eu vou carregá-los na minha mochila.

Zoe ficou nervosa esperando Val aparecer. Estava muito mais preocupada com o encontro de Val com X do que com o encontro de Dallas com ele. No momento em que ela viu a cabeça azul da amiga se aproximando pelo estacionamento, os nervos de Zoe barulharam como talheres soltos em uma gaveta. Ela precisava que as pessoas que ela mais amava se amassem.

Zoe saiu para interceptar Val e avaliar seu humor. Val estava com Gloria, o que ela não esperava.

— Olha só! — Zoe gritou para Gloria, feliz. — Você veio! Você veio!

Zoe sabia como era difícil para Gloria estar perto de pessoas por causa da ansiedade e da depressão. Agora que pensou nisso, talvez gritar com ela não tenha sido a melhor ideia. Mas Zoe não se conteve: Val e Gloria ficavam lindas de braços dados.

— Eu vim! — disse Gloria, acenando com timidez. — Eu vim! Eu vim!

— Desculpe pelo atraso — disse Val. — Estávamos nos pegando no carro.

— Imaginei — falou Zoe.

Ela abraçou Gloria primeiro.

— Amei que você veio — disse ela. — De verdade. Obrigada.

— Eu queria conhecer X — comentou Gloria. — E eu tenho uma queda por Dallas. Não conta para minha namorada.

— Sua namorada sabe — disse Val. — E está horrorizada.

Então, Zoe abraçou Val.

— Você vai ser legal, né? — perguntou Zoe.

— Esse tipo de coisa é tão difícil de prever — respondeu Val.

— Ela vai ser legal — disse Gloria. — Tivemos uma longa conversa sobre boas maneiras no carro. Acho que ela entende a ideia básica agora.

As três entraram juntas na House of Huns, e mais uma vez o gongo soou e estremeceu. Dallas ficou tão surpreso ao ver Gloria que saiu do personagem e a deixou segurar sua lança.

— Que da hora que vocês vieram! — ele disse.

X levantou-se da mesa e veio apertar a mão delas. Sempre apertava a mão das pessoas, pensou Zoe, com uma seriedade adorável.

— Também achei da hora vê-las — disse X a Val e Gloria —, embora eu não saiba o que significa "da hora".

— Significa muito louco ou muito zica — disse Dallas.

— Estou muito louco ou muito zica — disse X.

Houve um silêncio no qual ninguém sabia o que dizer, inclusive Zoe.

— Val, você é uma lenda para mim — disse X. — E, Gloria, eu queria conhecer você especialmente.

Zoe sentiu uma pontada de pânico. Ela não disse quase nada a X sobre Gloria. Ele não tinha ideia de quão frágil ela era, cautelosa.

— Eu? — disse Gloria. Ela deu meio passo para trás. — Por quê?

Todos olharam para X interrogativamente, e ele pareceu vacilar.

— Porque... bem, porque você é uma filha adotiva — ele disse.

Gloria baixou a cabeça. Zoe sentiu o estômago revirar. Ela deveria ter avisado X para não tocar no assunto.

— *Não* é algo de que Gloria queira falar — interveio Val.

— É, sim — disse Gloria. — Eu não... eu não... eu não tenho vergonha disso. Mas é difícil falar disso porque... sinceramente? Algumas coisas são ruins e é meio impossível fazer alguém entender.

— Sinto muito por ter mencionado isso — disse X. — Tudo o que eu pretendia dizer era...

— Deixa pra lá, X — disse Zoe.

— Farei isso em um momento — continuou ele. — Tudo o que eu pretendia dizer era que...

— Estou falando sério, X — disse Zoe. — Deixa para lá.

— Está tudo bem — disse Gloria, ainda de cabeça baixa. — Pode falar.

— Obrigado — disse X. — Só queria dizer que acho que entendo um pouco. — Ele fez uma pausa. — Porque eu também sou.

Gloria finalmente ergueu os olhos.

— Como assim?

— Tinha uma mulher chamada Arrancadora e um homem chamado Regente — disse X. — Quando eu era pequeno, assustado e não tinha ninguém, eles me acolheram.

Gloria assentiu com a cabeça, sorriu, pareceu se abrir de novo.

— Podemos sentar? — ela perguntou a X. — Aí você nos conta tudo?

Enquanto X contava sua história, o telefone de Zoe vibrou. Era uma mensagem de sua mãe.

Vou te ligar. Mandando uma mensagem primeiro para que você atenda. É importante e envolve vc, X, todo mundo. Ligando em 3... 2... 1...

O telefone vibrou. Zoe saiu para atender. A noite estava clara e quente. Do outro lado do estacionamento, estava passando um filme. Devia ser bom, porque todos pareciam atordoados e ninguém parecia se lembrar onde havia estacionado o carro.

— Oi, mãe — disse Zoe. — Por que você está agindo de um jeito estranho?

— Ei, menina linda — disse a mãe. — Tenho uma pergunta para você e quero que leve o tempo que precisar antes de responder, tudo bem? Você gosta do Rufus, certo?

— Sim — disse Zoe. — Muito.

— Não levou todo o tempo de que precisava — disse a mãe.

— Levei o dobro do que precisava. Não foi uma pergunta difícil. Você precisou me ligar para me perguntar isso?

No céu, Zoe podia ver a Ursa Maior e a Ursa Menor, bem como uma terceira constelação cujo nome ela havia esquecido. Decidiu chamá-lo de Vestido de Arrancadora, por causa do brilho.

— Espere um minuto — disse ela. — Rufus te pediu em casamento?!?

— Não, não, não. Não ponha a carroça na frente dos bois.

— *Você* o pediu em casamento?

— Não! Pare com isso! Preciso que você leve isso a sério.

— Levar *o que* a sério?

Sua mãe demorou tanto para responder que Zoe se perguntou se ela ainda estava lá.

— Rufus não quer que a gente se mude — disse a mãe finalmente. — Sei que sempre neguei isso, mas ele *gosta* de mim. Você tinha razão. Ele gosta de todos nós, obviamente. Está nos pedindo para ficar. Foi muito gentil. Aquele projeto secreto que ele estava fazendo com X acabou sendo uma placa para a porta que dizia: Os Bissell + Rufus.

— Ele colocou nosso nome na frente? Isso é incrível.

— É, meio que sim.

— Você gosta dele como ele gosta de você?

— Promete que não vai tirar onda com a minha cara?

— Sabe que não posso prometer isso.

— Sim, eu gosto muito dele.

— Então, vamos ficar — decidiu Zoe. — Pronto.

— Mas você odeia aquele quartinho — insistiu a mãe.

— Não me importo com o quarto, mãe. Eu me importo com você. E Jonah vai ficar muito feliz. Vamos em frente. Vamos ver o que acontece. Vamos ser Bissell + Rufus.

— Obrigada, Zo. Você é uma boa pessoa. Sempre foi.

Zoe espiou dentro do restaurante. Dallas estava levando os pratos para a mesa. X estava contando sua história para Val e Gloria. Falava animadamente, gesticulando, coisa que ela nunca o vira fazer. Até Val se inclinava para a frente.

— Mas e X? — perguntou Zoe. — O que acontece com ele? Você ainda vai mandá-lo embora?

— Sim, mas...

— Vai simplesmente expulsá-lo?

— Sim, mas...

— Ele não tem *nada*, mãe. Ele não tem para onde ir.

Zoe olhou de volta para a House of Huns. X havia se levantado e caminhava em direção à janela com um prato fumegante na mão. Estava perguntando, com os olhos, se Zoe estava bem. Zoe assentiu com a cabeça, embora não estivesse.

— Poderia ouvir um segundo? — disse a mãe. — Eu tive uma ideia. E se X morasse na casa de Bert e Betty em vez de nós? Pode ficar linda com algumas obrinhas, e está bem ali no lago, e você pode vê-lo, mas também tirar um tempo para lembrar que ainda tem dezessete anos. Acho que Bert e Betty teriam gostado muito de X. Quer dizer, olha, ele vingou a morte deles, para começo de conversa.

— É mesmo — respondeu Zoe. — Adoro essa ideia. Sim, sim, sim.

X aproximou-se da janela. Seu prato estava repleto de "iguarias" hunas: carne de porco, camarão, carne bovina e algo que parecia ser caranguejo, tudo nadando em molho marrom. Ele sorriu e apontou o garfo para o prato com entusiasmo. Ele havia gostado. Zoe riu e balançou a cabeça para ele, como quem diz: "Você é um bobo."

Ela despediu-se da mãe e desligou.

Pôs a palma da mão na janela, para que X fizesse o mesmo, mas as mãos dele estavam ocupadas. Ele inclinou-se. Do outro lado da janela, ele descansou a testa na palma da mão dela. Ela teria jurado que podia sentir o calor de seu rosto através do vidro.

Zoe sentiu algo no peito — era como se tudo que já tivesse doído estivesse sendo varrido com penas. Levou um momento para ela perceber que a sensação era felicidade.

Ela confiava desta vez.

Pôs a mão no coração para manter a felicidade ali.

Agradecimentos

SOU GRATO A TODOS que fizeram parte desta série, desde a gerente da copiadora que imprimiu milhares de páginas de rascunhos (Hannah) até a amante de livros no cosplay da Murta Que Geme que me pediu para autografar o assento do vaso sanitário em seu pescoço (Zoey).

Agradeço à minha sensacional agente, Jodi Reamer, e à minha editora da Bloomsbury, Cindy Loh, que é um fenômeno da natureza. Acabei de reler os elogios que fiz a vocês duas nos agradecimentos do primeiro livro, *O limite de tudo* — e tudo aquilo parece um eufemismo agora. Eu não teria conseguido fazer isso sem vocês e com certeza vou chorar se vocês me obrigarem a fazer desse jeito.

Agradeço mil vezes a Kami Garcia, Danielle Paige, Kerry Kletter, Kathleen Glasgow, Bridget Hodder e Haven Kimmel. Sua amizade e seus livros significam o mundo para mim.

Obrigado, Sarah J. Maas, Jennifer Niven e Susan Dennard, por sua extraordinária generosidade e apoio.

Obrigado a Darin Strauss, Susannah Meadows, Jess Huang e Abby West por avaliarem os primeiros rascunhos de *A margem da escuridão*. Uma curiosidade: Susannah me implorou para nunca usar a palavra *túnica* nesses livros (ela odeia essa palavra como outras pessoas odeiam *umidade*). Tentei não usar, mas falhei. Sinto muito, Susannah. Você terá que desviar os olhos.

Sou grato a Hans Bodenhamer por mais uma vez me aconselhar sobre a fina arte da espeleologia.

Também aproveitei da sabedoria de três biólogos da vida selvagem: John Waller, no Parque Nacional Glacier, Jim Williams (autor de *The Path of the Puma*) e Douglas Chadwick (*Tracking Gobi Grizzlies*). Obrigado a todos por seu bom humor diante de perguntas como: "Bem, e se o puma fosse, tipo, *sobrenatural*?"

Agradeço aos meus inspirados amigos da Bloomsbury, especialmente Cristina Gilbert e sua incansável equipe de marketing e publicidade: Elizabeth Mason, Erica Barmash, Courtney Griffin, Anna Bernard, Emily Ritter, Phoebe Dyer, Beth Eller, Brittany Mitchell, Alexis Castellanos e Alona Fryman. (Lizzy Mason: parabéns por vender seu próprio romance YA, *The Art of Losing*. Conheço uma *grande* profissional do marketing.)

Obrigado a Diane Aronson e Melissa Kavonic, na gestão editorial, e a Katharine Weincke e Pat McHugh, por serem leitores tão perspicazes e atenciosos. Agradeço à diretora de arte da Bloomsbury, Donna Mark, à designer Jeanette Levy e ao ilustrador Shane Rebenschied. Eu amo o que vocês fizeram por Zoe e X.

Quanto à equipe de vendas fenomenal: por sua causa, pude ver meus romances não apenas em incríveis livrarias independentes e na Barnes & Noble, mas também em lugares onde é possível comprar móveis de jardim e cinquenta e seis caixas de Kleenex de uma vez só. Tem sido emocionante.

A Bloomsbury Publishing tem sido uma editora maravilhosa. Minha reverência mais agradecida a Emma Hopkin, diretora administrativa da Bloomsbury Children's Books em todo o mundo, à minha editora no Reino Unido, Rebecca McNally, e à diretora administrativa da Austrália, Kate Cubitt. Também estou em dívida com Lucy Mackay-

-Sim, Emma Bradshaw e Charlotte Armstrong no Reino Unido, e Sonia Palmisano e Adiba Oemar na Austrália.

Obrigado a Hali Baumstein (Bloomsbury) e Alec Shane (Writers House) por tudo, o tempo todo.

Obrigado a Mary Pender, da UTA, por sua visão e tranquilidade total, e a Cecilia de la Campa, da Writers House, por negociar edições estrangeiras tão lindas.

Sou grato ao pessoal acolhedor do YALLfest, Booksplosion, LitJoy Crate e Quarterly Literary Box. Obrigado a Betsi Morrison e Luke Walrath, do Alpine Theatre Project, e a todos da Whitefish Review. Obrigado a Ursula Uriarte. Obrigado a Melissa Albert, Cathy Berner, da Blue Willow Books, em Houston, e a Cristin Stickles, da McNally Jackson em Nova York, por serem as primeiras apoiadoras.

Obrigado aos amigos que estão sempre presentes quando estou inseguro, exausto e com fome (geralmente tudo mesmo tempo): Radhika Jones, Tina Jordan, Jessica Shaw, Laura Brounstein, Anthony Breznican, Erin Berger, Peternelle Van Arsdale, Robin Roe, Meeta Agrawal, Bonnie Siegler, Gita Trelease, Adriana Mather, Jeff Zentner, Missy Schwartz, Jill Bernstein, Sara Vilkomerson, Devin Gordon, Janet McNally, Susie Davis, Heidi Heilig, Marc e Francine Roston, Annie Anderson, Sabine Brigette, Diane Smith, David Pickeral, Mike Eldred, Brian e Lyndsay Schott e Kate Ward.

Por fim, agradeço à minha filha, Lily, e ao meu filho, Theo: amo vocês mais do que as palavras.

Impressão e Acabamento:
EDITORA JPA LTDA.